KB059071

어서오세요 실력지상주의 교실에 2학년편

Welcome to the Classroom of the Second-year

⑤

키누가사 쇼고✕
토모세 슌사쿠

제일 먼저 눈에 들어온 것은
예상치 못한 알록달록한 색깔.

"이건……."

"어서 오세요~.
메이드 카페 Maimai입니다아!"

세 여학생이 각각 개성 넘치는 옷을 입고
입을 모아 우리를 맞이했다.

격앙된 쿠시다를 나는 어디까지나
사무적으로 대하며 이야기를 이어나갔다.

"어째서…… 어째서……
어째서…… 어째서……!"

가까이 다가온 쿠시다가
내 멱살을 잡고 무섭게 노려보았다.

"시험 중에도 말했었지만……
나도 고등학교 3학년 때 똑같은 시험을 쳤었지."

"그러셨다고."

어디를 바라보는지,
차바시라가 석양에 물든 바깥을 똑바로 응시했다.

"만약 네가 허락한다면……
내 고해를 들어줄래?"

5

어서오세요 실력지상주의 교실에 2학년편
Welcome to the Classroom of the Second-year

어서 오세요
실력지상주의 교실에
2학년 편 5

키누가사 쇼고 지음 / 토모세슌사쿠 일러스트 / 조민정 옮김

소미미디어

어서오세요 실력지상주의 교실에 2학년편 ⑤

Welcome to the Classroom of the Second-year

contents

커버, 본문 일러스트 : 토모세슌사쿠

○차바시라 사에의 독백

나는 교사가 된 후로, 아니, 교사가 되기 이전부터 아무에게도 말할 수 없는 고민이 있다.

바로 어떤 악몽을 계속해서 꾸고 있다는 것이다.

절대 잊을 수 없는 그때 일이 꿈속에서 되풀이된다.

온갖 방법을 동원하여 찾아오는 악몽은 꿀 때마다 형태를 바꾸어 나의 시점 혹은 다른 누군가의 시점이 되기도 하고, 때로는 말투나 과정이 바뀔 때도 있다.

하지만 늘 똑같은 점이 있다.

아무리 반복해도 『결말』이 같다는 것이다.

――그때 우리 B반은 두려울 게 없었다.

기세는 다른 반을 압도했고 손을 뻗으면 A반이 닿을 지점까지 와 있었다.

물론 여정이 평탄하지만은 않았다.

3학년이 되기 전까지 학교를 떠난 반 학생이 여섯 명까지 늘어나 있었다.

그래도 3학년에 올라오고 나서는 아무도 빠지는 일 없이 반 포인트를 쌓아갔다.

이제 누구도 잃지 않고 A반으로 졸업할 수 있으리라고

믿었다.

그날, 그때가 오기 전까지는————.

마지막 역전 기회인 졸업 시험이 코앞까지 온 3학기 종반.
굳은 표정으로 나타난 담임이 발표한 새로운 특별시험.
처음에 우리는 그 특별시험에 대해 아무런 두려움도 갖
지 않았다.
규칙이 단순 명쾌했기에, 별 어려움 없이 해낼 수 있으
리라 믿고 이미 그다음을 보고 있었다.
하지만 그런 낙관적인 분위기도 그 과제가 출제되기 전
까지.

장면이 전환되어, 나는 반에서 소리치고 있었다.
둘도 없는 단짝이었던 치에가 성난 표정으로 따지며 내
멱살을 잡았다.
아비규환.
하나로 똘똘 뭉쳤던 반이 한순간 무너져버렸다.

이제 됐어.

그렇게 중얼거린 그의 단념 그리고 깨달은 얼굴.
하지만 나는 결단을 내릴 수 없었다.

각오가 될 리도 없었다.

3년간 고락을 함께해온 그의 존재는 절대 작지 않았다.

더없이 소중한 우리 반 아이, 더없이 소중한 나의 벗.

더없이 소중한—— 이성으로서, 소중한 사람.

조금 까불대는 구석도 있지만 성실하고 다정하며 누구보다도 의지가 되었다.

그런 그가 지금까지 보여준 적 없던 얼굴.

어딘지 수줍은 듯, 노을 지는 하늘 아래에서 내게 손 내밀던 그때.

나는 금방이라도 흘러내릴 것만 같은 눈물을 꾹 참으며 이렇게 말했었다.

"앞으로 잘, 부탁해……"라고.

그런 우리 두 사람의 관계는 시작하자마자 끝을 맞이했다.

○파란의 발소리

　여름방학이 끝나고 오늘부터 2학년 2학기가 시작된다. 3년간의 학교생활을 통틀어서 보면 틀림없이 반환점으로 접어드는 시점이다. 넥타이를 매고 소매에 팔을 꿴다. 거울을 보며 머리를 가다듬고 옷매무새에 문제가 없는지 확인한 후 현관을 나선다. 도중에 입 찢어지게 하품하는 스도와 합류한 나는 인사를 나누며 나란히 기숙사 밖으로 향했다.

　"스즈네한테 2학기 시작하자마자 필기시험이 있을 수도 있다고 협박당해서 밤샘했다고, 밤샘."

　"여름방학 마지막 날에도 공부했다고?"

　"고맙게도 앞으로도 쭉 알차게 보낼 수 있게 커리큘럼을 짜줬거든. 뭐, 나도 높은 점수를 받아서 OAA의 학력을 B 이상으로 올리고 싶으니까."

　학력 B 이상이라니, 꿈을 높게 잡았군. 하지만 꼭 호언장담이라고 말할 수는 없나.

　여름방학에 꾸준히 공부했다면 학력이 더 향상되었어도 이상할 게 없다. 스도는 문무양도라는 단어가 어울리는 남자가 되었다.

　지각과 결석, 수업 중에 꾸벅꾸벅 졸기와 같은 세세한 생활 습관 문제도 많이 줄어들었다.

상황에 따라서 바로 욱하는 면은 남아 있지만, 그 또한 스도의 특징이겠지.

"내가 이상한 소리를 들었는데 말이야. 칸지 녀석, 시노하라랑 벌써 키스 같은 거 했을까?"

"뭐?"

"그 녀석한테 여자친구가 생긴 건 축하할 일이지만 이래 저래 나를 앞서 나가는 게 분하다고 할까, 왠지 요즘 들어서 그 일로 좀 마음이 급해졌다고."

"직접 물어보면 되잖아? 이케라면 말해 줄 것 같은데."

"……그걸 어떻게 물어보냐? 아직 손도 안 잡았다고 하면 모를까, 그 이상으로 진도가 나갔다는 말을 듣는 날에는…… 오랜만에 내 오른 주먹이 근질거릴지도 모른다고."

하긴, 그건 좀 문제겠다. 주먹이 근질거리면 일이 커질 것 같다.

"이케의 성격상 기쁜 일이 생기면 장소 가리지 않고 떠들 것 같기도 해. 그런데 그런 얘기가 안 들리는 걸 봐서 아직 그 정도의 진전은 없는 게 아닐까?"

"하긴. 그래도 연애에 한해서는 다를 수도 있으니까. 경험이 없어서 잘 모르겠지만. 참고로 아야노코지는 여자친구 사귄 적 있어? ……어떤 느낌이야, 그쪽으로는?"

예상하지 못한 형태로 이야기가 이케에게서 나에게로 넘어왔다.

어때? 하는 스도의 뜨거운 시선(믿음)을 느끼지 않을 수 없었다.

"거짓말해봐야 소용없으니까 보고하겠는데, 실은 얼마 전에 처음으로 여자친구가 생겼어."

"……진짜? 그 얘기 진짜야?"

어차피 조만간 케이의 입을 통해 퍼질 이야기임을 생각하면 여기서 얼버무리는 것은 좋은 방법이 아니다.

내가 솔직하게 대답하자 스도가 머리를 뜯으며 한숨을 내쉬었다.

그러다가 갑자기 놀라며 내 어깨를 붙잡았다.

"서서서서서, 설마?!"

"안심해. 네가 생각하는 그 사람은 아니니까."

"정말이지?! 스, 스즈네가 아니라고 믿어도 되는 거지?"

"그래. 아니야."

"그, 그래? 뭐, 그럼 됐다……. 순간 심장이 멎는 줄 알았다고……."

땀이 쏟아지는지 이마에 왼손바닥을 대고 마구 닦았다.

그리고는 손바닥에 묻은 땀을 보여주면서 자신이 얼마나 초조했는지 어필했다.

"그럼 누군데?"

"그게——."

"아! 찾았다!"

스도가 안정을 되찾았을 때, 뒤에서 달려오는 발소리가 들렸다. 그 소리의 주인은 우리의 걸음을 따라잡고서 약간

화난 얼굴로 나를 올려보았다.

"같이 등교하려고 했는데 방에 아무도 없다니, 금시초문이야!"

살짝 볼을 부풀리며 불평하는 케이.

"아니, 같이 등교한다는 이야기가 금시초문인데."

"그건…… 그러니까, 시간이 아슬아슬해질 때까지 긴장돼서 망설였달까……."

갑자기 영문 모를 대화를 시작한 우리를 스도가 의아한 눈으로 쳐다보았다.

"뭐야, 갑자기 끼어들고, 카루이자와. 지금 남자끼리 중요한 대화 중이니까 방해하지 마라."

스도는 아무래도 우리가 나눈 대화 내용에서 위화감을 못 느낀 듯했다. 그냥 단순히 여기에 케이가 등장한 게 납득이 가지 않는 모양이었다.

생각해보면 이 두 사람은 그동안 거의 얽힐 일이 없었다.

친하지도 사이가 나쁘지도…… 아니, 굳이 따지자면 나쁘기만 한 사이이고.

"케이, 우리 이야기, 오늘 말할 거야?"

"응? 으, 으음. 타이밍을 좀 보고……. 등교하자마자 선언하는 것도 좀 그러니까……. 생각보다 발표하기가 어렵네. 얘들아, 들어줘~, 하는 것도 이상하고."

"요스케 때는 금방 했던 거 같은데."

"그, 그거야 그렇지. 상황이 완전히 다르니까."

"야, 지금 무슨 소리 하는…… 거……. 헐?"

둔감했던 스도는 내가 케이라고 부른 것, 그리고 대화 내용이 이제 이해되었는지 걸음을 멈추고 어안이 벙벙한 표정을 지었다.

"뭐야…… 헐? 야, 이게 어떻게 된 일이야, 아야노코지?"

그래도 이 조합은 잘 상상되지 않는지 아직 확증을 얻지 못한 것 같았다. 어떤 의미로는 처음 알려주는 사람은 스도가 가장 적합한지도 모르겠다.

"사귀어, 우리."

케이가 생긋 웃더니 내 팔을 팔꿈치로 쿡쿡쿡 찔렀다.

내가 먼저 말한 게 기뻤던 모양이다.

"무……뭐어어어어어?! 거, 거짓말이지?!"

너무 놀랐는지 스도가 예상보다 더 크게 소리를 질렀다.

주위에 같은 반은 없었지만, 무슨 일인가 하고 몇몇 학생들이 쳐다보았다.

"너무 시끄럽잖아."

"미, 미안. 하지만 아니, 헐?! 어째서 카루이자와인데?"

"뭐야 그 말? 나는 뭔가 문제가 있다는 거야?"

"그게 아니라, 아닌 것도 아니지만 뭐랄까……. 엉……?"

좀 깨는지 곤혹스러워하면서 이해가 안 간다는 듯 고개를 갸우뚱거렸다.

"뭐야, 호리키타랑 사귀길 바랐던 거야?"

"그건 절대 인정 못 하지! ……아니, 그런 게 아니라, 그러니까…… 좀."

어깨를 꽉 움켜쥐고 내 귓가로 입술을 가져와 조용히 소곤거렸다.

"이렇게 말하면 미안하지만…… 카루이자와는 그러니까, 히라타랑 사귀었고 그 이전에 중학생 때도 어떤 화려한 연애를 했는지 모를 일 아니야? 너, 그런데 불만이랄까, 싫지 않아? 처음 사귀는 여자친구치고 허들이 너무 높은데?"

반 아이들이 카루이자와에게 품는 이미지는 뭐 그런 느낌이겠지.

실제로 나도 과거를 알기 전까지는 그런 여자애로 인식했었다.

"뭘 속닥거리는 거야?"

"아, 아무것도 아니야."

매서운 눈초리에 슬금슬금 떨어지는 스도. 하긴 험담에 가까운 이야기를 했으니 미안했으리라.

"와, 아야노코지랑 카루이자와가 사귄다고……? 안 돼, 아무리 생각해도 선 긋기가 안 되네. 잠도 확 달아나고, 2학기 첫날부터 장난 아니구만……."

스도가 중얼거린 그 한마디를 나는 똑똑히 들었다.

1

학교에 도착한 우리. 여기까지 오니 기숙사에서 등교한 3학년과도 종종 마주치게 되었는데, 그들이 배에 있을 때와 변함없이 내게 시선을 보내도 스도는 전혀 알아차리지 못했다.

여름방학 동안에도 밖에 나갈 때마다 같은 광경을 계속 봐야 했는데, 이 시선에 익숙해질 일은 앞으로도 없으리라. 누군가가 나를 지켜보는 것은 그만큼 강한 압박감과 답답함을 준다. 이것만은 시선 자체를 깨끗이 말소시키지 않는 한 계속 이어지겠지.

케이는 곧바로 여자 그룹을 형성해 여름방학 화제로 이야기꽃을 피웠고, 스도 역시 친한 이케와 혼도와 잡담을 나누기 시작했다. 나도 아야노코지 그룹과 가볍게 대화를 나누며 종이 울리기를 기다렸다.

이윽고 들어온 차바시라가 1학기 때와 다름없는 태도로 입을 열었다.

"이번 2학기에는 너희에게 몇 가지 큰 이벤트가 있다. 먼저 작년에도 치렀던 체육대회. 10월에 열리는, 학생들의 신체 능력을 보는 시험이 될 거야. 작년과 다른 규칙도 있지만, 핵심은 큰 차이가 없을 거다."

방금 차바시라가 말했듯 신체 능력이 중요한, 요컨대 공부만 잘하는 학생에게는 고민의 씨앗이 될지도 모르는 싸움이 곧 시작된다는 뜻이다. 당연한 말이지만 친한 친구 케세이와 아이리처럼 운동에 취약한 학생들은 얼굴을 잔뜩

구기고 이야기에 귀를 기울이고 있었다. 1학년 때와 다른 규칙이라는 이야기도 마음에 걸린다.

"그리고 11월에는 고도 육성 고등학교에서 최초로 시도하는 문화제 개최가 결정되었다. 상세한 내용은 체육대회처럼 다시 고지할 텐데, 이것 역시 9월부터 병행해서 시간을 할애해야 할 거야."

9월은 주로 체육대회 준비. 일주일간 체육 수업이 몇 시간 더 늘어나는 형태가 된다. 그리고 문화제에 관한 논의 등이 일주일에 한 시간 설정되어 있다. 10월 체육대회 종료를 기점으로 본격적인 준비에 들어가서 11월에 문화제를 치르는 흐름인 듯하다.

그밖에 특별시험과 관련되어 있는지는 모르겠지만, 수학여행도 계획되어 있다.

"또 이 이벤트 사이에는 당연히 중간고사와 기말고사도 있다."

좌우지간 바쁜 2학기가 되리라는 것은 의심할 여지가 없다.

"체육대회에 관해서는 다음에 다시 자세히 설명하기로 하고, 지금은 문화제에 관해 얘기하마."

순서상으로는 체육대회가 앞이지만 차바시라는 먼저 문화제에 관해 자세히 설명하기 시작했다.

"문화제에는 많은 내빈을 초대할 예정이야. 그리고 너희는 모든 학년, 모든 반과 매출 총액을 놓고 승부를 겨루게 된다. 부스는 몇 개든 신청할 수 있지만 예산이 한정되어 있어. 자세한 건 태블릿을 보도록."

문화제 개요

• 2학년에게는 반마다 문화제 준비에만 사용 가능한 프라이빗 포인트를 학생 한 명당 5,000포인트씩 지급하며, 범위 내에서 자유로운 활용이 허락된다
(1학년은 5,500포인트, 3학년은 4,500포인트의 초기 비용)

• 학생회 봉사 등 사회 공헌, 동아리에서의 활약 등에 따라 추가 자금이 지급된다
(자세한 내용은 확정 후 다시 반별로 발표한다)

• 초기 비용과 추가 자금은 최종 매출에 반영되지 않으므로 사용하지 않았을 경우 그대로 몰수된다

• 1위에서 4위까지의 반에는 반 포인트 100점 지급
5위부터 8위까지의 반에는 반 포인트 50점 지급
9위부터 12위까지의 반에는 반 포인트에 변동 없음

보수는 비교적 많은 반이 받을 수 있고, 하위 페널티는 없다. 8위 안에만 들면 성과가 있다고 봐야 할까. 규칙도 이해하기 쉬웠고 혼란스러운 구석은 없는 듯했다. 체육대회의 상세 설명보다 먼저 발표된 이유도 이야기를 들어보니 단순 명쾌했다. 규칙 설명을 미리 듣지 않으면 준비에 들어갈 수 없어서겠지. 체육대회야 대회 전까지 미리 신체 능력을 키워두면 어느 정도 대책을 세울 수 있다.

"왜, 왠지 그냥 문화제의 정석 같은 느낌인데."

김빠진 건 아니지만, 그렇게 말하는 시노하라의 기분도 충분히 이해한다.

반 포인트를 잃을 위험도, 퇴학당할 위험도 보이지 않는다. 다른 꿍꿍이가 없는지 의심이 드는 것은 이 학교의 구조에 진하게 물들었다는 증거겠지.

"또 부지 내에서 어느 장소를 확보하는가도 중요할 거야. 예를 들어 내빈이 반드시 지나는 정문 근처에 부스를 희망하면 장소비를 학교에 내야 한다."

태블릿에 새로운 정보가 떠서 나를 포함한 학생들이 그 것을 읽었다.

『부지 내 출점 가능 리스트』라는 제목과 함께 부지 지도, 출점 가능한 위치에 장소와 숫자를 조합한 이름이 기재되어 있었다. 방금 차바시라가 말했던 정문과 가장 가까운 장소는 『정문 1』이라고 적혀 있었고, 장소비는 1만 포인트였다. 정문에서 멀어 내빈의 발길이 거의 닿지 않는 자리

중에는 무료도 있었다. 추가 자금을 고려하지 않을 때의 예산은 20만 정도. 그렇게 생각하면 1만 포인트는 절대 저렴하다고 할 수 없다.

하지만 많은 손님이 예상되는 1등 지역인 것은 의심할 여지가 없다.

"출점 장소는 다른 반 다른 학년과 희망이 겹칠 때도 있을 텐데, 한 곳당 한 반밖에 이용할 수 없어. 희망이 겹치면 서로 경쟁해서 더 높은 금액을 학교에 제출한 반이 권리를 얻는 구조다."

즉 제일 좋은 위치를 확보한다고 무리해서 많은 포인트를 쓰면 부스에 할애할 예산이 대폭 줄어든다. 제한된 예산을 안에서 효율적으로 싸우는 방법을 앞으로 대략 두 달 동안 생각해내야 하는 셈이다.

"어느 반이 어떤 부스를 낼지, 장소를 어디로 할지는 문화제 당일까지 공개되지 않아. 학교 측이 정보를 누출할 일은 없겠지만, 학생들의 귀를 막는 건 불가능하니 주의해야 한다. 정보가 새어 나가면 상대가 무조건 대책을 세울 거라고 보는 게 좋아."

이상적인 부스를 생각해내더라도 다른 반이 따라 하거나 대책을 마련할 위험이 있다는 뜻이다.

"필요한 물품도 수시로 생기겠지. 부지 내에서 구할 수 없는 것은 신청을 통해 허가받으면 외부에서 공수할 수도 있다. 규약 내에서는 예산을 어떻게 쓰든 자유야."

그런 부분까지 포함해서 자세히 알아볼 필요가 있겠군.

"문화제 설명과 규칙은 이것으로 끝이야. 구체적인 준비, 설치 기간은 체육대회가 끝난 후부터 시작이지만 오늘부터 서로 의논해서 어떤 부스를 할지, 예산을 어떻게 배분할지 시간을 할애해 미리 시작하도록."

문화제에 할애하는 시간이 많으면 많을수록 정밀도를 올릴 수 있겠지.

2

방과 후가 되자 동아리에 가는 학생을 제외하고 많은 아이가 교실에 남았다.

물론 11월에 있을 문화제에 관한 첫 회의 때문이었다.

이 중에는 중학생 때 문화제를 경험해 본 학생도 일정 수 있겠지.

나는 딱히 가진 정보가 없어서 늘 그렇듯 듣기만 했다.

"우선 간단하게 우리 반은 뭘 할지 생각나는 대로 목록을 짜 볼까?"

교실 모니터 사용을 허락받은 요스케가 태블릿에 글씨를 써넣었다.

"문화제 하면 자고로 먹거리 아니면 귀신의 집 아니겠어?"

먹거리, 귀신의 집, 미로 찾기, 카페, 라이브, 연극 등등.

흔한 것부터 하나씩 추가로 열거되어 갔다.

"개최 시간은 오전 10시부터 오후 3시까지. 음식 부스는 내빈으로 올 어른들도 이용하겠지. 하지만 그만큼 경쟁률도 높을 거야……."

"그리고 예산과의 균형. 한번 만들고 나면 이후부터는 비용이 별로 들지 않는 귀신의 집이나 찾기 같은 것보다야 아무래도 돈이 많이 들 테고."

음악 기자재 등 일부는 대여료를 내면 빌릴 수 있는 듯했지만, 개수에 제한이 있는 만큼 빠른 사람이 임자였다. 게다가 수익을 올릴 수 있을 만큼 솜씨 좋은 학생이 얼마나 있는가와 같은 문제도 있다.

"우리 반은 39명. 그러니까 현재 예상할 수 있는 예산은 195,000포인트. 솔직히 충분하다고 말하기는 힘든 금액이야. 음식을 만든다고 해도 쉽게 결정할 수 없어."

"한 가지 제안이 있는데, 들어볼래?"

"의견 제시는 언제나 대환영이야, 호리키타."

"히라타가 말했듯이 문화제에 할애할 수 있는 예산은 한정적이야. 하지만 탁상공론만 해봐야 알 수 없는 게 많아. 가령 노점에서 다코야키를 굽는 것만 해도 어떤 재료를 쓸지, 맛있게 만드는 방법, 기타 다양한 것들이 필요해. 그러니까 우선은 반에서 아이디어를 모은 다음, 프라이빗 포인트를 써서라도 계속 실제로 테스트해보는 게 좋지 않을까?"

그 제안에 많은 학생이 찬성하며 고개를 끄덕였다.

하긴 요리고 부스고, 뭘 하려면 실제로 시험해보는 것이 중요하다.

물론 비용을 자기가 부담해야 하는 리스크가 있지만, 나중에 반 포인트로 다 돌려받을 수 있다면 필요한 선행 투자라고 생각할 수도 있다.

"하지만…… 아, 방금 그 의견을 나쁘게 말하려는 건 아니고, 자기 부담이라고 하면 소극적으로 되어서 아무것도 하지 않는 사람이 나오지 않을까?"

다 남에게 떠넘기고 문화제에 힘을 쏟지 않는 학생도 나오지 않겠냐고 걱정하는 마츠시타.

"그렇더라도 괜찮아. 아무거나 대충하는 제안에 시간을 허투루 쓰고 싶진 않으니까. 그래도 열심히 공헌하려는 사람을 저버릴 수는 없지. 이거다 싶은 게 떠오르면 적극적으로 프레젠테이션을 하는 거야. 그래서 채택되면 그 아이디어를 낸 사람에게 보수를 주는 건 어떨까?"

"음, 좋은 생각이네. 열심히 한 사람이 보상받고 환원되는 건 괜찮은 아이디어야."

"구체적인 보수는 나중에 정해야겠지만, 예를 들어 문화제에서 반 포인트를 100점 땄을 경우 반이 한 달에 얻는 프라이빗 포인트는 39만이 돼. 그걸 입안자에게 보수로 나눠주는 거지. 이런 형태로 가면 큰 불만은 나오지 않을 거야."

예컨대 정해진 프로그램이 다섯 개라고 가정하면 한 사람당 78,000포인트. 만약 입안자와 협력자가 너무 많아서 나눠봐야 큰 이득이 없을 때는 두 달 또는 석 달 분의 합계 금액으로 나눠도 좋으리라. 이렇게 하면 문화제에 적극적으로 임하는 학생이 이득을 보고, 손 놓고 있던 학생도 나중에는 은혜를 입을 수 있다. 무엇보다 반 포인트가 늘어난다면 반대할 이유가 없다.

"그리고 아이디어를 도둑맞지 않도록 정보 보안에 철저할 것. 학교, 기숙사, 케야키 몰 등 어느 곳에서든 말조심해야 해."

철저한 비밀 유지. 앞으로 두 달이나 될 준비 기간 동안 아주 중요한 일이다.

이후로도 회의는 이어졌다. 우선 호리키타 아니면 요스케에게 아이디어 프레젠테이션을 하고, 실제로 채택될 가능성이 있으면 이야기를 더 진전시키는 흐름으로 결론이 났다.

3

그로부터 2주 정도, 우리의 학교생활은 여느 때와 다름없이 흘러갔다.

문화제와 체육대회 준비를 병행하면서 학업에 충실한 나날. 이른바 평범한 학교와 다르지 않은 하루하루를 반복하고 있다고도 할 수 있는 귀중한 시간이었다. 의외로 스도의 입을 통해 나와 케이의 사이가 소문나지는 않은 바람에, 그 사실을 새로 알게 되는 사람은 나오지 않았다.

그리고 9월도 절반이 지난 셋째 주 수요일의 방과 후. 반에서 자리가 뒤쪽인 나는 제일 앞줄 중앙에 앉아 있는 호리키타에게 접근하는 의외의 인물을 포착했다.

"저기, 호리키타. 혹시 이따 시간 좀 내줄 수 있어?"

살짝 주저하며 말을 거는 사토. 호리키타와 접점이 없는 여자애 중 한 명이었다.

"한 시간 후에 학생회에 가야 하는데, 그 시간이랑 겹치지만 않는다면 상관없어. 무슨 일인데?"

호리키타는 의아한 표정이야 짓지 않았지만, 사토에게 이렇게 말 걸린 경험도 거의 없었을 거다. 그녀가 이상하다는 듯 묻자, 사토가 살짝 목소리를 낮춰 대답했다.

"문화제 때 뭘 할지 나 나름대로 생각해봤달까…… 말했잖아? 생각나는 게 있으면 말해달라고."

"응. 프레젠테이션은 대환영인데……."

"그거 그거, 프레젠테이션을 하게 해줘. 나, 이 문화제에서 진짜로 이길 수 있을 만한 아이디어를 떠올렸거든."

자신감을 드러내는 사토였지만 호리키타는 쉽게 반기지 않았다.

그도 그럴 터, 지난 열흘 남짓 호리키타에게 제안해 온 학생이 적지 않았기 때문이다.

채택되면 보상이 있기에 남녀 할 것 없이 계속해서 호리키타에게 아이디어를 냈다.

　문화제의 정석에서부터 기발한 것까지 종류는 다양했는데, 공통점이라면 뭘 할지 대충 이름만 말해서는 호리키타가 상대해주지 않는다는 것이다. 입안자에 대한 보수를 공언한 날, 혼도가 기다렸다는 듯 치킨이 맛있으니까 튀겨서 팔자고 제안해왔다. 하지만 호리키타는 기획서를 작성해 오라며 일축. 안건으로 받아들이는 자세조차 보여주지 않았다. 다음 날, 혼도가 굴하지 않고 치킨 기획서를 제출했으나 거기에 적혀 있던 것은 인터넷에서 대충 찾아낸 치킨 레시피와 가격, 그리고 얼마나 맛있는지에 대한 열변뿐.

　그 수준 낮은 기획서를 본 호리키타는 다시금 기획서의 중요성을 역설했다. 가령 치킨 부스를 설치한다면 원가는 얼마에 할지, 장소는 어디로 할지, 필요한 사람은 얼마나 되는지, 정가가 얼마고 손님 수는 몇 명으로 예상하는지, 그 근거는 무엇인지. 꼼꼼히 정리해 온 사람의 안건만 듣겠다고 단호하게 못 박은 것이다.

　그런데 의견 제시가 엄격해지면서 호리키타에게 가벼운 마음으로 아이디어를 가져오는 사람이 확 줄어들 줄 알았는데, 예상과 다르게 날이 갈수록 기획서를 가져오는 학생이 점점 늘어났다.

　그리고 실제로 몇 개의 안건이 호리키타의 채택 검토 리스트에 오르게 되었다.

　다만 그 어떤 기획서도 결정적 한 방이 부족해 아직 채택에 이르지 못했다.

"그럼 기획서를 줄래?"

"아, 응. 물론 준비는 했는데…… 여기서는 좀. 괜찮으면 시간을 따로 내줄 수 있을까?"

"그래? 뭐, 상관없어. 어디로 가면 돼?"

"으음. 그럼 30분 후에 특별동 빈 교실. 선생님께는 미리 허락받아 놨어."

"빈 교실?"

이상하다는 듯 되묻는 호리키타에게 그럼 잘 부탁해, 하고 인사한 사토는 등을 돌리다가 나와 눈이 마주치자 곧바로 다가왔다.

"저기, 아야노코지. 아야노코지도 시간 돼?"

"나? 딱히 별 일정은 없는데."

"방금 내 이야기 다 들었지? 30분 후에 호리키타랑 같이 와줄 수 있을까?"

"갈 수는 있는데, 왜 나까지?"

"그건 지금은 비밀. 와보면 알아."

조금 전에 호리키타에게 했던 태도와 똑같이, 사토의 얼굴에 자신감이 넘쳤다.

"그럼 기다리고 있을게!"

스마트폰으로 시간을 확인한 사토는 서둘러 교실을 빠져나갔다.

"무슨 일일까, 쟤. 꽤 자신만만해 보이는데."

"정말로 괜찮은 걸 생각해서?"

"그렇다고 해도 굳이 불러낼 일인가?"

그녀의 진의는 나도 잘 모르겠지만, 어쨌든 30분 후에는 알게 될 것이다.

나와 호리키타는 교실에서 각자 대충 시간을 보내다가 특별동으로 향했다.

4

어차피 목적지가 같으므로 호리키타와 함께 특별동으로 향했다.

사토가 알려준 교실 앞에 도착하자 무슨 영문인지 마에조노가 앞에 서 있었다.

"아, 나는 망을 보는 역할이야. 방과 후 특별동에 올 사람은 없겠지만, 혹시 모르니까."

"망? ……생각했던 것보다 훨씬 공 많이 들였네."

어느 학년 어느 반이 무엇을 하는지 당일까지 숨기려고 하는 것은 대전제지만, 그래도 경비까지 서는 모습에 호리키타는 약간 놀란 듯했다.

그리고 그건 나 역시 마찬가지였다. 교사에게 부탁해서 특별동의 교실을 빌린 것도 모자라 제삼자의 개입을 방지하기 위해 망까지 보다니. 심지어 창문을 통해 교실 안을 보지 못하도록 간소하게나마 종이로 가려놓았다.

"그럼 바로 들어가 볼게."

"아, 잠깐만. 지금부터는 실제랑 똑같은 형식이니까 호리키타도 아야노코지도 손님 입장이 되어 체험해 봐."

"그런 거구나. 좋아, 부실한 기획서를 읽는 것보다 훨씬 이해하기 쉽겠네."

이 정도로 공을 들였으니 호리키타도 어쩔 도리 없이 기대치가 높아지리라.

실제로 채택할지는 내용에 달렸지만, 문화제에서 이기기 위해 정말로 노력하고 있다는 사실은 이것만으로도 알수 있으니 호리키타로서는 기쁠 것이다.

나와 호리키타는 주위에 사람이 없는지 다시 한번 확인한 후 천천히 교실 문을 열었다.

제일 먼저 눈에 들어온 것은 예상치 못한 알록달록한 색깔.

정말 여기가 무기질하고 특별한 것 없는 교실이 맞나 싶을 만큼 밝고 예쁘게 꾸며져 있었다.

"이건······."

"어서 오세요~. 메이드 카페 Maimai입니다아!"

세 여학생이 각각 개성 넘치는 옷을 입고 입을 모아 우리를 맞이했다.

우리를 이곳으로 부른 사토와 그 옆의 마츠시타는 메이드복을, 창피한지 시선이 요동치는 미짱은 중국 전통 의상을 입고 있었다.

참고로 일반 교실에는 모니터가 구비되어 있지만, 평소 사용 빈도가 적은 특별동은 여전히 화이트보드였다. 그 화이트보드를 이용해 펜으로 귀엽게 가게 이름을 써놓았다.

우리는 자리로 안내받은 후 직접 만든 메뉴판을 받았다.

"무엇을 주문하시겠어요? 주인님."

"잠깐만. 주문하기 전에 질문 하나 해도 되니?"

"응? 뭐?"

"이거, 이만큼 준비하는 데만 해도 상당한 시간과 돈이 들었을 것 같은데?"

아무래도 즉시 준비 가능한 수준이 아니다. 장식은 열심히 하면 어찌 된다 해도, 의상은 어떻게 마련했을까.

"마츠시타, 얼마나 들었어?"

"준비 기간은 약 4일. 비용은 예상보다 적었어. 총 13,200 프라이빗 포인트. 여기 있는 세 사람이랑 마에조노까지 넷이서 기획해 돈을 나눠 냈으니까 한 사람당 3,300포인트. 내역은 옷 대여 세 벌이랑 잡화점에서 색종이, 펜 같은 걸 샀고. 식기류는 우리 개인 물품이라 비용이 안 들었고."

그렇군, 식기류에 통일감이 없었던 이유가 그건가. 물론, 이건 아직 기획 단계이기 때문에 최대한 절약한 결과다. 오히려 최소 비용으로 줄이고 준비했다는 게 새삼 감탄스러울 정도다.

"임팩트 면에서는 완벽해. 지금까지 본 어떤 제안보다도.

하지만——."

시선을 끄는 부분에서는 더할 나위 없다며 칭찬한 호리키타지만, 그것으로 채택까지 갈 만큼 쉬운 사람은 아니다.

"중요한 전체 예산을 알려줄래? 구체적인 과정을 알고 싶어."

날카로운 지적에 사토는 당황하지 않고 미짱을 쳐다보았다.

"으음, 기획서를 최대한으로 정리해봤어요."

미짱이 가방에서 클리어 파일을 꺼내 호리키타에게 건넸다. 미짱이 직접 썼는지 정갈한 글씨로 세 장에 걸쳐 상세하게 적혀 있었다. 의상은 대여라고 되어 있었는데 세 곳에서 견적을 뽑아 각각 한 벌씩 빌렸다는 것. 가격과 퀄리티, 종류를 비교한 것. 당일 사용할 식기류를 저렴하게 샀을 경우와 비싸게 샀을 경우의 차액 비용. 기준이 되는 인원수와 그에 따른 손님 수용 수의 차이 등.

"지금까지 본 그 어느 기획서보다도 뛰어나고 완성도가 높네. 대단해."

솔직하게 칭찬하자 사토와 마츠시타가 미짱의 옆구리를 쿡 찌르며 칭찬하는 거라고 알려주었다. 당사자는 여전히 수줍어하면서도 살짝 고개 숙여 화답했다.

여기까지는 만점이라고 해도 과언이 아닌 사토 일행의 기획안.

하지만——.

"흥미로운 기획임은 틀림없어. 특이한 장르는 아닐지 몰라도 제대로 준비하면 가능성이 있을 것 같아. 다만 약점이 있어. 의상 대여비가 한 벌당 4,000포인트. 기획서대로라면 열 벌에 4만 포인트. 그리고 음료랑 주전부리 준비에 들어가는 예상 비용이 5만 포인트. 이것만 해도 총 9만……. 교실 꾸미는 데 5,000포인트고, 거기에 장소비까지 들어갈 경우……. 도저히 비용이 싸다고는 말하기는 어려워."

인력 부분은 자금이 들지 않으니까 억지로 확보 가능하다고 쳐도, 현재 예산의 절반에 가까운 자금을 부스 하나에 써버리는 셈이 된다.

"그, 그건 그렇지만…… 대신 그만큼 단가를 올릴 수 있을 거야!"

사토 일행이 만든 메뉴판, 이를테면 홍차는 한 잔에 800포인트. 케야키 몰 내 카페보다 비싼 금액이었다. 물론 앞으로 조정하기에 따라 많이 내려갈 수도 있겠지만, 이 세 사람은 그 가격에도 팔릴 거라고 판단한 듯했다.

세 장에 걸친 기획서를 읽는 호리키타의 모습은 진지 그 자체.

다만 주위에 있는 사토 일행의 복장이 동화 같다고나 할까, 현실감이 없어 이상한 위화감이 들었다.

이윽고 결론을 내렸는지 호리키타가 고개를 들었다.

"다시 한번 확인하겠는데, 이 기획…… 아무한테도 보여주지 않았지?"

"물론 철저하게."

자신감을 내비치며 마츠시타가 고개를 끄덕였다. 이어서 사토와 미짱도.

"──좋아. 메이드 카페에 대해 긍정적으로 검토해볼게. 너희는 철저한 비용 삭감까지 포함해서 이 기획서를 더 구체적으로 해 줄 수 있겠니?"

"정말?! 해냈다!"

세 사람이 기뻐하며 하이파이브 했다.

"기뻐하긴 아직 일러. 어디까지나 긍정적으로 검토하겠다는 것뿐이야."

그렇게 말은 했지만, 호리키타에게서 긍정적으로 생각하겠다는 언질을 받아낸 것은 큰 성과리라.

둘이 복도로 나오니 망을 보고 있던 마에조노도 기뻐하며 손을 흔들었다.

교실 안의 소란이 마에조노의 귀에도 들렸을 테니.

"그나저나 꽤 높이 사는 것 같은데. 설마 긍정적으로 검토하겠다는 말까지 할 줄은 몰랐다."

"승산이 없을 것 같으면 경솔하게 받아들이지 않아. 실제로 그동안 받은 제안들은 대부분 그 자리에서 거절했고 잘해야 보류밖에 하지 않았는걸. 그만큼 저 애들이 만든 기획에 힘이 있다는 거지."

메이드 카페라는 아이디어 자체는 그 정도로 기발한 것은 아닐 터.

하지만 우리 반의 강점을 여지없이 발휘해서 손님들의 마음을 흔들 가능성을 봤기에 호리키타도 협력을 아끼지 않을 생각이 든 듯하다.

"만약에 다른 반이 똑같이 메이드 카페를 해도 승산 있다는 뜻인가?"

"응. 아니라고 생각하니?"

"아니, 나도 그렇게 생각해."

허접한 음식을 파는 부스를 내봐야 여러 라이벌과 충돌할 뿐이다. 반면 메이드 카페는 한두 개쯤 겹치더라도 실력으로 제압할 수 있다. 샘플 의상을 입은 세 사람도 그렇지만, 강력한 인재가 우리 반에서 아직 잠자고 있으니.

"그래서 말이야. 저 애들의 기획을 확실하게 다듬기 위해 너도 좀 협력해줘야겠어."

"협력? 설마 나더러 코스프레를 하라고?"

"무슨 바보 같은 소리야? 하기로 마음먹은 이상에는 전력을 다할 거야. 그러려면 최고의 인재를 준비해야 하잖아? 그런 건 남자인 네가 해야 할 일이라고 봐."

"아니…… 뭐, 무슨 뜻인지는 알겠지만…… 달리 적임자가 있을 텐데."

"그래. 이런 쪽으로는 이케나 혼도 같은 애들의 안목이 더 뛰어날지도 모르지. 하지만 그 애들한테 이 이야기를 하면 정보가 새어 나갈 위험이 있어. 입이 가벼우니까."

"그건…… 반박 못 하겠다."

발설할 생각이 없어도 자기도 모르게 저질러버리기 쉬운 애들이다.

　"내부 사정에 대해 아는 사람을 쓸데없이 늘리고 싶진 않아. 너도 알잖아?"

　"그건 그렇지."

　사토에게 불려 나간 것이 불운, 일이 이렇게 될 운명이었는지도 모른다.

　"그러니까 일단 인선은 너한테 맡길게. 물론 받아들이는 사람한테는 이번 일에 대해 말해도 상관없지만, 비밀 엄수를 잊지 마. 만일의 사태가 벌어지면 기획이 흐지부지되고 말 거야."

　그만큼 정보 엄수가 중요하다는 뜻이다.

　"그래⋯⋯. 그런 의미에서도 정보 공유자를 최소한으로 줄이고 싶어. 그냥 너한테 다 맡겨도 될까? 나중에 정식 예산이 정해지면 인력 분배에서부터 총비용, 관리까지 부탁할게."

　"잠깐잠깐. 이야기가 갑자기 훌쩍 뛰네. 나한테 다 맡기겠다고?"

　"문화제에서 부스를 꼭 하나만 하라는 법은 없어. 남녀, 인재의 균형을 따져도 여러 개의 부스를 운영해야 해. 적은 예산을 가지고 매출을 올릴 방법을 고민하는 것만 해도 많이 힘들 테니까 난 그쪽에 집중하고 싶어."

　나도 집중하게 해주고 싶은 마음이 굴뚝같지만, 그렇다

고 왜 나야? 하는 생각이 든다.

"정식 오퍼, 받아들이는 걸로 생각해도 되겠지?"

받아들이는 태도를 보여준 기억이 전혀 없는데, 뭐라 대답하기도 전에 다 결정되어 버렸다.

"난감하네……."

내가 메이드 카페 운영을 과연 잘할 수 있을까. 도무지 자신 없는데.

사토와 마츠시타, 미짱은 확정이고…… 메이드를 몇 명을 더 정해야 하나.

아직 먼 이야기지만, 조만간 정리해야 할 것 같다.

"난 이제 학생회에 가야 해서 이만."

"어, 어어……."

머리를 쥐어뜯고 싶은 안건을 받아버린 나는 특별동을 빠져나가는 길에 차바시라를 발견했다. 장소가 장소인 만큼 우연히 지나가던 길은 아닌 듯했다.

"사토를 만나고 왔나? 기획에 관해서는 들었어. 뭘 할 생각인지도. 나쁘지 않은 아이디어야."

"네. 사토 입장에서는 일단 제안이 받아들여질지 확인부터 하지 않으면 착수할 수 없을 테니까요."

그렇게까지 본격적으로 준비했는데 받아들여질지를 모른다는 것은 웃을 수 없는 이야기다.

"개인적으로 어떤지 궁금해서 가보려고 했는데. 어땠지?"

"호리키타도 긍정적이었어요. 승산이 있다고 판단했습

니다. 이제부터 더 구체적으로 진행해보려고 합니다."

"그래? 그럼 굳이 보러 갈 것까진 없겠군."

"저까지 휘말리게 돼서 일이 좀 성가셔졌지만요."

"휘말렸다니?"

"호리키타의 지시로 그 기획의 감독을 제가 맡게 되었습니다."

"네가? 그거 안 됐구나······."

가여워하는, 동정 어린 눈빛을 보낸 차바시라가 뭔가 재미있다는 듯 피식 웃었다.

"좋은 일이야. 호리키타가 아주 흥미로운 제안을 했네."

"이런 분야는 이케나 박사 같은 애들이 저보다 몇 배는 더 잘 맞을 것 같은데 말이죠."

나에게는 메이드 카페에 대한 사전지식이 전혀 없다.

"오타쿠 컬처의 이해도는 그 둘이 더 뛰어날지도 모르지. 하지만 문화제에서 중요한 건 매출이야. 그 두 사람은 반에서 낸 부스의 퀄리티를 높이는 건 가능해도 치밀한 이익, 계산은 기대하기 어렵잖아. 그래서 네가 감독을 맡는 게 의미가 있는 거야. 궁금한 점은 그 두 사람한테 물어보면 해결되고."

그렇게 간단히 말했다. 의견을 흡수하려면 나도 필요한 지식을 갖춰야 한다. 무지한 상태에서 충고만 들어봐야 정답에 도달한다는 보장도 없고, 반대로 잘못된 부분을 지적하기도 힘들다.

"공부 이외의 것도 배울 기회가 생겼다고 생각하고 각오를 잘 다져봐. 메이드 카페 점장님."

"······그래야겠죠."

이만 돌아가려는데, 등 뒤에서 차바시라가 불러 세웠다.

"아야노코지. 다음에······ 시간을 좀 내주겠나."

"다음? 언제요?"

"조만간 메시지를 보내마. 그래도 될까?"

"뭐, 저는 딱히 상관없어요. 일정이 있으면 비우기로 하죠."

거절할 수도 있었지만, 차바시라의 진지한 눈빛을 본 나는 순순히 받아들이기로 했다.

○두 교사, 운명의 특별시험

메이드 카페의 점장(?)을 맡게 된 다음 날 아침.

교실에 들어 온 차바시라의 굳은 표정을 보고 많은 학생은 곧바로 이변을 알아차렸다.

다만 이번에는 평소와 다르게, 제일 먼저 『특별시험』이라는 글자가 머리에 떠오르진 않았으리라. 그 가장 큰 이유는 다들 다음 시험이 체육대회라고 예상하기 때문이다. 또 그 뒤에는 문화제도 기다리고 있다.

"10월 체육대회 전에 너희는 새로운 특별시험을 치르게 될 예정이다."

학생들 사이에 약간의 동요가 일었다. 작년 이맘때에는 이미 체육대회에 대비하느라 다른 특별시험을 치지 않았었는데, 올해는 달랐다.

"빡센 무인도 시험을 겨우 끝냈구만, 또 다음 특별시험이라니요……."

이것 역시 늘 있는 일이지만, 누구보다 제일 먼저 이케가 입을 열어 불만을 토로했다.

퇴학이 바로 옆까지 다가왔던 무인도 시험을 무사히 통과하고, 시노하라 사츠키와 정식 연인이 된 이케인 만큼 첩첩산중이라는 글자가 머릿속에 떠올랐으리라.

아무리 거리를 줄이고 더 깊은 사이로 발전하더라도 특

별시험에 따라서는 갑작스러운 퇴학을 당할 수 있다.

OAA 상의 종합 능력이 낮은 학생은 특히 그런 위기감을 느낄 것이 틀림없다.

"헷, 난 바라던 바야. 체육대회에서 날아다니기 전에 가벼운 몸풀기로 특별시험을 쳐주는 거지."

운동신경에 절대적 자신감을 가진 스도가 주먹과 주먹을 맞부딪쳤다.

"우쭐대지 마."

"······응."

호리키타가 바로 일침을 가하자 스도가 살짝 움츠러들며 입을 다물었다.

참으로 훌륭한 주종관계…… 아니, 교우 관계를 키우고 있다.

"솔직히 말하자면 보통은 이 시기에 특별시험을 치는 경우가 별로 없어. 실제로 1학년과 3학년은 특별시험 예정이 없다."

"그러니까 우리 2학년만 체육대회 전에 특별시험을 친다는 건가요?"

의자에 등을 기대고 있던 사토가 앞으로 몸을 내밀며 물었다.

차바시라는 조금도 부정하지 않고 고개를 끄덕였다.

"너희 2학년이 우수하니까 학교 측도 그만큼 높이 평가하고 있다는 거겠지."

"네에에? 높이 평가해서 특별시험이라니…… 좀 이상하지 않아요?"

"물론 특별시험은 너희에게 리스크가 따라붙는다. 반 포인트와 프라이빗 포인트를 잃거나 때로는 퇴학 처분을 받는 학생도 나오니까. 하지만 역으로 생각하면 더욱 충실한 학교생활을 보낼 기회를 더 많이 얻은 거라고도 볼 수 있어. 무엇보다도 너희에게 중요한 A반 승격도 특별시험 횟수가 많으면 많을수록 기회가 많아진다는 뜻이니."

하긴 반 포인트를 많이 따고 싶어도 평소 생활에서는 몹시 어렵다. 굳이 따지자면 특별시험이 없는 기간은 반 포인트를 얼마나 까먹지 않느냐에 주된 취지가 있다. 무인도 시험이든 뭐든, 특별시험을 치를 때 비로소 윗반으로 올라갈 기회가 찾아온다.

"행복과 불행은 표리일체. 위험이 있을 때 그만큼의 이익도 있다는 거죠?"

냉정하게 받아들인 호리키타가 그렇게 물었다.

"바로 그거야."

"하나도 무서워할 거 없어. 우린 지금 분명히 A반에 가까워지고 있어. 어느 정도 비슷해진 B반 이하 삼파전에서 치고 올라갈 기회가 벌써 찾아온 거지."

기회는 한 번이라도 더 많은 게 좋다. 그것은 위를 노리는 이상 모두의 공통된 인식이기도 하다.

"그야 그렇지……. 불평한다고 해서 특별시험이 없어지

는 것도 아니고."

호리키타의 말에 사토를 비롯한 반 아이들도 고개를 끄덕였다.

완성까지는 아직 멀었다지만 버팀목이 될 호리키타의 성장은 반 아이들에게 분명 긍정적 효과를 불러오고 있는 듯했다. 차바시라도 내심 기뻐하는 것 같았지만, 표정으로는 조금도 드러내지 않았다. 원래도 표정이 쉬이 풀어지지 않는 차바시라지만 이번에는 평소보다 더한 느낌이다.

"너희는 이번에『만장일치 특별시험』에 도전하게 된다."

모니터가 켜지고, 늘 그렇듯 영상과 함께 설명이 시작되었다.

"이번 특별시험은 아주 단순해. 그러니 궁금한 점이 있으면 수시로 질문해도 된다. 특별시험은 내일 실시되고, 내용은 이름으로도 알 수 있겠지만 복수의 선택지 중 하나를 골라 만장일치가 될 때까지 반에서 계속 투표를 반복하는 거야."

"내일? ……너무 갑작스러운데요."

준비 기간도 거의 주지 않는다. 물론 대등한 승부인 만큼 유리한 쪽과 불리한 쪽이 있는 건 아니지만 분위기가 차분해졌던 반이 다시 소란스러워지기 시작했다.

"아까도 말했지만, 이 특별시험은 단순해. 학교 측은 미리 시간을 들여서 회의할 필요도 없이 내일 바로 실시해도 문제없다고 판단했다."

만장일치가 될 때까지 반에서 투표를 반복한다.

그것만 들어서는 그리 복잡한 내용처럼 보이지 않았다.

"그러니까 이번에는 다른 반이랑 대결하는 게 아니라는 이야기네요?"

요스케가 가장 중요한 부분에 대한 대답을 곧장 요구했다.

"그래. 반 내부에서 완결되는 특별시험이기에 다른 반과 경쟁하지는 않아. 당일에 시험이 시작되면 학교 측에서 너희에게 다섯 개의『과제』를 낼 거야. 과제의 내용은 모든 반이 동일하고 차별은 없다."

과제 내용이 다르면 반마다 난이도가 달라지니 당연하다면 당연한가.

"그럼 이해를 돕기 위해 바로 예문을 내겠다."

예문:

반 포인트를 5점 잃는 대신 반 아이들 모두 1만 프라이빗 포인트를 받기

선택지 : 찬성, 반대

모니터에 표시된 과제. 그 내용은 고지한 대로 이해하기 쉽고 단순했다.

"엥? 이게 뭐지? 으음……반 포인트가 5점 깎이지만 대신

1만 프라이빗 포인트를 받을 수 있다니……. 이게 과제라고? 이거 이익이야? 손해야?"

다들 여러 가지 면에서 의문이 드는 게 당연했다.

아무리 예문이라도 선택을 고민할 만한 문제가 나올 거라고 예상했었기 때문이다.

입을 열었던 시노하라가 손가락을 접으면서 손익 계산을 시도했다.

반 포인트 1점당 프라이빗 포인트 100점.

즉 반 포인트 5점의 가치는 500 프라이빗 포인트.

단순히 생각하면 후자인 프라이빗 포인트 쪽의 가치가 압도적으로 높다.

다만 반 포인트는 그 가치가 계속 유지된다.

한 달이면 반 포인트 5점은 500 프라이빗 포인트에 지나지 않지만, 1년으로 따지면 고작 반 포인트 5점이 6,000 프라이빗 포인트의 가치를 갖는다. 졸업 때까지 남은 기간을 생각하면 이제 프라이빗 포인트를 받을 기회는 2학년 10월부터 3학년 3월까지 총 18번. 요컨대 반 포인트의 가치는 9,000 프라이빗 포인트다.

당장에 1만 프라이빗 포인트를 받을 것인가, 졸업 전까지 나눠서 총 9,000 프라이빗 포인트를 받을 것인가. 프라이빗 포인트만 생각하면 전자가 조금 더 이익이다.

하지만 일은 그리 단순하지 않다.

가령 여기서 반 포인트 5점을 잃은 것이 끝까지 영향을 미쳐 그 차이로 A반을 놓치고 만다면 나중에 과거를 회상할 때 최악의 선택으로 기억될 것이다.

물론 5점이 승패를 가를 확률은 그리 높지 않겠지. 그렇다면 프라이빗 포인트를 1만 점 확보하는 것이 더 이익인 경우도 충분히 생각해볼 수 있다.

결국 어느 쪽으로 생각해도 이익과 손해가 있다는 뜻이다.

"이 과제에서 39명은 완전한 익명으로, 제시된 선택지 중 하나를 골라 투표한다. 백문이 불여일견이니 직접 해보자. 여러 가지로 의문을 느끼는 학생도 많겠지만, 우선은 의논 없이 몸으로 느껴봐. 태블릿을 써서 찬성 혹은 반대에 투표하면 돼."

차바시라가 조작하자, 나를 포함한 반 학생들의 태블릿 화면이 바뀌었다.

태블릿에 과제 내용이 뜨면서 찬성 또는 반대를 누를 수 있게 되었다. 지금까지 겪어본 적 없는 특이한 특별시험이다. 일단은 진지하게 머리를 굴려 본다.

반 포인트에 직접적인 영향이 없는 프라이빗 포인트. 찬성을 누르면 반 아이들 모두 1만 포인트를 얻을 수 있다는 것은 단순히 이익이다. 하지만 그 대신 반 포인트를 단 5점, 그러나 5점 잃는다.

이런 경우에는 인간이 본질적으로 어떻게 생각하는지를 짚어볼 필요가 있다.

프라이빗 포인트 1만이 이익인가 반 포인트 5점을 잃지 않는 게 이익인가, 하는 것이 아니라 그 반대. 어느 쪽을 선택했을 때 '후회'하지 않을까 하는.

나는 적을 것으로 예상되는 『찬성』 쪽을 누르고 결과가 어떨지 보기로 했다. 첫판부터 만장일치가 되는 것은 좋지 않다고 판단했기 때문이다.

잠시 후 집계가 끝났는지, 차바시라가 손에 든 태블릿에서 얼굴을 들었다.

"자, 투표가 모두 끝났으니 바로 결과를 보여줄게."

그 신호와 함께 모니터에 결과가 떴다.

제1회 투표 결과 : 찬성 3표, 반대 36표

반대 의견이 더 많을 거라고는 예상했지만 생각했던 것보다도 더 차이가 컸다.

"저, 저기 말이야? 아기자기한 반 포인트 5점보다 1만 프라이빗 포인트가 더 많은 거 맞지? 내 계산이 틀렸나? 어째서 반대가 많은 거야?"

찬성에 투표한 듯한 이케가 반 아이들을 보면서 이상하다는 듯 물었다.

"물론 프라이빗 포인트의 액수만 놓고 보면 1만 포인트쪽이 이익이지. 하지만 반 포인트는 A반을 목표로 할 때 꼭 필요한 거잖아. 차액이 1,000포인트밖에 안 난다면 굳이 귀중한 반 포인트를 줄일 이유는 없어."

여기서 반대에 투표한 듯한 호리키타가 왜 반대를 택했는지 이론적으로 설명했다.

"만에 하나 반 포인트 5점의 차이가 승패를 가른다면 얼마나 분하겠어."

내 생각처럼 다른 학생들도 당연히 『만에 하나』라는 위험을 걱정했다. 또 다른 세 반 역시 같은 과제에 도전한다는 사실을 잊어서는 안 되겠지. 만약 세 반이 반 포인트 쪽을 택해 반대에 투표했다가 만장일치라도 된다면 우리 반만 한 걸음 후퇴하게 되는 셈이다. 물론 얻은 1만 프라이빗 포인트를 활용할 수 있다면 이야기도 달라지지만.

"각자 생각하는 게 있겠지만 설명을 계속 듣도록. 반대 36표로 압도적인 차이가 났지만 만장일치는 아니었으니까 이럴 때는 재투표에 들어간다. 실전에서는 다음 투표 때까지 인터벌이 고정적으로 10분 있어. 그때 지금처럼 자유롭게 대화를 나눌 수 있고, 자리에서 벗어나 의견을 교환하는 것도 허락되지만 지금은 생략하도록 하지. 그럼 재투표를 시작하자."

이 시험은 만장일치를 만드는 것이 목적.

만장일치가 되지 않으면 무효가 되고 10분간의 인터벌이 반드시 들어간다.

설령 의견이 바로 통합된다고 해도 그만큼의 시간을 손해 보는 것이다.

이번 특별시험은 구조상 시간에 제한이 있을 게 틀림없다.

잘못해서 계속 불일치가 이어졌다가는 시간 종료 가능성도 생기겠지…….

그렇게 되면 두 번째 투표에서 취해야 할 행동은 깊게 생각할 필요도 없이 반대를 택하는 것.

반대를 고르면 만장일치로 가져갈 수 있다.

그렇기에 나는 두 번째 투표에서도 일부러 『찬성』에 던져보기로 했다.

그렇게 하면 반 아이들이 이번 특별시험을 더욱 깊이 이해할 수 있다고 판단했기 때문이다.

제2회 투표 결과 : 찬성 2표, 반대 37표

"야, 야, 방금 이야기를 듣고도 아직 찬성을 고르는 애가 있냐?"

"미안해. 그거 나야, 스도. 일부러 만장일치를 피해 봤어. 보아하니 나랑 같은 생각을 한 사람이 또 있는 것 같지만 말이지."

나를 쳐다보지는 않았지만 어쩌면 내 얘기인지도 모르겠다.

"두 번째 투표 결과다. 거의 '반대'로 굳어졌지만, 아직 찬성이 두 표 남았어. 이러면 다시 한번 인터벌에 들어가서 10분 후에 투표를 재개하게 돼. 이렇게 투표와 인터벌을 반복하면서 최종적으로 찬성 39표 또는 반대 39표의 만장일치를 만들어내는 시험이야. 물론 이렇게 해서 선택된 것은 전부 실제 가결된다. 지금 같은 경우로 예를 들면 찬성 39표일 때는 너희 모두 1만 프라이빗 포인트를 받는 대신 반 포인트는 5점 잃게 돼. 반대로 반대 39표면 이 과제는 무효가 되고 아무런 효력도 발생하지 않는다."

즉 아무도 포인트를 얻지도 잃지도 않고 과제가 끝난다는 뜻이다.

"만장일치는 되지 않았지만 시간 단축을 위해 다음 예문으로 넘어가겠다."

예문:
반에서 단 한 사람에게 100만 프라이빗 포인트 주기
(찬성 쪽으로 만장일치가 되었을 경우 포인트를 줄 학생을 특정해 다시 투표를 진행한다)

선택지 : 찬성, 반대

"예문을 보고 드는 생각들이 있겠지만, 실전에서는 첫 투표 전까지 사적 대화가 금지되어 있어. 그러니까 일단은 각자 순수하게 과제에 대해 투표하는 거다."

과제 내용을 읽고 어떻게 생각했는지 논의하는 것은 두 번째 투표 전부터 가능하다는 뜻인가.

제1회 투표 결과 : 찬성 39표, 반대 0표

　당연하다면 당연한 결과가 나왔다. 39명 중 단 한 명만 프라이빗 포인트를 받을 수 있다 해도 후자를 고를 이유는 거의 없다. 자기가 못 받아 아쉽더라도 반대로 만장일치를 가져가기는 어렵지.

　"실전에서 이렇게 특정 개인을 선정하는 과제가 출제되었을 경우, 우선은 찬반 투표로 만장일치를 만드는 것까지는 첫 예문과 동일하다. 반대쪽 만장일치는 그 시점에서 과제가 종료되지만, 찬성 쪽 만장일치의 경우에는 과제가 끝나지 않고 다음 단계로 넘어가. 인터벌 때 『누구』를 추천할지 의논하는 거야. 태블릿 상에 자신을 제외한 반 전원의 이름이 표시되는 구조다."

　태블릿 화면이 자동으로 전환되어 정말 자신을 제외한 아이들의 이름이 나열되었다.

　다만 이름의 순서가 불규칙적으로 남녀 상관없이 뒤섞여 있었다.

　"철저한 익명성을 위해 이름의 위치는 투표 때마다 바뀐다. 찬성과 반대 선택지 역시 랜덤으로 바뀌고. 옆 학생의 태블릿을 훔쳐봐서 손가락의 위치를 통해 어디에 투표했는지 짐작하는 걸 막기 위해서야."

　남이 어디에 투표했는지 절대 알아낼 수 없다며 계속해서 규칙 설명을 이어갔다.

"의논해서 확실하게 정해지면 각자 원하는 타이밍에 투표한다. 추천하고 싶은 한 명을 골라 누르면 끝. 인터벌 도중에 한해서는 추천 학생을 교체하는 것도 인정돼. 10분 종료 시점에서 과반수…… 우리 반으로 예를 들면 20표 이상 모은 학생이 특정 학생으로 결정된다. 가령 이케가 많은 추천을 받아 뽑혔다고 치자."

"앗, 저요?! 오예."

"당사자인 이케의 투표권은 일시적으로 사라지고 나머지 38명끼리 투표를 진행하는 거야."

반수를 넘긴 학생은 당연히 만장일치에도 가깝다. 그것이 추천 원리이기도 하겠지.

다음 단계로 넘어가 우리는 새 과제의 투표에 들어갔다.

예문: 이케 칸지에게 100만 프라이빗 포인트 주기

선택지 : 찬성, 반대

제2회 투표 결과 : 찬성 0표, 반대 38표

"으에에엑?! 잠깐, 왜 아무도 찬성 안 하는데?!"

"아니, 너한테 100만은 못 주지, 상식적으로 생각해서."

반 모두가 하고 있을 생각을 스도가 대표로 말했다.

"이케를 대상으로 한 이 투표에서 '반대'로 만장일치가 되었으니 『이케에게 포인트를 주지 않는다』가 가결되는데, 이케가 과제 대상 리스트에서 제외되는 것뿐, 100만 포인트는 여전히 유효해. 즉, 나머지 38명 중에서 다시 학생을 선정해 과제를 이어나가는 거야. 단, 정해진 시간까지 대상을 정하지 못하고 만장일치를 이루지 못했을 경우 시험은 실패. 아무도 100만 포인트를 못 받게 되니 주의하도록."

"헉! 그럼 제가 받을 가능성은 이제 0이 됐다는 거예요?!"

"그래. 찬성이 한 명이라도 있었으면 리스트에서 제외되지 않았겠지만 말이야. 그리고 입후보도 가능해. 인터벌 중에 입후보했을 경우 선착순으로 특정 학생이 된다. 단 입후보는 과제 하나당 한 사람에 한 번밖에 인정되지 않아."

"그럼 만약에 10분 안에 특정 학생에 대한 추천이 과반을 못 넘겼거나 입후보자가 나오지 않으면요? 그런 경우도 충분히 있을 것 같은데요."

"그때는 반에서 랜덤으로 선출되어 투표한다."

시간도 과제도 기다려주지 않고, 강제로 누군가를 뽑아 투표가 진행된다는 것이다.

"한 명 고르는 데 시간이 많이 들지도 모르겠네."

그렇다. 반의 인원만큼 선택지가 늘어나는 거니까.

그렇다고 해서 랜덤으로 뽑히면 순조롭게 결정될 것 같지도 않다.

"다들, 긴장 바짝 하자. 이 특별시험, 생각보다 어려울지도 몰라……."

서로 의논하면 반드시 해결되는 과제라고 꼭 단언할 수 없다.

절대 양보할 수 없는 선택을 강요받을 가능성이 충분히 있다.

아니, 그렇지 않으면 특별시험인 의미가 없지.

예문:

케야키 몰 내 시설 증설이 결정되었다. 다음 중 어떤 것을 희망하는가

(네 반의 투표 결과를 바탕으로 최다 득점한 시설이 채택된다)

선택지 : 음식점, 잡화점, 오락 시설, 의료 시설

지금까지 나왔던 예문과 달리, 찬반이 아니라 네 개의 선택지 중에 하나를 고르는 방식으로 바뀌었다.

찬성, 반대를 묻는 투표만 있는 줄 알았는데 그게 아닌 모양이다.

여기서 고른 선택지는 실제 반영된다는데, 만약 이게 예문이 아니면 정말로 그 시설이 만들어지는 걸까.

"과제가 찬성 등으로 가결되면 그 선택지는 실제로 승인된다고 했지. 하지만 전체에 영향을 미치는 과제에 한해서는 특수한 방법을 취한다. 이런 식의 과제에서 만장일치를

이룬 선택지는 그 반이 고른 한 표에 지나지 않는 거야. 예컨대 우리 반이 음식점으로 만장일치가 되었다고 해도 나머지 세 반이 오락 시설 쪽으로 만장일치가 되었다면 최종적으로는 세 표를 받은 오락 시설이 증설되는 거야."

차바시라가 한 말의 뜻을 아마 다들 이해했으리라. 즉시 실행력을 가지는 과제와 어디까지나 그 반의 한 표가 되는 과제까지 두 갈래로 나뉜다는 것. 어느 쪽이 됐든 신중하게 의논해서 만장일치를 끌어내야 한다.

첫 투표 전에는 사적 대화가 금지되어 있기에 직감으로 선택지를 골라야 한다.

제1회 투표 결과 :

음식점 20표, 잡화점 4표, 오락 시설 15표, 의료 시설 0표

"만장일치가 되지 않았으니 10분간 인터벌에 들어간다."

여기서 처음으로 인터벌이 찾아왔다.

교단 뒤에 있는 모니터에서 10분 카운트다운이 시작되었다. 10분이 지나 강제로 다음 투표 시간이 시작될 때까지 이 상태가 이어진다.

학생들은 자유롭게 자리에서 일어나 큰 소리로 말하든 특정 누군가와 조용히 대화하든 하고 싶은 대로 의견을 정리할 수 있다. 나는 주위를 관찰하며 시간이 지나가기를 기다렸다. 딱히 누군가가 지시를 내리는 일 없이 자유롭게

잡담만 나누다가 10분이 지났다.

"인터벌이 끝나기 전에 자기 자리로 돌아와 투표 준비에 들어가야 해. 투표에 주어지는 시간은 최대 60초. 만약 모두 신속하게 투표를 끝냈을 때는 제한 시간을 기다리지 않고 바로 결과 발표로 넘어간다."

강제적인 10분간의 인터벌과 달리, 투표 시간은 하기에 따라 짧아질 수 있다는 것이다.

"또 60초 이내에 투표를 완료하지 못한 학생에게는 가차 없이 시간 초과 페널티가 부여된다. 개인이 쓸 수 있는 제한 시간은 시험을 다 합해 90초. 다섯 개의 과제를 클리어하기 전에 총 90초의 제한 시간을 다 써버린 학생은 남은 시간이 0이 되어 퇴학 확정이야."

이건 반드시 투표하게 만들기 위한 학교 측의 제약. 만약 투표하고 싶지 않다며 말썽부리는 학생이 있어도 결국은 강제로 퇴학 처리되는 구조.

매번 투표할 때마다 지연시키더라도 58초나 59초에는 투표를 마치지 않으면 귀한 시간만 잃는 만큼, 일부러 그런 짓을 하는 학생은 없을 것이다.

그리고 시작된 두 번째 투표와 그 결과.

제2회 투표 결과 :
음식점 23표, 잡화점 2표, 오락 시설 14표, 의료 시설 0표

의견을 정리하는 이야기도 없었기에 첫 투표와 비슷한 결과로 끝났다.

노골적인 과제도 아닌 이상 첫 투표에서 만장일치가 되기는 쉽지 않다.

그리고 의견을 통일한 다음에는 특정 선택지에 39표를 모으는 것도 그리 어렵지 않다.

다만 이 모든 것들은 전부 과제가 예상 범위 내에 있을 때의 이야기.

내용에 따라서는 꽤 논의가 필요한 것도 있겠지.

"예문은 이걸로 끝이지만 어떤 흐름인지 이해했을 거다. 이번 특별시험을 통과하는 조건은 다섯 시간 이내에 다섯 개의 과제를 만장일치로 만드는 것. 만약 다섯 시간 안에 모든 과제를 끝내지 못했을 경우 아주 무거운 페널티가 기다리고 있다. 반 포인트 마이너스 300점 처분이다."

"사, 삼백?!"

즉 클리어가 절대 조건인 특별시험이라는 소리군.

"다만 시간 내에 끝낸다면 반 포인트를 50점 받을 수 있다."

어딘지 불균형한 느낌의 보수와 페널티지만, 시험 난이도를 생각하면 타당한 건가.

"당황할 건 없어. 이번에는 누구랑 대결하는 것도 아니고 우리끼리 의견만 통일하면 되잖아. 시간이 허락하는 한 인터벌을 넣어가면서 몇 번이든 다시 투표하면 돼."

"특별시험의 개요는 대충 숙지했겠지. 정리된 규칙을 보여주마. 저장하고 싶은 사람은 화면을 캡처하도록."

만장일치 특별시험 개요

규칙 설명
- 학교 측이 내는 과제에 대해 반 학생 전원이 준비된 선택지에 투표한다
  (출제되는 과제는 총 다섯 문제, 선택지는 최대 네 개)

- 선택이 만장일치가 될 때까지 같은 과제를 반복한다
- 과제 도중에 시한이 지났을 경우 그 과제의 진행 정도와 상관없이 일절 승인되지 않는다
- 만장일치로 통과한 과제는 특별시험의 성패와 상관없이 실제 승인된다
- 출제되는 모든 과제를 끝내면 반 포인트 50점을 얻을 수 있다
- 다섯 시간 이내에 모든 과제를 통과하지 못했을 경우는 반 포인트를 300점 잃는다

특별시험의 흐름

①과제가 출제되고 첫 번째 투표(60초 이내)를 한다
②만장일치가 되면 다음 과제로 넘어가 다시 ①로,
　불일치 시에는 ③으로
③10분간 인터벌
　(이때 교실 내에서 자유로운 이동 및 논의를 할 수 있다)
④60초의 투표 시간
　(논의는 불가능하며 투표만 가능하다)
　(60초 이내에 투표하지 못할 경우 누적 페널티를 받는다)
　(누적 페널티가 90초를 초과할 경우 퇴학 처분을 받는다)
⑤투표 결과가 발표 후
　만장일치였을 경우 다음 과제로 넘어가 ①로
　만장일치에 이르지 못했을 경우는 ③으로 돌아간다

　이것을 반복하며 다섯 개의 과제를 종료한 시점에서 특별시험은 클리어. 만에 하나 실패하면 페널티. 여기서 300점이나 되는 반 포인트를 잃으면 A반행 티켓을 놓칠 수도 있다. 이는 절대 과장해서 하는 말이 아니다.
　세 반이 다 통과한다면 그것만으로도 다른 반들과 350포인트나 벌어지고 만다.
　논의야 몇 번이든 할 수 있지만, 역시 난관은 누가 어디에 투표했는지 알 수 없다는 완전 익명 투표라는 점에 있지 않을까.

찬성에 던져놓고 반대에 던졌다고 주장할 수도 있으니.

"어떤 과제가 나올지는 우리 교사들도 전혀 들은 바가 없어. 낙관하는 사람도 있겠지만 절대 방심하지 말라고 충고하마. 또 이번 시험에서는 다른 학생에게 특정 선택지로 투표를 속박하거나 하는 계약 등을 맺는 것을 엄격히 금한다. 또 그 이외에도 금전 거래를 해서 상대의 선택을 제약하는 것 역시 논외 대상이야. 이는 다른 반뿐 아니라 자기 반 안에서도 동등한 효력을 가진다."

강제로 선택을 속박하는 행위를 용납하지 않는다는 건가.

어느 정도 결속해서 표를 굳히는 것은 허용되지만 보장이 뒷받침되지 않는다.

가령 계약을 맺어 반드시 선택지 1에만 투표하기로 해버렸는데 선택지 1 이외에만 투표하기로 계약한 사람이 단 한 명만 있어도 시험 자체가 성립되지 않을 위험이 있으니까 말이지.

그것만으로도 다른 반에 흉포한 공격이 가능해진다.

"학교 측에서는 철저하게 규칙 감시를 할 거야. 만약 반에 외부인이 관여해서 일방적인 선택지를 계속 골랐다는 사실이 발각되었을 경우 관계자 모두 선처 없이 퇴학 처분될 가능성도 있으니 각오하도록. 그리고 만약 부정행위를 제의받은 사람이 있으면 즉시 학교 측에 알리면 해결하기 위해 최선을 다할 것을 약속하마."

통과를 전제로 한 특별시험에서 시한이 지나면 학교 측이 반드시 조사에 나선다는 것.

제의만 해도 필시 강력한 페널티를 받을 듯하니 천하의 류엔이라도 노골적으로 굴지는 못 하리라.

특별시험 시작 전까지 괜히 다른 반 학생과 얽히는 행동도 삼가는 편이 좋겠다.

"그리고 이번 특별시험에서는 일시적으로 『프로텍트 포인트』의 효력이 무효가 된다. 딱 한 명 보호받는 것만으로도 공평한 특별시험이 불가능해지기 때문이야. 프로텍트 포인트를 가진 사람이 어떠한 형태로 퇴학 처분을 받았을 경우, 소지한 프로텍트 포인트를 이용해 퇴학 처분을 취소하는 것은 불가능하다는 이야기야. 다만 개인 혹은 반 전체가 2,000만 프라이빗 포인트를 내는 경우는 퇴학을 면할 수 있다."

이 반에 지금 그만큼의 프라이빗 포인트는 없다.

다시 말해 퇴학 처분을 받은 학생은 여지없이 퇴학당한다는 뜻이다.

퇴학을 한 번 무효로 돌릴 수 있는 프로텍트 포인트도 때로는 규제를 받는 건가.

다른 반과 대결하는 특별시험이면 프로텍트 포인트의 일시 무효가 불만을 낳을 위험이 있다. 하지만 이번에 한해서는 어디까지나 반 내에서의 문제.

그러면 이런 특수 규칙이 적용될 수도 있는 건가.

불평이 쏟아져도 어쩔 수 없는 일이지만, 코엔지는 별로 신경 쓰는 것 같지도 않았다.

"그리고 특별시험 중에는 스마트폰 등 통신기기류를 전부 걷어간다. 이 시험은 외부와 연락을 취하면 암묵적인 약속이 생길 가능성이 있기 때문이야. 만에 하나 몰래 소지하고 있다가 들켰을 때는—— 더 자세히 말할 필요도 없겠지."

이것 역시 다른 지켜야 할 규칙과 마찬가지로 퇴학이 얽혀 있다는 뜻이다.

1

점심시간이 되자 요스케가 곧바로 자리에서 일어나 단상으로 향했다.

"점심 먹기 전에 얘기 좀 할까? 난 일단 모두의 의견을 들어보고 싶은데. 어때?"

그렇게 아이들에게 묻자, 이어서 쿠시다가 손을 들어 대답했다.

"저기, 이번 특별시험은 선택지가 엇갈려 다툼이 생길 수 있다는 거지?"

"물론 그럴 거야. 갈등을 빚지 않고 의견을 모을 수 있으면 굳이 특별시험이라는 형식을 취할 필요가 없을 테니까."

"그럼 선택지가 한쪽으로 정리되지 않을 때를 대비해서 명확한 리더를 정하는 편이 좋지 않을까? 최종적으로 그 리더가 정한 선택지에 따르면 문제없이 특별시험을 통과할 수 있다고 생각해."

"응. 쿠시다의 의견에 나도 찬성이야. 그런데 그렇게 되면 리더의 책임이 막중해져."

선택지가 많아 의견이 갈리면 그만큼 선택받지 못한 쪽을 지지하는 학생들에게서 비난이 터져 나올 것이다. 잘 아우를 수 있는 리더여야 하리라.

"혹시 괜찮으면 말인데…… 호리키타한테 부탁할 수 없을까?"

"나한테?"

"응. 지금까지 몇 번이나 리더를 맡았었고, 무엇보다 불공평한 일이 생기지 않도록 모두를 잘 통합해 줄 것 같아서. 물론 히라타가 말한 것처럼 책임이 막중하기도 하고 호리키타가 괜찮으면…… 말이지만."

"……그래. 다른 반도 같은 전략을 준비해 올 가능성이 있고, 의견이 갈렸을 때 필요한 조치라고 할 수 있겠네. 무슨 일이 생겼을 때 내 지시에 따르는 것에 저항감을 느끼는 사람이 있으면 지금 알려줄래?"

책임이 막중하다는 말을 들었는데도 입후보하거나 부정적인 발언을 하는 학생은 별로 없을 것이다. 이렇게 해서 쿠시다의 제안이 바로 가결되어, 만일의 상황이 생겼을 경우 호리키타가 리더로서 반을 통합하기로 했다.

그 뒤로도 얼마간 여러 가지 의견을 서로 나누었지만, 특별히 큰 요소가 정해지지는 않았다. 그리고 조금 늦게 점심시간에 들어갔다.

"점심 먹으러 가자. 유키무랑 미얏치도 괜찮지?"

뒤돌아보며 확인하는 하루카에게 여느 때와 같은 두 남자도 동의하며 일어났다.

아야노코지 그룹의 멤버. 나까지 포함해 다섯 명으로 된 소규모 그룹.

그 다섯 사람이 모이기 시작한 타이밍에 한 학생이 종종걸음으로 다가왔다.

내가 쳐다보자마자 그 학생이 입을 열었다.

"키요타카. 점심 먹으러 가자."

틈을 두지 않고, 그렇지만 긴장한 눈빛으로 내게 말했다.

케이가 내 앞까지 오는 것을 주시하던 사람도, 대화를 의도적으로 들으려고 하던 사람도 없었다. 그런데 코엔지를 제외한 36명이 일제히 우리를 보았다.

"미안, 애들아. 오늘은 케이랑 먹기로 했어."

무슨 일이 일어났는지 주위에서 이해하기 전에 나는 의자를 끌며 몸을 일으켰다.

"……난 카페가 좋아. 어때?"

"어…… 어어……? 자, 잠깐만. 왜 갑자기 끼어들어? 카루이자와."

"끼어들다니, 딱히 약속한 것도 아니잖아? 방금 키요타 카가 거절한 거 못 들었어?"

"드, 들었지만……. 이게 무슨 일이야? 무슨 약속이라도 한 거야? ……엥, 케이라니?"

조금 뒤늦게, 우리가 서로의 이름을 친근하게 불렀다는 걸 이해한 하루카.

아니, 그래도 아직 상황을 모르는 것 같다.

"미안한데 여자친구인 내가 최우선이거든. 그렇지?"

"──헐?"

"여, 자…… 친구……?!"

하루카와 아이리는 반응은 전혀 달랐어도 동시에 그렇 게 중얼거렸다.

"그러니까 앞으로 키요타카는 너희 그룹 모임에 참여할 기회도 줄어들지 모르니까 잘 부탁할게."

자, 가자, 하고 케이가 내 팔을 잡아끌며 교실 밖으로 나 갔다.

얼굴이 새빨개지기 시작한 걸 봐서 몹시 창피해하고 있 음을 알았다. 나도 설마 이런 형태로 공개할 줄은 몰랐지 만…….

하루카도 아이리도, 다른 아이들도 어안이 벙벙한 나머 지 우리를 쫓아오려 하지도 않았다.

2

케이가 작심하고 한 행동으로 지금껏 소수만 알고 있던 우리의 관계가 단숨에 반 전체에 퍼졌다. 아마 오늘 안에 학년 전체에 소문이 나겠지.

뭐, 나와 케이의 관계에 관심을 둘 학생이 얼마나 될지는 회의적이지만.

여름방학 때 맺어진 이케 시노하라 커플도 화제성이라는 의미에서는 예상했던 것보다 별로 시끄럽지 않았다. 아니, 그보다도 어느 정도 예상했던 조합이었다.

남자 중 일부는 일부러 허세 부리거나 솔직하게 부러워하는 친구도 있었지만, 결과적으로는 틀림없이 많은 사람에게 축하받았고, 비록 느려도 점점 연인 사이를 키워나가는 중이다.

함께 하교하고 데이트하는 두 사람의 모습을 발견하는 빈도도 급격히 늘어났다.

처음에는 신선하던 그 광경도 어느덧 당연한 풍경이 되어가고 있었다.

나와 케이도 언젠가는 그렇게 되겠지만, 이케 시노하라 커플보다는 오래 주위를 떠들썩하게 만들지도 모른다. 얼마나 되는 학생이 우리 사이를 예상했을지 알 수 없으니까 말이다.

여하튼 반에 우리 관계가 공개되고 첫 방과 후를 맞이

했다.

오후 수업 때부터 쭉 알고는 있었지만, 한 소녀가 점심시간 이후로 단 한 번도 나를 보려고 하지 않았다.

"저기, 키요뽕. 괜찮으면 같이 하교할래?"

그런 소녀…… 아이리를 누구보다도 잘 이해하는 절친 하루카가 내게 다가와 말을 걸었다.

방과 후에 케이에게서 같이 돌아가자는 이야기를 들을 줄 알았는데, 그녀를 쳐다보니 다른 여학생들에게 둘러싸여 여전히 질문 공세를 받고 있었다.

"괜찮겠어?"

다른 사람도 아니고 하루카니까 분명 아이리를 돕거나 옆에서 지켜볼 줄 알았는데.

아이리는 아무 말 없이 돌아갈 채비를 하고 있었다.

"나도 알지만 지금 저 애한테는 무슨 소리를 해도 귀에 안 들릴걸. 뭐. 키요뽕이 나랑 둘이서 돌아갈 수 없는 사정이 있다면 이야기는 또 달라지지만."

그렇게 말한 하루카의 표정이 순간 굳어졌다.

"알았어."

사귄다는 사실이 공개된 지금, 아야노코지 그룹에서 모일 기회는 필연적으로 줄어든다.

그러니 이참에 이야기를 실컷 들어주는 게 좋겠지.

그리하여 우리 둘은 짐을 챙겨 뒷문으로 나와 현관으로 향했다.

도중에 하루카는 한마디도 하지 않고 그저 묵묵히 걸었다.

　이따금 엿본 옆얼굴은 화난 것 같기도 하고 슬픈 것 같기도 했다.

　신발을 꿰어 신고 학교 밖으로 나오자 그제야 나를 쳐다보았다.

　"빙 돌려봐야 소용없으니까 대놓고 묻겠는데…… 카루이자와랑 사귄다는 거, 정말이야? 아직도 못 믿겠어."

　"봤던 대로, 진짜야."

　그렇게 말하자 하루카는 입술을 삐죽거리더니 곧 고개를 끄덕였다.

　"……그렇지? 하지만 뭔가, 여러 가지로 너무 충격적이라서. 그게, 키요뽕이 누구랑 사귀는 거야 자유지만, 하필이면 그 카루이자와일 줄 누가 알았겠어?"

　다른 사람들이 카루이자와에게 내리는 평가는 결단코 높지 않다. 인기남 요스케와 일찍부터 사귀다가 자기 사정으로 찬 제멋대로인 여자라는 인상이 다수일 테니.

　"전에 수영장에서 말했던 게 이거였네. 정신적인 충격을 조금 받게 될지도 모른다고 했던 그 말. 있잖아, 전혀 조금이 아니거든? 그 아이, 교실에서는 필사적으로 참았지만, 점심시간 내내 울었다고."

　"그래?"

　"그래? 가 아니지. ……심지어 사귀기 시작한 것도 봄방학부터라는 게 진짜야? 정말?"

"말 안 한 건 미안하게 생각해. 하지만 여러 가지 사정이 있었어."

"사정이라. 뭐, 카루이자와는 소문도 많고, 그거야 이해 못 하는 바도 아니지만……."

입학 때부터 한동안 요스케와 사귀기도 했고, 본인도 과거를 날조했으니 그런 인식은 어쩔 수 없다.

"그래서 정말이라는 거지? 농담 같은 게 아니라."

"그렇지."

"하아…… 그렇구나. 그래. 왠지 나도 너무 혼란스러워서. 아니, 뭐 키요뽕이 누군가와 사귄달까, 아이리가 아닌 다른 사람을 좋아하는 걸까 하고 상상해보기도 했지만……. 아니, 아무리 그래도 카루이자와는 정말 뜻밖이야."

하루카는 자신의 예상이 완전히 빗나갔다며 머리를 잡고 탄식했다.

"유키무, 미얏치랑도 얘기해봤는데 나랑 같은 느낌을 받았더라. 직접 물어보진 않았어도 아이리가 받은 충격은 우리보다 훨씬 클 거야."

그렇겠지. 나도 그건 쉽게 상상이 간다.

"그나저나 어떻게 사귀게 된 거야? 그리 접점이 많은 것 같진 않은데."

내가 케이를, 케이가 나를 좋아하게 된 타이밍을 모르겠다고 하는 것도 무리가 아니다.

"작년 선상 시험 때 케이랑 같은 그룹이었어. 그때부터 조금씩 대화할 기회가 늘어났고, 요스케랑 케이가 헤어진 걸 계기로 우리 사이에도 변화가 생겼지."

작년 2월에 두 사람의 관계가 끝났다는 사실은 일부 학생의 귀에도 들어갔었다.

"그럼 꽤 오래전부터 접점이 있었다는 거네? 평소에 대화하는 모습을 별로 못 본 것 같은데."

"대체로 스마트폰으로 얘기해서 그래."

"그, 너무 캐묻는 것 같긴 한데, 누가 먼저 고백했어?"

아이리의 보호자이자 대변인이기도 한 이상 자세히 알아두고 싶은 듯했다.

"나야."

"……그렇구나. 적어도 카루이자와가 했다고 하면 아직 기회가 있을지도 모른다고 생각했는데, 설마 키요뽕이 먼저 했다니……. 졌다, 졌어."

하루카가 이마를 탁 친 후 항복했다며 두 손을 들었다.

"잠깐 타임. 이래저래 정보량이 너무 많아서 뭐가 뭔지 하나도 모르겠어. 미안한데 편의점 좀 들러도 돼?"

마침 편의점이 가까워지자 하루카가 물었다.

"그래, 난 밖에서 기다릴게."

하루카는 양해를 구한 다음 편의점으로 뛰어 들어갔다.

나는 기다리는 사이에 몇 번인가 주머니에서 진동하던 스마트폰을 꺼냈다.

『조금 있다가 케야키 몰에서 기다릴게. 애들이 꼬치꼬치 캐물어서 힘들어~!』

만나자는 연인의 메시지가 들어와 있었다.

『알았어. 도착하기 전에 연락할게.』

그렇게 답장하고 읽음 표시가 뜬 것을 확인한 후 스마트폰을 주머니에 도로 넣었다. 1분 정도의 짧은 시간이 지나고 하루카가 돌아왔을 때 손에 크로켓이 들려 있었다.

"오늘 점심에 아이리랑 얘기한다고 하나도 못 먹었거든."

"내가 민폐를 끼쳤네."

"민폐는 아니지만 말이야……."

"이 타이밍에 이런 제안을 하는 것도 좀 그렇지만, 사실 하루카 그리고 가능하다면 아이리한테 도움을 청할 일이 있어."

"도움?"

"아직 오픈된 정보는 아닌데, 문화제 때 우리 반이 할 부스 하나가 결정되었어."

"앗, 그래?"

"정보가 새면 안 되니까 아직은 나랑 호리키타, 그리고 기획자만 아는 이야기야. 문화제 때 메이드 카페를 하게 되었어."

"메…… 메이드 카페? 뭔가, 으음……. 막 놀랍진 않지만 좀 의외네. 호리키타가 메이드 카페를 허락하는 모습이 상상이 안 돼."

"그 애는 모든 제안을 동등하게 받아들일 거야. 편견 없이 순수하게 메이드 카페면 승산이 있겠다고 판단했겠지."

"그렇구나. 그래서 그걸 나한테 말한 이유는?"

"실은 이 기획을 알게 되면서 나도 돕게 되었거든."

그렇게 말하자 하루카가 알겠다는 듯이 고개를 끄덕였다.

"상황이 그랬다고 하더라도 그걸 키요뽕한테 맡기는 호리키타도 참 대단해."

"그래서 하루카 그리고 아이리한테 메이드를 부탁할 수 있을까 싶어서."

하루카는 놀라지도 않고 뭐라고 말하기 힘든 표정으로 귀를 기울였다.

뭐, 내 말투를 봐서도 대충 눈치는 챘겠지.

"만약 카루이자와 일이 없었다면 망설이지 않고 이 자리에서 바로 받아들였을지도 몰라. 많은 사람 앞에서 코스프레하는 건 내키지 않지만, 우리 그룹의 소중한 멤버가 부탁하는데 어떻게 거절하겠어. 하지만…… 타이밍이 좀 안 좋네."

하긴, 친한 친구의 실연을 알아버린 당일에 내가 이렇게 부탁했으니, 이건 뭐 하는 녀석인가 싶겠지.

"그렇다고 키요뽕을 탓할 수도 없으니 문제지. 아까도 비슷한 말을 했지만, 누구랑 사귀는 건 자유고 말할 수 없는 사정이 있다는 것도 모르는 바가 아니고. 아이리가 키요뽕을 좋아하게 된 것도 자유고 그걸 거절하는 것도 자유고……."

머리로는 납득하지만 마음으로 받아들이긴 어렵다는 뜻인가.

"약속은 못 해. 하지만 좀 진정되면 아이리한테 말해볼게."

"괜찮겠어?"

"그 애도 늦든 빠르든 현실을 받아들여야 하잖아. 게다가 키요뽕이 어떻게 생각할지는 모르겠지만, 상대가 카루이자와면 포기하지 않을지도 몰라. 키요뽕이 일편단심이라도 차일 가능성이 있는 거잖아?"

"뭐, 그렇지. 나한테 정떨어질 가능성은 많이 있다고 생각해."

"그때에는 아이리한테도 기회가 있을지 모르잖아. 지금 그 애는 전혀 눈에 띄지 않는 원석이니까……. 키요뽕의 감정도 바뀔지 모르고."

하긴 아이리가 그런 옷을 입고 전력을 다하면 그 세 사람 못지않은 실력을 발휘할 것이다. 아니, 신체적 특징까지 포함한다면 적수가 없을지도.

게다가 내빈과는 무관하지만, 학교 관계자들도 아이리의 모습에 깜짝 놀라겠지.

그렇게 되면 학교 곳곳에 소문이 퍼지고 내빈들의 귀에도 들어갈 수 있다.

"그건 그렇지만, 이번 일로 아이리도 마음이 좀 바뀌지 않았을까?"

좋아하는 사람에게 연인이 있다면 다음 사랑을 찾는 것

은 자연스러운 흐름이다.

당연한 이야기를 했다고 생각했는데, 하루카는 오늘 들어 제일 화난 표정을 지었다.

"야, 아이리의 마음을 너무 가볍게 보는 거 아니야? 난 그런대로 그 아이를 쭉 봐와서 잘 알아. 이런 일로 좋아하는 사람이 바뀔 만큼 키요뽕에 대한 감정이 가볍지는 않아."

어이없다며 강하게 부정했다.

"앞으로 카루이자와와의 데이트가 늘어나겠지만, 그룹 모임에는 성실하게 참석해. 이런 일로 사이가 멀어지는 건 싫어."

"그래. 알았어. 나도 우리 그룹은 학교생활의 일부가 되었으니까."

이런 일로 잃게 되면 손해라고 생각한다.

"그럼 됐어, 이제 속이 좀 시원해졌다. 난 이만 학교로 돌아갈게."

크로켓을 다 먹은 다음 쓰레기를 가방에 넣으면서 말했다.

자세히 말하진 않았지만, 아이리를 만나러 가는 게 분명했다.

"그럼 내일 봐."

"어, 내일 보자."

서둘러 돌아가는 하루카의 뒷모습을 도중까지 지켜본 후, 나 역시 기숙사가 아니라 케야키 몰로 방향을 틀었다.

아직 동요가 가라앉지 않은 방과 후.

나는 케이와 잡담을 나누며 케야키 몰에서 기숙사로 돌아왔다.

기숙사 로비의 소파에 호리키타가 앉아 누군가를 기다리는 모습이 보였다.

그게 누구인지는 바로 드러났다. 1층에 머물러 있던 엘리베이터의 오름 버튼을 누르고 나와 케이가 올라타자 호리키타도 탔다.

"아야노코지, 좀 할 이야기가 있는데."

내 방이 있는 4층에서 엘리베이터가 멈췄다.

"그럼 또 봐, 키요타카."

케이는 질투의 화신이지만 상황 파악 능력이 낮지는 않다.

애초에 호리키타는 그런 이성의 대상이 아니라는 걸 아는 데다가 특별시험이라고 하면 방해하지 않는 게 좋다는 판단이 들었을 거다.

"그래, 나중에 다시 연락할게."

이렇게 연인이 되다니, 1년 전의 나라면 믿지 못했으리라.

내가 내리자 호리키타도 뒤따라 내렸다. 뒤돌아보니 닫히는 엘리베이터에서 케이가 웃으며 내게 손을 흔들고 있었다. 잠시 후 문이 완전히 닫히고 엘리베이터는 위로 올라갔다.

"저 애랑 언제부터 사귄 거니?"

"글쎄, 언제부터더라."

"소문으로는 봄방학이라던데, 사실은 더 일찍부터 관계가 진전된 거 아니야?"

왠지 의미심장한 눈빛으로 나를 보며 그렇게 말했다.

"글쎄."

난 호리키타에게 근거가 있는지 없는지 관심도 없고, 알아볼 생각도 없다.

"그것보다도 할 이야기가 있다며?"

"……그래. 특별시험이랑 관련해서 너한테 물어보고 싶은 게 있어. 괜찮니?"

"어, 상관없어."

"뭐? ……그렇구나."

"뭐야, 그 반응은?"

"너라면 거절해도 이상하지 않다고 각오하고 있었거든. 지난번에도 메이드 카페를 떠맡겨서 불만이 있지 않았어?"

아무래도 부탁을 시원하게 받아들이자 놀란 모양이었다.

"여기서는 좀 그러니까 방에 들어가자."

복도에서 서서 얘기하면 누가 들을지 모른다.

401호실, 내 방의 문을 열고 안으로 들어갔다.

"딱히 협력을 부탁하려고 온 건 아니지?"

"그건…… 글쎄. 일단 이야기를 들어준다면 해볼게."

괜히 자극했다간 거절당한다고 생각했는지 호리키타는 그냥 넘기고 이야기를 시작했다.

"이번 특별시험, 확실히 통과하기 위해 시험 전에 반 강제력을 갖는 것도 시야에 넣어서 생각해봤어. 하지만 미리 준비하려고 해도 과제 내용을 모르니까 의사 통일을 계획하긴 아무래도 무리잖아?"

"상황에 따라서는 아무리 투표해도 선택지가 갈리게 될 테니까 말이지."

가령 찬성과 반대라는 두 가지 선택만 있다고 해도 과제 전에 미리 한쪽을 정해놓고 맹신하듯 투표하는 행동은 무모하기 짝이 없다.

"호리키타 나름대로 방법을 생각해뒀을 거 아냐? 이 특별시험을 어떻게 하면 극복할 수 있을지."

"확실하게 특별시험을 통과하려면 역시 최종 결정권을 누군가가 쥐는 게 가장 빠른 길이라고 생각해. 선택지가 여러 개 있어도, 어떤 식으로 표가 갈리든 미리 결정한 리더의 판단, 의사에 따르기로 약속하는 거지."

낮에 쿠시다가 제안한 이야기다.

개인이 그 선택지에 불만이 있는지 없는지는 고려하지 않는 전략.

과연 그 약속이 성립된다면 이만큼 편한 시험은 또 없겠지.

"그렇게 해서 정말 하나로 뭉쳐지면 좋겠는데 말이야."

"그러게⋯⋯. 과제에 따라서는 받아들이지 못하는 학생이 반드시 나올 테고⋯⋯. 만약 류엔 같은 독재 체제의 반이었으면 이야기는 빠를지도 모르지만."

강제력이라는 의미에서 보면 청원하는 우리 반과 달리 류엔은 가차 없이 힘을 발휘하겠지. 하지만 현실적으로 잘 될지는 별개의 문제다.

"투표가 완전 익명이니까 류엔에게 불만 있는 학생이 반대로 투표할 가능성도 있어. 단순히 명령으로 해결된다는 보장은 없어."

"그 애의 방식에 불만이 있는 학생이라면 반발할 수도 있겠네. 하지만 그렇게 하면 얻는 이익이 하나도 없는 것 역시 사실이야. 결국 표가 나뉜 채로 주어진 시간이 끝나버리면 반 전체가 타격을 입잖아? 그러니까 가만히 내버려 둬도 끝에 가서는 알아서 뭉쳐질걸."

"무슨 말을 하고 싶은지는 알겠는데, 그렇게 생각하면 애초부터 모순이 생겨. 특별시험에서 실패를 바라는 사람은 아무도 없잖아. 그러니까 요컨대 반드시 하나로 뭉쳐져야 한다. 그런 대전제가 성립한다면 처음부터 전략 같은 건 짤 필요도 없지 않나?"

"그건――."

"반이 불리해지는 시간 초과를 바라는 학생은 없어. 하지만 가만히 있어도 다섯 개의 과제를 통과할 수 있다고는 생각하지 않는 게 좋아. 학교 측이 특별시험이라고 못 박은 의미가 퇴색되니까."

"……네 말이 맞아."

"지금 네가 할 수 있는 일은 유연한 대응을 할 수 있게 대비하는 거야. 예를 들어 찬성 38명, 반대 1명인 과제에 직면했을 때 너라면 어떻게 할래?"

"당연히 반대 한 명을 찬성 쪽으로 오게 하려고 노력하겠지."

"그렇겠지. 그런데 그 반대 한 명이 절대로 양보 못 하겠다고 나오면?"

"그러면……."

"찬성 38명 쪽이 반드시 이긴다는 보장은 없어. 반대를 설득하는 사이에 찬성이었던 38명 중 생각이 바뀌는 애도 나올 수 있고."

"한 사람의 생각이 반의 다수에게는 불이익이 되더라도?"

"모든 것은 내용에 달렸겠지."

절대 양보할 수 없는 과제, 그런 게 나와도 놀랍지 않다.

"왠지 좀 불안해지네."

"뭐가?"

"네가 거리낌 없이 나한테 충고하는 거. 카루이자와랑 사귀는 거랑 상관…… 없을 것 같지만, 갑자기 왜 그러는 거야?"

"충고라고 할 것도 아닌데. 너도 내심 그런 전개도 있을 수 있다는 생각이 조금씩 들지 않았어?"

"그렇구나……. 그럼 너를 찾아온 제일 큰 목적을 말할게. 내일 특별시험을 앞두고 제안할 게 있어. 다른 사람한테 말할 수도 있었지만, 이해해 줄 사람한테 부탁하고 싶어서."

"첫 선택 때 반드시 다른 쪽으로 투표를 해달라는 건가?"

"내 생각을 앞지르지 마."

열받은 것 같아서 일단 호리키타로부터 거리를 벌렸다.

"누가 제안하지 않으면 내가 먼저 그렇게 하려고 생각했었으니까. 설마 같은 생각인 줄은 몰랐다."

"……그래?"

그렇게 대충 둘러댄 말이 조금 받아들여졌는지, 호리키타의 화가 사그라지는 게 느껴졌다.

최소한 그 정도는 해둬야 하는 게 사실이니까, 생각은 비슷하겠지. 그때그때 분위기에 따라 한쪽으로 쏠리다가 의도하지 않은 선택을 해버리는 위험은 피하는 게 상책이다.

"99% 찬성 또는 반대할 과제 내용 혹은 어느 쪽이든 이익과 불이익이 있는 선택지여서 망설이게 될 경우, 우연에 의한 일치는 조금 걱정돼."

"그래. 대충 투표했는데 표가 한쪽으로 기울어 가결되어 버리면 그땐 돌이킬 수 없으니까. 그렇지만 반드시 인터벌을 한 번 이용하는 전략도 무조건 좋지만은 않아. 그걸 꼭 염두에 두는 게 좋아. 분위기상으로 만장일치가 될 수 있는 것도 막상 의논하면 표가 갈려서 결론이 나지 않을 위험이 있잖아. 그건 미리 계산해야 해."

"그래. 네 말이 맞아."

의논하는 것은 깊은 어둠 속으로 손을 넣는 행위나 마찬가지다.

그 결과 자기도 모르게 어두운 면을 꺼내버렸다가는 막대한 시간을 소비하게 될 수도 있다.

"이번 특별시험은 규칙상 아무리 많이 의논해도 누가 어느 쪽에 투표했는지 확실히 알아낼 방법이 없어. 언질을 준다고 해도 그게 100% 진실이라는 법도 없고."

"거짓말할 수도 있다는 거야?"

"상황에 따라서는 그렇지. 지금 우리 반은 아직 하나로 뭉쳐 있다고 말하기 어려우니까."

이렇게 말하면 호리키타의 머릿속에도 몇몇 인물이 떠오를 테지.

"쿠시다랑 코엔지 말이구나."

"전자는 거짓말을 태연하게 하고, 후자는 청개구리 같은 성격이 발현되면 일부러 애들이랑 다른 쪽으로 투표할 가능성도 있어. 그런 점 말이야."

"……그런데 나한테 왜 자세히 말해주는 거야? 역시 이상해. 이런 식으로 일일이 짚어준 적은 지금까지 거의 없었잖아."

내 변화를 호리키타도 당연히 피부로 느꼈다.

"지금의 너는 내 말을 있는 그대로 듣고 이해할 수 있는 유연성을 갖췄다고 판단했기 때문이야."

"칭찬……으로 받아들여도 되니?"

"일단은."

"그래…… 왠지 불안하──."

그때 스마트폰이 짧게 한 번 진동하는 소리가 들렸다.

"잠깐 미안."

그렇게 말하고 대화를 중단한 호리키타는 스마트폰을 꺼내 화면을 보며 누르기 시작했다.

"메시지 하나만 보낼게. 그 애, 잘못하면 쭉 안 읽을 가능성이 있어서."

물론 막을 생각은 전혀 없는데, 그 애란 누구를 말하는 걸까.

조금 궁금했지만, 호리키타가 2분 정도 되는 시간 동안 장문을 쓰는 모습을 조용히 기다리기로 했다. 이윽고 메시지를 전송했는지 스마트폰을 주머니에 넣었다.

"어쨌든 하고 싶은 말은 다 했어. 내일 특별시험 잘 부탁해."

오래 머물 생각은 없다며 호리키타는 바로 방을 빠져나갔다.

4

오후 6시 전. 곧 해가 저물고 밤이 찾아올 시간.

특별시험 설명이 있었지만, 그 이외에는 별다른 일 없었던 하루.

정보량이 꽤 많아 버거웠던 하루 같기도 하다.

이대로 하루를 마치면 편하겠지만 그럴 수만도 없다.

난데없이 통보받은 만장일치 특별시험이 내일 시작되기 때문이다.

"안녕."

내가 방에서 잠시 기다리니, 머지않아 요스케가 찾아왔다.

"어서 들어와."

지금 생각하면 이렇게 요스케를 내 방에 초대한 건 처음 아닌가.

"얏호."

이어서 이번에는 케이가 내 방에 찾아왔다.

"뭔가 이런 느낌으로 모이는 거 신선하달까 드물지 않아?"

"그럴지도 모르지."

두 사람에게는 모이자고 한 이유를 말하지 않았다. 요스케야 짐작하고 있을지도 모르지만.

"내일 특별시험의 대책을 세우고 싶어서."

"대책? 그냥 만장일치로 만들면 끝인 시험이잖아?"

"물론 개요만 들어서는 그 정도로 어려운 시험 같지 않지. 지금까지 치렀던 특별시험이 규칙은 훨씬 까다로웠고."

잠시 고민하는 듯하던 요스케가 케이에게 설명을 이어 갔다.

"하지만 아마 이 특별시험도 과거의 어려웠던 시험과 마찬가지로 예사롭지 않을 거야. 규칙만 보면 단순히 만장일치만 되어도 반 포인트가 늘어나는 시험이 되잖아? 반의 의사를 통일하는 것 자체는 그다지 어렵지 않아."

"나도 그렇게 생각해."

"그러니까 간단하지 않다는 건 의견이 갈리는 과제가 나올 가능성이 크다는 뜻 아닐까?"

요스케의 생각대로다. 반 아이들 각자의 생각은 달라도 반을 위한다면 어느 정도 융통성을 발휘해 표를 한쪽으로 모으는 것 정도는 어렵지 않다.

갓 입학한 1학년이라면 이야기가 다르겠지만, 우리 2학년은 동료애가 꽤 끈끈해졌으니까. 게다가 꼭 한 번에 만장일치가 되지 않아도 페널티가 없고 의논할 시간도 계속 주어진다.

그렇게 커버할 수 있는 시험인 만큼 케이처럼 가볍게 생각하는 것도 무리는 아닌데.

"그런데 만장일치가 되기 어려운 과제란 어떤 걸 말하는 거야?"

"완전히 예상할 수는 없는데……. 글쎄……."

어떤 과제여야 아이들이 힘들어할까. 그건 요스케도 곧바로 떠오르진 않는 듯했다. 그래서 내가 이해하기 쉬운 과제 하나를 언급했다.

"지금부터 졸업할 때까지 밥이랑 빵 중 하나만 먹을 수 있어. 뭘 선택할래?"

"헉, 뭐야 그 선택지는…….."

"밥이랑 빵이라고 하면 웃음이 나오겠지만 이게 의외로 어려운 선택이야."

"난 무조건 빵. 졸업할 때까지 빵을 못 먹고 살다니 절대 무리라고."

"난 밥일까……. 빵은 일주일에 한 번만 먹어도 돼서."

"나도 둘 중에는 밥이야. 이렇게 세 사람만 있는데도 의견이 갈라지지? 이게 반 전체면 쉽지 않은 거야. 밥파가 30명이면 양보할 수 있어?"

"무리야, 무리. 졸업 때까지 금지라며? 난 계속 빵에 투표할 거야."

경솔하게 다수에 휩쓸려 뜻을 꺾었다가 두고두고 괴로워하게 될 테니 케이처럼 저항하는 학생도 나오겠지.

"더 현실적인 예를 들자면 앞으로 나오는 특별시험은 무조건 『학력』만 보거나 무조건 『신체 능력』만 본다. 이런 과제가 나오면?"

그 말에 요스케와 케이가 얼굴을 마주 보았다.

"스도처럼 운동신경이 뛰어난 학생은 무조건 신체 능력 쪽을 고를 테고, 운동이 서툰 케세이는 무조건 학력 쪽으로 만장일치를 만들려고 하겠지."

물론 지금 공부에 주력하고 있는 스도야 마음이 꺾일 수도 있겠지만 그래도 신체 능력으로 평가받는 쪽이 자기 평가도 올라가고 공부 쪽으로 영 아닌 학생이라면 스도처럼 타협하기가 불가능하리라.

"그런데 과제가 만장일치로 성립하면 강제력이 생기잖아? 그러니까 상황에 따라서는 선택지를 고르지 않고 페널티로 반 포인트 300점을 잃을 각오도 해야 할까?"

"글쎄……. 어려운 선택지가 분명 나올 텐데, 300 반 포인트를 잃으면 A반으로 가는 티켓을 놓치게 될 수도 있어. 그러니까 우선은 클리어를 최우선으로 삼아야지."

"뭔가 보기보다 어려운 특별시험 같다는 생각이 들기 시작하는데……."

"그래서 우리를 여기 부른 거지?"

"맞아. 다음 특별시험은 반의 단결력이 강하게 요구돼. 한두 번 만장일치 되는 거야 좋지만, 후반으로 갈수록 갈등이 생길지도 몰라. 그때 반의 중심인물인 요스케와 케이가 잘 움직여서 표를 한쪽으로 몰 필요가 있어."

"그래. 그런데 그런 일이면 호리키타도 끼우는 게 낫지 않아? 이번 시험도 호리키타가 리더 역할을 맡았으니까."

요스케의 지적은 지당했다. 내가 주도하는 게 아니라 호리키타가 두 사람을 이끌고 반을 컨트롤하는 것이 베스트. 하지만 지금 단계에서는 아직 나라는 지축을 뺄 수 없다.

"이번에는 암암리에 호리키타를 돕는 거야. 여기서 나눈 이야기는 어디까지나 비밀로."

"왜? 뭐, 난 호리키타의 지시에 따르는 건 왠지 싫지만."

"너희 둘은 다른 학생들보다 눈치가 빠르지. 하지만 지금보다 더 임기응변으로 대응하는 능력을 두 사람이 갖추었으면 좋겠어. 호리키타가 뭘 생각하고 어떻게 하고 싶은지를 민감하게 느끼고 거기에 맞출 수 있다면 우리 반은 아주 강해질 거야."

"그런 건 키요타카가 하면 되잖아. 그러면 다 해결되는데."

"내가 언제나 움직일 수 있다는 보장은 없어. 만일의 사태에도 대비해둬야 해."

"만일의 사태라니?"

"갑자기 아프다거나 예기치 못한 퇴학 같은 사태도 얼마든지 있을 수 있잖아."

"그건…… 뭐……. 퇴학은 좀 그렇지만, 하긴 갑자기 아플 수는 있겠네."

언제든, 언제까지나 내가 받쳐줄 수 있는 것은 아니다.

그런 상황을 미리 가정하고 움직이지 않으면 반은 성장할 수 없다.

"어쨌든 이해했어. 우리는 호리키타를 잘 도와 특별시험을 원활하게 진행하면 되는 거지?"

"그리고 몇 가지 지시랑 신호를 일단 정해두자. 케이와 요스케 말고는 아무도 모르는 방법으로."

인터벌 때는 자유롭게 의논할 수 있고 이동도 가능하므로, 귓속말 자체는 문제가 되지 않는다. 하지만 남들 모르게 지시하고 소통하는 것도 상황에 따라 필요할 때가 있다.

사적 대화가 금지된 시간에도 헛기침하거나 책상을 살짝 치는 소리 등으로 사인을 주고받는 건 가능하다.

여러 가지 패턴을 두 사람에게 알려준 후 나는 요스케를 보았다.

"마지막으로 요스케한테 한 가지 미리 말해두는데. 다섯 개의 과제가 순조롭게 흘러간다면 그럴 필요 없겠지만, 만약 시한까지 두 시간이 채 남지 않았는데도 특별시험이 끝날 기미가 보이지 않는다면 내가 강제 수단을 쓸지도 몰라."

그때 요스케가 폭주하지 않도록 지금 미리 각오하라고 전해두었다.

5

이래저래 분주했던 특별시험 전날도 끝이 다가오는 오후 10시 무렵.

침대에 누워 스마트폰을 보던 내게 전화 한 통이 걸려왔다.

등록된 번호는 아니었지만 열한 자리 숫자가 낯익었다.

"여보세요."

『밤늦게 미안하네, 잠깐 통화 괜찮나?』

"네. 오랜만에 인사드리네요, 사카야나기 이사장님."

그렇다, 이 전화번호의 주인은 이곳 고도 육성 고등학교의 이사를 맡은 인물이다.

『자네를 여러모로 불안하게 만들었던 것 같은데 이제 괜찮아.』

"건강하신 것 같아 다행입니다."

『자네도 매우 힘들었겠지. 하지만 그 몹시 불리했던 싸움을 겪고도 별일 없이 학교에 계속 남아 있는 점에는 놀라움을 감출 수 없어.』

"어쩌다 보니 그렇게 됐습니다. 만약 그가 진심으로 나왔다면 지금쯤 저는 여기에 없겠죠."

그가 사카야나기 이사장 대신 있었던 츠키시로를 가리킨다는 사실은 굳이 이름을 밝히지 않아도 알 터다.

『끝나고 나서 보니 나 역시 그의 행동에는 몇 가지 의문이 남아……. 여하튼 오늘 그 얘기는 이쯤 하고. 앞으로 나도 자네를 확실하게 지원할 생각이어서 말이야, 서둘러 알릴 게 있어서 전화했네.』

사카야나기 이사장이 계속해서 말을 이었다.

『전례 없는 이번 문화제에서 정부 관계자와 그 가족이 초대될 거라는 이야기는 들었지? 이미 움직여버린 이상 나도 막을 수 없었어.』

관계자에게 통보해버렸다면 철회하기 어려운 건 당연하다.

"이사장님이 사과하실 일은 아니죠. 학생들도 기대하고 있을 거예요."

다소 특별시험 같은 내용이 되었지만, 학생답게 즐기면 되는 범주에 있다.

내게는 단순히 문화제로 끝날지 어떨지 또 다른 문제지만.

『그 일과 관련해서…… 실은 아직 고지되지 않은 이야기가 있는데, 자네한테만 미리 알려주려고 해.』

"그게 뭐죠?"

『문화제와 마찬가지로, 10월에 예정된 체육대회에 일부 내빈을 초대하는 것이 갑자기 결정되었네.』

"체육대회에 내빈이라고요?"

그건 생각지 못했던 이야기다.

『보통 체육대회가 열리면 학생 가족들이 구경하러 오니까. 그런 의미에서는 내빈을 초대하겠다는 입장 자체는 이질적이지 않지만…….』

"그렇군요."

하긴 TV 같은 걸 봐도 운동회나 체육대회라고 부르는 행사 때 사진을 찍거나 도시락을 싸 오는 가족들의 모습이 비치는 이미지가 있다.

『전대미문인 만큼 문화제 때 갑자기 내빈을 초대해 자유롭게 다니도록 놔두는 것도 보안 문제상 불안하니까.』

본격적으로 많은 내빈을 받아들이기 위한 사전 준비, 테스트라는 걸까.

『인선은 전부 윗사람들이 결정하기 때문에 어쩌면 선생…… 자네 아버지가 관여할 가능성도 부정할 수 없는 상황이야. 그래서 자네에게 닥칠지도 모를 위험을 고려해 나로서는 경호 몇 명을 자네 곁에 붙이고 싶네.』

"마음은 감사하지만 저는 이 학교 학생 중 하나에 지나지 않습니다. 그런 특별대우는 원하지 않아요."

『그럼 자네는 선생이 보낸 사람을 맞닥뜨렸을 때 어떻게 대처하려고 그러나?』

"어려운 문제라는 건 잘 압니다."

당연한 이야기지만, 실력으로 극복하긴 힘들 것이다. 남들 눈에 띄지 않는 데서 공격해온다면야 나도 움직이기 쉽지만, 주위에 친구나 지인이 있는 상태에서 학교 관계자로 모습을 드러내 나더러 따라오라고 지시하면 거부할 방도가 없다.

당신들은 가짜고 그 남자가 보낸 자객이죠? 하고 물어볼수도 없는 노릇이니 말이다.

『자네가 그런 사람이라는 건 이미 이해하고 있어. 하지만 만약 여기서 자네가 어떤 식으로든 퇴학당한다면…… 분명 나는 후회할 거야. 할 수 있었던 일을 하지 못해 퇴학을 막지 못했다는 후회는 하고 싶지 않아.』

"설령 사카야나기 이사장님의 지시에 따른다 해도 경호가 붙는 건 부자연스러워요."

『그래서 말인데, 자네한테 체육대회 결석을 부탁하고싶어.』

"……결석이요?"

그건 생각하지 못했다.

『체육대회와 문화제처럼 하루만 치르는 시험은 피치 못할 병결이 생길 수 있다는 걸 자네도 잘 알 거야.』

"네. 반은 불리해져도 퇴학 같은 강제 조치는 없죠."

컨디션 관리는 자기 책임이지만, 그래도 어쩔 수 없는 상황은 있다.

규모가 더 작은 특별시험이라면 학년별로 전교생이 다 모일 때까지 연기하는 등 긴급 조치도 취할 수 있겠지만, 전 학년이 다 함께 치르는 체육대회는 그럴 수가 없다.

『자네는 메디컬 체크를 받았다는 전제로 병결 처리를 하고 기숙사에만 머물러주게. 그렇게 하면 내가 신뢰할 만한 경호를 거리낌 없이 기숙사 밖에 배치할 수 있으니.』

병결로 기숙사에서 안정을 취해야 한다고 하면 반 아이들도 어쩔 수 없이 받아들일 것이다.

경호원들이 기숙사 주위를 어슬렁거려도 다른 학생들 눈에는 경비 중 한 명으로만 비치겠지.

"하긴 그렇게 하면 그 남자의 손에서 벗어날 순 있을지도 모르겠네요."

『물론 다른 리스크는 있어. 자네도 말했듯이 같은 반 아이들은 학생 한 명이 빠진 상태로 시험을 치러야 하니 불리해지는 건 피할 수 없지.』

거짓으로 병결 처리해주는 것만으로도 사카야나기 이사장의 든든한 지원을 느낄 수 있다. 절대 편애하려는 게 아니라 최소한의 지원으로 끝내고 싶다고 생각해준 것도 고맙다.

고마운 이야기지만, 이 제안을 들은 순간에는 거절을 전제로 생각하고 있었다.

하지만 동시에 새로운 생각도 피어났다.

"고민할 시간을 좀 주시겠어요?"

『물론 강요할 수는 없으니, 최종 판단은 자네에게 맡기겠네. 다만——.』

"알고 있어요. 저도 지금은 병결을 받아들이는 선택지 쪽으로 진지하게 생각하고 있으니까요."

『그래. 대답은 늦어도 체육대회 일주일 전까지 부탁하네. 나도 준비를 해야 하니.』

사람 배치 등을 고려하면 못해도 그 정도 기간은 필요하겠지.

통화를 마친 후, 나는 나 없이 치러야 할지도 모르는 체육대회에 대해 생각했다.

물론 당일에는 다른 반과 다른 학년에서도 충분히 병결이 나올 수 있다. 오히려 전교생이 매번 다 모여서 시험을 치르는 것이야말로 쉽지 않은 일이다.

"아니다, 일단은 당장 닥친 특별시험에 집중하자."

이번 특별시험—— 지금까지 겪었던 그 어떤 특별시험보다도 힘들지 모른다.

지금까지 쳤던 시험은 어떤 형태가 됐든 대책을 세울 수 있는 것들이었다.

하지만 이번 특별시험은 『확실』한 전략 따위 일절 존재하지 않는다.

반 아이들을 믿고 하나로 똘똘 뭉쳐야 한다.

체육대회에 문화제. 작년에 없던 걱정거리가 새로 등장했지만, 전부 내일 특별시험부터 해결하고 나서 생각할 이야기다.

6

"어서 오세요, 쿠시다 선배."

몇 시간 전. 학교를 마친 쿠시다는 1학년 기숙사, 야가미 타쿠야의 방을 찾았다.

쳐진 커튼 사이로 석양이 조금씩 비쳐 들어왔다. 테이블에 놓여 있는, 갓 끓인 홍차에서 피어오르는 김을 응시하면서도 쿠시다는 손을 뻗으려고 하지 않았다.

"독이나 약을 타지는 않았습니다만?"

"그딴 건 됐고, 할 얘기나 빨리하지?"

쿠시다는 짜증을 감추려고 하지 않고, 험악한 표정으로 스마트폰을 꺼냈다.

"실례했군요. 그럼 바로 들려주시겠습니까?"

재생 버튼을 누르자, 2학년에 발표된 만장일치 특별시험의 개요를 설명하는 차바시라의 목소리가 설명 중간부터 들려왔다.

예문까지 포함해 모든 내용을 조용히 다 들은 야가미는 스마트폰을 쿠시다에게 돌려주었다.

"쿠시다 선배는 호리키타 스즈네와 아야노코지 키요타카를 밟고 싶다. 그런 말씀이시죠?"

이제 와서 새삼스레 대답할 것도 없다며 쿠시다는 묵묵부답으로 일관했다.

"선배한테 미리 설명은 들었지만, 역시 몹시 심플한 특별시험이네요. 복수의 선택지를 두고 계속 투표해서 만장일치가 되게 한다. 과제는 총 다섯 개 그리고 주어진 시간은 다섯 시간. 이걸 들었을 때 어떤 생각이 드셨어요?"

"……쉽다고."

"그렇겠죠. 특별시험이라고 못 박은 것치고는 아주 간단하다는 생각이 들죠. 하지만 시한을 넘기면 처벌이 아주 엄격해요. 학교 측이 애초에 통과를 전제로 만들어서겠죠. 시한이 다가오면 필연적으로 만장일치에 가까워지도록 배려. 마음에 들지 않는 선택지든 뭐든 간에 아무도 무거운 페널티는 받고 싶지 않을 테니."

뜨거운 김이 피어오르는, 쿠시다의 앞 홍차로 손을 뻗는 야가미.

"그럼 본론입니다. 이제 2학년도 중반으로 접어들어요. 그런데 그 두 사람을 퇴학시키고 싶다고 생각하면서도 지금까지 절호의 기회를 잡지 못했죠."

"난 너한테도 책임이 있다고 생각하지만, 지금은 됐어."

여기서 야가미한테 뭐라고 따져봐야 이익이 될 게 없어서 쿠시다는 참았다.

"호리키타 선배에게는 잘 전달하셨어요?"

"아아…… 리더를 맡아 달라는 거? 일단은. 뭐, 내가 말 안 했어도 그 나대기 좋아하는 성격에 자기 마음대로 했겠지만."

"어중간한 태도는 좋지 않아요. 확실하게 언질을 주고 호리키타 선배에게 그 역할을 맡기는 건 쿠시다 선배에게 아주 중요한 일입니다."

"그래서 뭐? 이번 특별시험에서 호리키타를 퇴학시킬 수 있다고?"

그렇게 되묻자, 야가미가 피식 웃으며 잔을 입으로 가져 갔다.

"그렇죠. 놓치는 얘기가 있거나 해석에 차이가 생길까 봐 혹시 몰라서 녹음을 부탁드렸는데 이제 확실해졌습니다. 이번 특별시험…… 그럴 가능성이 충분히 있습니다."

"……네가 그걸 어떻게 알아? 퇴학 조건은 개인의 투표 시간에 누적 페널티가 생기는 것뿐인데. 호리키타가 그런 실수를 저지를 것 같아? 호리키타뿐만이 아니야. 아무도 그런 실수는 안 할 거야."

"물론 누적 페널티로 퇴학당할 바보는 없겠죠. 하지만

제가 보기에는 그것 말고도 퇴학시킬 방법이 있어요."

"뭐?"

"호리키타 선배를 퇴학시키거나 상황에 따라서는 아야노코지 선배. 밟아주고 싶은 쪽을 밟을 가능성도 있어요. 그때는 망설이지 말고 둘 다 노리는 방향으로 이야기를 유도해야 합니다."

야가미가 이번 특별시험에 나올 것으로 예상되는 과제, 그 예문을 언급했다.

"──그거, 정말이야?"

"물론 한 토시도 빠짐없이 똑같진 않겠죠. 하지만. 지금 제가 말씀드린 내용의 과제가 출제될 가능성이 충분히 있어요."

야가미는 이 특별시험에 대해 츠키시로에게서 들은 것은 아니지만, 교사의 설명을 듣고 어떤 과제가 나올지 예측했다.

"지금 제가 말씀드린 과제가 나왔을 때, 쿠시다 선배가 취할 방법은 하나."

그리고 어떻게 하면 그 과제로 호리키타와 아야노코지를 궁지로 몰 수 있는지도 설명했다.

"어떻습니까? 이렇게 하면 퇴학이라는 두 글자가 보이지 않나요? 물론 반 전체를 아프게 만들겠지만, 선배한테는 사사로운 문제겠죠?"

"내가…… 할 수 있을까?"

"쿠시다 선배한테는 그럴 실력이 있다고 보는데, 제 생각이 틀렸나요?"

"꽤 높이 사네."

"선배가 능력 있는 사람인지 아닌지 처음 만났을 때 시험했으니까요."

"……그게 무슨 뜻이지?"

"『저예요. 모르시겠습니까?』 그렇게 말 걸었던 거 기억하세요?"

"그땐 심장 내려앉는 줄 알았으니까. 그게 왜?"

"그게 왜? 보통은 의문을 품기 마련이잖아요. 저와 쿠시다 선배는 단 한 번도 마주친 적 없는 완전한 타인이었으니까. 그런데 선배는 바로 제 말을 받아 애드리브로 그 순간을 모면하셨죠. 그래서 선배가 아주 유능한 사람임을 알았습니다."

"하지만 내가 그 자리에서 너 누군데? 하고 나왔으면? 단순히 잊은 것뿐일 수도 있는데?"

"그건 아니죠. 어디서 만났는지 모르는 이상 어쩌면 같은 중학교 출신일지도 모르잖아요. 그럼 과거가 알려질 가능성이 있고. 제 입에서『그 사건 때문에 알았어요』하는 말이 혹시라도 새어 나오면 큰일이니까."

그 가능성도 부정할 수 없기에 쿠시다는 바로 말을 맞춘 것이다.

"만약 같은 중학교 출신이 아니라 이를테면 학원 같은

곳. 아니면 이웃에 살던 후배라는 걸 나중에 알았으면 그때 과거를 아는 사람일 위험이 대폭 줄어들죠. 착각했다며 웃어넘기면 그만이니까. 우선은 같은 중학교 출신인지 확인을 최우선으로 삼았던 거죠? 그리고 조금이라도 과거와 관련된 화제가 나올 것 같으면 다른 이야기로 돌리기도 쉬워지고."

홍차를 사 분의 일 정도 마신 후 테이블에 내려놓았다.

"너 정체가 뭐야? 같은 중학교도 아닌데 내 과거를 어떻게 아는 거야……."

"제게 경계심이 드는 건 이해하지만, 그냥 특수한 위치에 있는 게스트쯤으로 여겨 주세요. 그냥, 그래요. 목적은 아야노코지 선배랑 노는 거거든요."

"뭐? 걔랑 노는 거?"

"네. 뭐, 그는 저를 전혀 모르겠지만, 아야노코지 선배에게 들키지 않고 이것저것 시도하는 게 지금 제 안의 유행이라."

"처음 만났을 때 내가 동요하거나 네가 예상한 대답을 하지 않았다면?"

그때는 야가미가 뭐라고 대답했을지 쿠시다는 궁금해졌다.

"그건 또 그것대로 재밌었겠죠. 분명 아야노코지 선배는 위화감을 느끼고 저에게 의심의 눈길을 보냈을 테니까요. 아마 더 이른 단계에 인사드릴 수 있었을지도요."

"……혹시 너, 아야노코지랑 같은 중학교 나왔어?"

"글쎄요? 그건 쿠시다 선배한테는 그리 중요한 문제가 아니에요. 지금은 특별시험에 집중해주시겠어요?"

"나도 알아. 만약 네가 짐작한 대로 과제가 나온다면…… 그때는 시도해볼게."

"해볼게……라. 그걸로는 약해요."

"……약하다고? 뭐가 약하다는 거야."

야가미가 일어나 다가오더니, 반사적으로 피하려는 쿠시다의 어깨를 붙잡았다.

"야, 무슨 짓이야?!"

벗어나려고 했지만, 비리비리한 줄 알았던 야가미가 생각보다 힘이 세서 움직일 수 없었다.

"잘 들으세요. 쿠시다 선배는 본인이 생각하는 것보다 더 궁지에 몰려 있습니다. 선배를 포위한 아야노코지 선배와 호리키타 선배뿐 아니라 저나 아마사와 등 눈에 거슬리는 인물이 나날이 생활과 안전을 위협하고 있어요……. 안 그렇습니까?"

"그건…… 그렇지만……."

정면에서 눈을 뚫어지게 쳐다보는 야가미를, 쿠시다는 겁먹지 않고 노려보았다.

"당연한 이야기지만 이 학교는 한 편인 같은 반 학생을 쳐내기가 쉽지 않아요. 일상생활 중에 퇴학으로 내모는 건 상당히 힘들죠. 지금 같은 특별시험이야말로 퇴학시킬 수 있는 천재일우의 기회가 분명합니다."

"그건 나도 알아. 하지만 너무 몰았다간 나까지 위험에 노출된다고."

"그러니까 그럴 각오가 필요하다는 겁니다. 배제할 것인가 배제될 것인가——."

양자택일의 싸움을 하라는 강한 압박을 받았다.

"물론 결단은 쿠시다 선배가 내리시는 겁니다. 제가 여기서 『학급 붕괴라는 과거를 들키고 싶지 않다면 반드시 호리키타 선배나 아야노코지 선배 중 누군가를 퇴학시키세요』 하고 말한다면 그건 시험 규칙에 저촉되는 협박이니까요."

"지금 이게 바로 협박하는 거야……."

"실례했습니다. 정말로 협박할 생각은 없어요. 하지만 쿠시다 선배에게 각오가 부족한 건 사실입니다. 어떤 희생을 감수하고서라도 배제한다. 그 정도 각오가 아니면 퇴학으로 내모는 건 불가능해요. 영원히 말이에요."

어깨에서 손을 뗀 야가미가 원래 앉아 있던 자리로 다시 돌아가 앉았다.

"다시 한번 말해주세요. 선배는 그 두 사람을 퇴학시키고 싶어요. 그렇죠?"

다시 눈을 들여다보는 야가미에게 쿠시다는 강한 분노와 불만이 섞인 감정을 느꼈다.

그런 건 굳이 확인받을 것까지도 없는 일.

지난 일 년 반 동안, 매일같이 저주하듯 바라왔으니까.

"······그래. 난 호리키타를, 아야노코지를 퇴학시키고 싶어. 기필코 퇴학시킬 거야······."

"잘 알겠습니다. 이제야 비로소 쿠시다 선배의 신념이 진짜임을 확인했어요."

쿠시다는 결심했다. 더 이상 상처가 벌어지지 않게 하기 위해서라도, 하루빨리 호리키타와 아야노코지를 퇴학시키고 자기 좋을 대로 지껄여대는 눈앞의 야가미도 반드시 퇴학시키겠노라고.

○암운

따르르릉.

10년째 함께하고 있는 알람시계가 귀를 때렸다.

나는 아무 말 없이 빠르게 손을 뻗어 버튼을 퍽 눌러서 알람을 껐다.

힘이 너무 들어간 나머지 시계가 미니 테이블에서 떨어지며 따릉! 하고 마지막 소리를 냈다. 수도 없이 나에게 단련됐으니 이 정도에 망가질 만큼 연약한 파트너가 아니다.

"······벌써 여섯 시인가······."

결국 두 시간 정도밖에 못 자고 아침을 맞이하고 말았다. 뭣 때문에 갈아입었는지 모를 파자마를 벗고 속옷 바람으로 세면대를 향해 무거운 걸음을 옮겼다. 가는 김에 알람시계를 주워 올리니 셀로판테이프로 대충 붙인, 고정 고리가 깨진 덮개가 열려 있고 건전지 하나가 땅에 떨어져 있었다.

"너무 거칠게 다뤘네. 내일은 조심할 테니까 용서해줘."

그 후 거울 앞으로 갔다.

"얼굴이 심각하네······."

도저히 이런 상태로는 학생들 앞에 얼굴을 내밀 수 없다. 요 며칠 특히 잠을 설치기도 해서, 오늘은 눈 밑 다크서클이 한층 돋보였다.

꼼꼼히 세수하고 평소에는 거의 손도 대지 않는 화장품들을 쭉 나열했다. 컨디션 난조…… 아니 불안정한 상태라는 것을 학생들이 알아서는 안 되니까.

스킨을 집어 들다가 문득 거울 속 나와 눈이 마주쳤다.

"처참하네."

별생각 없이 뺨을 만졌다.

손가락 끝에서 전해지는 탄력도 감촉도 학창 시절 때에 비할 바가 못 된다.

"늙었네, 나도."

고작 10년 남짓, 그러나 10년 남짓.

그만큼의 세월이 흘렀다는 사실이 좋든 싫든 실감된다.

"별로 중요한 문제는 아닌가……."

이제 와서 시간의 흐름을 새삼 느낄 일도 아니다. 처음부터 알고 있던 일이다.

다시 움직여 스킨 뚜껑을 열고 묵묵히 화장을 시작했다.

언젠가는 그날이 온다.

그건 교사가 되기로 했을 때부터 알고 있던 일.

알고 있었음에도 사실 나는 전혀 준비되어 있지 않았다.

"진정해. 이건 내 싸움이 아니야. 그때와는 상황도 다르고. 지금 우리 반이면 무사히 통과할 수 있을 거야. 그래, 그럴 거라고. 긴장해봐야 헛수고야."

빨라지는 심장박동을 느끼며 이건 남 일이라고 스스로 되뇌었다.

하지만 그런 얕은 생각은 통할 리 없었고, 심장은 더 빨리 뛰기 시작했다.

이런 상태로는 특별시험 종료 때까지 몸이 버티지 못할 것이다. 앞날이 걱정이네.

"각오를 다지자……."

두 손바닥으로 거울을 밀고, 거기에 비치는 나를 노려보며 중얼거렸다.

1

교사의 아침은 생각보다 분주하다. 이 학교는 기숙사 생활을 하기에 부지 내에 있는 직장, 즉 학교까지 거리는 가깝지만 해야 할 일이 산더미 같다. 수업 준비, 연락 여부 확인, 때로는 수영장 수질까지 조사해야 한다. 하지만 근무 시작은 홈룸이 시작되면서부터이므로 실질적으로는 무급으로 하는 잔업이었다. 아침에 개별 준비가 끝나면 그다음에는 조례를 겸한 교직원 회의.

특히 특별시험이 있는 날이면 두세 배는 더 바빠진다.

학생들의 인생, 그 일부에 영향을 주는 만큼 학교 측의 실수는 절대 용납되지 않는다.

"이번 특별시험에 있어서 우리 교사들이 최대한으로 신경 써야 할 부분은 반에 대한 개입입니다. 자기 반 학생을 지킨답시고 무심결에 도움을 주는 사태는 반드시 피해야만 합니다."

네 반의 담임을 모으고, 이번 특별시험을 감독하는 이카리 선생이 엄격한 표정으로 경고했다.

"저, 지금 와서 좀 그렇지만 한마디 해도 될까요오?"

"뭡니까, 호시노미야 선생님?"

"기억하기로 지난번…… 11년 전에 치렀던 이 시험은 담당 반과 겹치지 않도록 섞는 조치가 있었잖아요? 그런데 왜 이번에는 그대로 담임이 자기 반을 지켜보게 하는 거죠? 공평성을 고려한다면 바꿔야 한다고 생각하는데요."

경고한 이상 담임교사의 개입을 막고 싶다는 학교 측의 의사가 느껴졌다.

그런데 그렇다면 다른 반을 맡기는 편이 확실하다.

굳이 위험을 감수해가며 라이벌 반을 도와줄 교사는 없을 테니.

"공평성을 지킬 수 있다고 믿기 때문 아닐까요?"

이야기를 듣고 있던 사카가미 선생이 냉정하게 분석했다.

"그런가요오?"

"……그렇게 결정했으니까, 라는 이유 이외에는 말씀드릴 수 없겠군요."

"위에서 결정한 일이라는 건가요?"

모든 특별시험은 우리 일개 교사가 정할 수 있는 게 아무것도 없다. 더 위에 있는 사카야나기 이사장이나 이 학교 운영 경영에 관여하는 사람들의 손에 의해 정해진다.

우리는 그에 따라 규칙을 지키고 수행하면 될 뿐.

하지만 치에는 납득이 되지 않는지 불만을 숨기려 하지 않았다.

그 모습을 보다 못한 이카리 선생이 큰 목소리로 말했다.

"이건 단지 제 개인적인 상상에 불과합니다만, 이번 특별시험에서 학생들의 속마음을 들여다볼 수 있을지도 몰라요. 그건 정보 덩어리이지요. 다른 반 선생님에게 그 정보가 들어가 그다음 특별시험에 영향을 줄 수 있다고 생각한 것 아닐까요?"

"그거, 결국 우리 교사를 못 믿는다는 것 아닙니까?"

"어쩌겠습니까. 이번 특별시험, 담임 선생님 세 분은 과거에 같은 시험을 경험하시기도 했고……. 작년에 있었던 반 내부 투표 때 역시 각자 맡은 반을 계속 맡았던 것도 그런 부분과 관련 있는 게 아닐까요?"

"역시 그런 거군요."

처음부터 알고 있었다는 듯이 치에가 받아들였다.

"호시노미야 선생님…… 그럼 이야기를 계속 이어가도 되겠습니까?"

"네에네에. 이해했으니까 다시 진행해주세요~."

언짢은 게 분명했지만 이카리 선생은 포기했다는 듯 설명을 재개했다.

"만약 조언이라고 감독이 판단했을 경우는 계고 처분.

반복되면 감봉 처분도 있습니다. 또 여러분은 걱정되지 않습니다만, 혹여 학생들이 고를 선택지를 의도적으로 유도하는 악질적 개입을 했다고 판단되면 최악의 경우 격하 처리까지 가능하다는 점을 부디 잊지 마시길 바랍니다."

만장일치 특별시험은 선택지가 전부. 교사가 특정 선택을 밀거나 유도하는 행위를 한다면 특별시험의 본질에 의문이 생기는 것이야 당연하다.

물론 다른 반 교사도 나도 그럴 생각은 없다.

여느 때와 다름없이, 학생들에게 너무 감정이입 하지 않고 그저 묵묵히 맡은 업무를 할 뿐.

그건 괴로운 기억으로 가득한 이 특별시험이라고 해도 다르지 않다.

"이상입니다. 그럼 오늘 있을 특별시험을 모쪼록 잘 부탁드립니다."

그리고 나는 평소대로 하자고 다짐하고 오전 수업을 했다.

아니, 평소대로라는 생각은 나 혼자 했을 뿐 실제로는 달랐을지도 모른다.

시간 감각이 없었고, 정신을 차렸을 때는 어느새 점심시간이었다.

교무실 책상 위에는 먹다 남은 식사.

삼분의 일 정도 먹고 나니 젓가락이 아예 움직여지지 않았다.

이런 모습을 보여서는 안 된다고, 자신을 보채어 남은

도시락을 봉지에 담아 치웠다.

그리고 찾아온 오후 수업, 그 시작을 알리는 소리.

바닥을 보면서 교무실을 나오는데 뒤에서 달려오는 발소리가 들렸다.

"드디어 시작이네, 사에 짱."

"……치에."

"아침부터 그렇던데, 특별시험 생각하느라 어제 잠을 설치기라도 했어?"

뻔히 다 보이는 가벼운 도발을 나는 그냥 한 귀로 흘려넘겼다.

아니, 대답할 수 없었다는 말이 맞겠지.

"지금 반이랑 나는 아무 관계도 없어. 학생이 잘 통과하든 말든 아무래도 좋아."

"흐~음? 그런 식으로 딱 구분 짓는 것처럼 보이진 않는데. 뭐, 나와는 상관없지만. 사에 짱은 A반을 노릴 자격 따위 없다는 걸 잊지 않기를 바라."

멀어지는 내 등에 대고 치에는 분노가 실린 목소리를 감추지 않고 말했다.

나는 숙인 고개를 끝까지 들지 못했다.

2

9월 17일. 점심시간 직후. 여름방학이 끝나고 3주도 채 지나지 않아 다음 특별시험이 찾아왔다.

시험 시작 5분 정도 전에 교실로 돌아오니, 이미 교실에서 어떤 어른이 기다리고 있었다.

그는 교실 뒤편에 서서 학생들의 모습을 조용히 지켜보았다.

다소 의외인 부분은 이번 시험에서는 원래 자기 자리가 아니라 지정 좌석에 앉아야 한다는 점이었다. 더 철저한 규칙 엄수를 위해서일까. 흥미롭게도 나는 1학년 때 앉았던 창가 제일 뒷자리였다. 그 이외의 학생은…… 딱히 작년과 올해 배치와 상관없이 랜덤이었다. 나는 어쩌다 우연히 같은 자리가 걸렸을 뿐인 듯하다. 이미 자리에 앉아 있는 호리키타를 보니, 지금 자리와 별반 다르지 않은 제일 앞줄 한 칸 옆자리였다.

내 오른쪽 옆에는 사토, 앞에는 오니즈카가 앉았다. 학생들이 속속 자리를 채우기 시작했다.

지금부터 우리가 극복해야 할 시련은 『만장일치 특별시험』.

학교에서 내는 다섯 개의 과제를 복수의 선택지 중에 골라 만장일치가 될 때까지 계속하는, 그 이상도 그 이하도 아닌 심플한 시험이다.

특별히 언급할 게 없는 시험이지만, 미리 세울 수 있는 대책도 별로 없다.

과제 내용을 불문하고 첫 투표 때는 서로 의논할 수 없기에 예기치 못한 만장일치를 피하고자 미리 약속해서 투표할 곳을 분산하기. 투표 시한에 주의하기. 어떤 선택지를 고를지 갈등이 생겨 표가 분산되고 말았을 때 누구를 따를지 미리 정하기 등 어느 반이나 그 정도밖에 준비할 방법이 없다.

그래서 반에 여느 특별시험 때와 같은 무거운 분위기는 거의 없었다.

이 시험은 궁극적으로 말하면『선택지를 골라 투표 버튼을 누르는 것뿐』이므로, 참가자 모두가 쉽게 달성 가능한 내용이라는 점 역시 분위기를 느슨하게 만들고 있었다.

물론 특별시험이긴 한 만큼 다소의 긴장감은 있지만…….

태블릿에는 훔쳐보기 방지 필름이 꼼꼼히 붙어 있었다.

옆자리에서 목을 빼고 봐도 화면을 훔쳐볼 수 없으리라.

투표 중에는 자리에서 일어날 수도 없기에 시각적 방법으로 타인의 투표를 짐작하기란 불가능하다.

만약 어떤 방법을 썼거나 사고로 다른 이의 투표 결과를 봤다고 하더라도 그것을 말했을 때 사람들이 믿을지는 또 다른 이야기. 애당초 훔쳐보는 것이 금지인 이상 누가 어디에 투표했다며 시끄럽게 구는 것 자체가 불가능하다.

꼼수 없이 정정당당하게 특별시험을 치르는 수밖에 없다.

또 책상에 놓여 있는 태블릿에는 전원선이 빠져 있어서, 자기 마음대로 주전원을 꽂는 것마저 불가능했다.

"야. 한두 시간 안에 끝나면 케야키 몰 가자."

"나도 그러고 싶지만, 기숙사 가서 자습해야 할걸. 저녁에 갈래?"

이제는 완전히 꿀 뚝뚝 떨어지는 커플이 된 이케와 시노하라가 방과 후 계획을 이야기했다.

쉽게 끝낼 수 있는 특별시험⋯⋯일까. 하지만 조건에 따라 난관으로 바뀔 가능성이 있음을 몇이나 이해하고 있을지 의문이다.

변수는 투표가 익명이라는 것. 누가 어디에 투표했는지 시험 중은 물론이고 영원히 알 수 없다는 데 있다.

완전 익명. 이 요소가 이번 특별시험에 얼마나 크게 영향을 미칠지가 관건이다.

여하튼 특별시험의 시한은 오후 1시부터 6시까지 총 다섯 시간에 걸친 대장정.

단순히 계산하면 한 문제당 한 시간을 쓸 수 있다.

이케가 말했듯 한두 시간 안에 특별시험을 끝내는 것도 불가능한 건 아니다.

그리고 제한 시간 내에 끝내면 무조건 반 포인트 50점을 받는다.

한편 만에 하나 다섯 시간 안에 끝내지 못하면 반 포인트를 300점이나 잃기 때문에, 다섯 문제 모두 만장일치로 만드는 것은 필수조건이다. 시험 내용을 돌이켜보면 적은 보수도 무거운 페널티도 납득이 간다고 할 수 있다. 나는 자리가 반 정도 찬 교실, 그 구석에 있는 내 자리에 가서 앉았다. 교단에는 이번 특별시험의 진행을 맡은 차바시라가 있었고, 감독 교사는 교실 뒤편에 자리했다.

"미리 말했듯이 모든 통신기기를 제출 바란다."

소지품 제한, 태블릿 훔쳐보기를 방지하기 위한 앞뒤 감시. 필요 이상으로 철저하다. 그만큼 누가 어디에 투표했는지 드러나는 것을 막으려고 한다는 증거다. 엄격하긴 하나 옳은 조치다. 학생의 순수한 마음을 복수의 선택지에 반영하려면 익명성을 100%로 만들어야 한다.

훔쳐볼 수 있는 빈틈이 생기면 동조 압력에 굴해버릴 확률이 올라가니까.

모두가 α라는 선택을 했으니까, 사실은 β에 투표하고 싶지만 α를 선택하는 것.

그런 일을 피하고 싶기 때문이다.

이 특별시험이 의미하는 『학생 개인의 의사』를 중요시하고 있다.

다만 우리는 동조 압력이고 뭐고 간에 모두 만장일치를 바라는 만큼, 이런 조치는 반갑지 않았다.

좌우지간 부정이 개입될 여지는 없다.

어떤 과제라 할지라도 만장일치로 이끌어야 한다.

"얘, 아이리. 잘 말하기로 약속했잖아?"

음? 창밖으로 향해 있던 시선을 교실로 돌리자 하루카에게 등 떠밀리는 아이리가 보였다.

"저, 저기, 키요타카 군……! 괘……괜찮으면 방과 후에…… 시간, 내줄 수, 있어?"

하루카가 고개를 끄덕이면서, 어떻게 대답해야 할지 알지? 하고 눈으로 말했다.

"그게…… 문화제 일로, 할 얘기가 있어서."

"그래? 나도 얘기 나누고 싶었으니까, 상관없어."

"고, 고마워! 그, 그럼 나중에 봐."

달아나듯 가버린 아이리는 멀리 떨어져 있는 자기 자리에 앉아 등을 보였다.

"쟤도 이제 좀 괜찮아졌어. 상처가 완전히 아문 건 아니지만 긍정적으로 보려 하고 있지."

내 앞에서는 그 일에 대해 조금도 언급하지 않고 필사적으로 눈을 마주치려고 애썼었다.

"하지만 저 애가 정말로 제안을 받아들지 어떨지는 이후에 달렸어. 키요뽕이 노력하기에 따라."

"최대한 노력해볼게."

"그래. 그럼 방과 후에 보자."

정말로 잘 챙긴다고 할까, 요즘에는 항상 같이 다니네, 저 두 사람.

시험 시작 2분 전이 되자 담임 차바시라가 설명을 시작했다.

"자── 슬슬 시간 다 되었구나. 지금부터 특별시험이 시작될 텐데, 오늘은 시험이 긴 만큼 화장실을 비롯한 쉬는 시간이 최대 네 번 주어진다. 기본적으로는 만장일치를 이루고 다음 과제에 도전하기 전에만 쉴 수 있다. 따라서 만장일치가 되지 않은 도중 단계에는 못 쉰다는 이야기야. 그리고 쉬는 시간은 한 번에 최대 10분인데, 그동안에도 시험 시간은 계속 카운트된다. 인터벌이 불필요하다고 판단한다면 쉬는 시간을 건너뛰는 것도 방법이겠지."

모두 이미 고지된 대로 화장실에 다녀왔기 때문에 당분간은 문제가 없을 터다.

복통 등 예상하지 못한 컨디션 난조도 우리 반에는 없는 것 같고.

자, 드디어 특별시험이 시작되는 건가.

그렇게 생각했는데, 차바시라는 학생들을 보면서도 진행하려고 하지 않았다.

마음이 딴 데 가 있는 듯 그저 멍하게 있었다.

처음에는 대수롭지 않게 생각하던 학생들도 조금씩 의아해하며 서로의 얼굴을 마주 보았고, 교실 뒤에 선 교사도 이상을 감지한 듯했다.

"차바시라 선생님. 시간 다 됐습니다."

"아, 아아. 미안합니다. 그럼 만장일치 특별시험을 시작한다. 지금부터는 규칙에 따라 진행되니까 인터벌 이외의 시간에 자리에서 일어서거나 금지된 타이밍에 잡담 등을 하면 바로 주의받게 될 거야. 명심하도록."

모니터가 전환되고 카운트다운이 26초부터 시작했다.

시작이 살짝 늦어졌지만, 학생들한테 지장은 없으리라.

이윽고 숫자가 0이 되자 글자가 바뀌고 첫 과제가 표시되었다.

과제①

3학기에 있을 학년말 시험에서 어느 반과 대결할지 고르시오

(반 계급에 변동이 생겨도 이번 선택이 우선된다)

※( ) 안 숫자는 대결에서 승리했을 때 얻을 수 있는 추가 반 포인트

선택지 : A반(100), B반(50), D반(0)

"이건 2학년 마지막 3학기의 학년말 특별시험 때 대결할 반을 고르는 선택지다. 보충 설명이 되어 있는 대로 현시점에서 A반을 만장일치로 선택한다면 만약 지금의 A반이 학년말에 B반으로 떨어졌더라도 이 선택지 시점의 A반과 추가 반 포인트인 거야. 그리고 희망하는 선택지의 조합이 네 반 모두 불일치할 경우는 학교 측에서 랜덤으로 지정해 준다."

쉽게 말해 사카야나기, 이치노세, 류엔 중 누구와 싸울지라는 선택지에서 지금 고른 대전 상대가 바뀔 일은 없다는 뜻이다.

"자기가 어느 반과 붙으면 이길 수 있을지 잘 파악하는 게 중요하겠지. 물론 꼭 희망하는 반과 붙을 수 있는 것도 아니지만…….'

호리키타가 사카야나기의 A반을 지명했다고 해도, 이치노세 역시 사카야나기 반을 지명했다면 사카야나기 반이 호리키타 반을 선택했는지 이치노세 반을 선택했는지에 달렸다는 뜻인가. 그리고 사카야나기 반이 그 둘이 아니라 류엔 반을 지명했을 때는 류엔 반의 선택을 또 확인해야 한다. 여기서도 류엔 반이 사카야나기 반을 피했다면 결과적으로 전부 맞아떨어지지 않아 랜덤으로 결정된다. 보통은 전력이 약한 하위 반을 고르고 싶겠지.

하지만 선택지를 보면 알 수 있듯 상위 반을 골랐을 때의 대우가 조금씩 다르다.

상위 반을 이기면 그만큼 많은 반 포인트가 보수로 지급된다는 것. 하위 반과 싸우면 이겨도 추가 보수를 받지 못하는 구조.

보통 A반과의 싸움은 피하고 싶지만 이런 불이익도 존재한다면 충분히 검토할 여지가 있으리라.

"그럼 첫 번째 투표를 시작한다. 제한 시간은 60초다."

이 60초를 넘기면 페널티 타임에 들어가고 만다.

물론 첫판부터 그런 문제가 생기지 않게 호리키타가 미리 정해 알린 대로, 아이들은 일단 저마다 자유롭게 원하는 선택지에 투표했다.

나는 첫 투표는 반드시 1번 선택지를 고르기로 호리키타와 이야기가 되어 있었으므로, 망설임 없이 1번 A반을 골랐다. 호리키타는 2번 B반이다.

　우리 둘이 다른 선택을 한 시점에서 절대 만장일치가 될 일이 없지만, 다른 37표는 순수하게 어느 반과 대결하고 싶은지 의향을 알 수 있다.

　"모두 투표를 마쳤으니 지금부터 투표 결과를 발표하마."

　제1회 투표 결과 : A반 5표, B반 21표, D반 13표

　제일 하위인 D반이 아니라 이치노세가 속한 B반에 표가 집중되었다.

　"만장일치가 되지 못했으니 인터벌에 들어간다."

　지금부터 10분간 자유롭게 자리에서 일어나 다른 학생과 접촉하거나 대화할 수 있다. 주장을 펼치든 특정 학생의 말에 귀를 기울이기만 하든 상관없다.

　"첫 과제부터 시간을 허비하면 안 되니까 나부터 제안해볼게."

　차바시라 바로 앞에 앉아 있던 호리키타가 손을 들고 일어나 몸을 돌렸다.

　이 특별시험에서도 리더를 맡기로 한 이상 솔선해서 움직였다.

　"표가 분산된 것처럼 각자 생각하는 게 있겠지. 의문을

느낀 건 몇 번이든 질문해도 좋으니까, 모두 솔직하게 의견을 나눴으면 좋겠어."

그렇게 말하고 잠시 숨을 고른 호리키타는 자기가 희망하는 선택지부터 밝혔다.

"난 학년말에 싸울 상대로 이상적인 건 B반, 그러니까 이치노세 반이라고 생각했어. 이유는 총 세 가지야. 첫째, 사카야나기와 류엔과 달리 이치노세는 공정한 대결, 그러니까 순수하게 실력만으로 대결할 가능성이 크기 때문이야. 변칙적인 특별시험이라도 뒤통수 맞을 염려가 별로 없어. 둘째, 지금 시점에서 B반이기 때문이야. 보수에 플러스로 반 포인트도 얻을 수 있으니까 다른 반을 리드하기에 유리하게 작용하지. 그리고 마지막 셋째. 그 B반이라는 위치는 현재 겉보기에 불과하기 때문이야. 이미 우리 C반, 류엔의 D반과 엇비슷한 상태지. 한때는 반 포인트가 많이 차이 났지만, 그녀의 반은 지금 내리막이야. 대결 상대로 이상적이지 않을까?"

시간이 신경 쓰이는지 조금 빠른 속도로, 하지만 분명한 이유를 들어서 많은 학생의 마음을 움직이는 듯한 인상을 받았다.

"혹시 반론할 사람이 있으면 지금 의견을 밝혀주길 바라. 반대로 B반이라도 상관없다고 생각한다면 빨리 B반에 투표해주면 이야기가 빠를 거야."

이 과제는 두 번째 투표에서 만장일치를 만들고 싶다.

그런 호리키타의 의지가 느껴졌다. 그에 호응하듯 요스케도 일어섰다.

"나도 방금 한 이야기에 찬성이야, 호리키타. 사카야나기의 A반을 이기면 받는 추가 보수는 물론 많지만, 그 어느 반보다 강적이라는 건 의심할 여지가 없으니까. 물론 이치노세 반의 강한 유대감과 성실한 대결 방식도 무시할 수 없는 강점이지만, 대전 상대로는 최고라고 생각해."

두 사람의 B반 추천에 반 아이들의 방향성이 정해지기 시작했다. 그때 단숨에 흐름을 가져가듯, 또 한 사람이 앉은 상태로 맞장구를 쳤다.

"나도 찬성이랄까. 류엔 반이랑 싸우는 건 추가 보수도 없으니까 별로 안 당기고, 사카야나기 쪽은 지면 웃어넘길 수 없을 테고."

반대 의견이 나오기 전에 요스케와 케이가 재빨리 B반 투표로 의견을 굳혔다. 나와 계획했던 대로 도운 거겠지만, 아마 두 사람 역시 B반과의 대결을 희망했을 거다. 그건 첫 번째 투표에서 B반에 표가 제일 많이 모였던 점을 봐도 금방 알 수 있다.

6분 가까이나 남은 인터벌은 결국 반대 의견 없이 끝났다.

차바시라는 시계를 확인한 후 진행을 재개했다.

"그럼 시간이 지났으니 두 번째 투표에 들어가겠다. 태블릿 화면이 바뀌면 바로 60초 이내에 투표하도록. 미리 설명했듯 60초가 지나면 페널티 시간이 누적된다. 조심해."

그런 충고도 필요 없을 만큼 두 번째는 10초도 지나지 않아 모두 투표를 마쳤다.

그리고 모니터에 집계가 바로 반영되어 표시되었다.

제2회 투표 결과 : A반 0표, B반 39표, D반 0표

코엔지가 장난쳐서 다른 반에 투표하는 일도 없이, 이보다 더할 수 없을 정도로 순조롭게 첫 만장일치가 나왔다.

"만장일치가 되었으니 첫 번째 과제는 B반을 선택하는 것으로 확정되었다. 학년말 시험에서 대결할 반은 결정되는 대로 너희에게 알려주겠지만, 아마 내일 이후나 되어야 할 거야."

불과 10분 만에 총 다섯 개의 과제 중 하나를 끝냈다.

그리고 호리키타와 아이들이 원하던 B반이 선정되었다.

개인적으로도 대전 상대를 고른다면 틀림없이 이치노세의 반이겠지.

그 이유는 호리키타가 다 얘기했으니 더 할 말도 없다.

이제 사카야나기와 류엔 반이 매칭되기만을 기도하면 되는데, 이치노세 반은 표적이 되기 쉬우니 잘못하면 세 반이 경합을 벌여야 할지도 모른다. 일이 꼬이지 않고 이치노세의 반이 우리 반을 희망해주길 기대해보자.

"설 필요 없을 것 같지만 혹시 모르니까 확인하마. 다음 과제로 바로 넘어가도 되겠나?"

물론 학생 중 이의를 제기하는 사람은 없었기에 두 번째 과제가 바로 시작되었다.

"그럼 다음. 두 번째 과제로 넘어가지."

과제②

11월 하순으로 예정된 수학여행 때 원하는 여행지를 고르시오

선택지 : 홋카이도, 교토, 오키나와

뭐야, 이게. 그런 목소리가 학생들 사이에서 들렸다.

사적 대화는 금지이기 때문에 차바시라가 쳐다보자마자 소리는 바로 사라졌다.

하지만 많은 학생이 『뭐야, 이게』하고 생각한 것은 틀림없는 사실이리라.

그래도 우선 투표부터 하지 않으면 아무것도 시작되지 않는다.

순수하게 어떤 선택지를 고르는 게 좋을지 혼자 고민한 후 투표하는 수밖에 없다.

"이번에도 아까와 마찬가지로 한 곳이 선택되었다고 해서 바로 확정되는 것은 아니야. 나머지 세 반의 상황에 따라 결과가 바뀔 수도 있으니 그 점은 이해 바란다."

제1회 투표 결과 :

홋카이도 17표, 교토 3표, 오키나와 19표

교토를 제외하고, 아까보다 훨씬 접전이라고 말할 수 있
는 투표 결과가 떴다.

"만장일치가 되지 않았으니 지금부터 인터벌에 들어간다."

"야, 이거 특별시험 맞아? 완전 쉬운데……."

인터벌이 시작되자마자 혼도가 맥 빠진다는 듯 웃으며
말했다.

하긴 첫 번째와 두 번째 과제는 굳이 이런 식으로 호들
갑스러운 자리를 만들어 물어볼 것까지도 없다. 홈룸 시간
에라도 충분히 정리될 수준이다.

이제 겨우 두 번째 과제. 그러나 벌써 두 번째 과제다.

이게 끝나면 특별시험의 5분의 2가 끝나는 셈이다.

지나치게 간단한 내용. 이완이 긴장을 앞지르기 시작한
학생이 많으리라.

하지만 흥미롭게도 그런 상황이 되면 될수록 점점 더 불
안을 느끼는 학생도 있다.

대표적으로 호리키타. 요스케처럼 신중하고 사고력 높
은 학생이다.

모두 웃으며 어디를 고를지 논의하는데, 그들만 진지하
게 과제를 응시했다.

그것도 그렇겠지. 이렇게 어느 쪽이든 좋은 과제가 끝까

지 이어진다고는 도저히 생각할 수 없다. 오히려 전반부가 편하면 편할수록 후반부에는 중압감 심한 것들이 늘어나는 법.

그런 예감을 하면서, 나는 인터벌의 흐름을 조용히 지켜보았다.

"생각하는 게 있는 건 다들 똑같다고 봐. 그래도 일단은 이 과제에 집중하자."

마음이 들뜨는 것을 경계하며 요스케가 반 분위기를 다 잡았다.

첫 번째에는 약속대로 선택지 1번인 홋카이도에 투표했지만, 과연 어떻게 될까.

과제 내용은 같다. 즉 어느 선택지에는 반드시 두 반이 투표한다.

수학여행지를 결정하는 중요한 한 표임은 틀림없다.

"호리키타, 의견이 갈리는 것 같은데 뭐 조언해 줄 것 없을까?"

아까와 달리 바로 발언하지 않는 호리키타를 걱정했는지, 쿠시다가 그렇게 말했다.

하지만 호리키타는 바로 대답하지 않았고, 잠시 교실에 정적이 감돌았다.

"호리키타?"

쿠시다가 조금 염려스럽게 재차 이름을 부르자 호리키타가 당황하며 대답했다.

"미안. 잠깐 생각에 빠져서……. 하나도 복잡하지 않은 선택지지만, 의외로 만장일치가 되기 어려울지도 모르겠다고 생각했어. 수학여행은 우리 학생들에게 중요한 이벤트니까 여행지는 당연히 내 한마디로 정리할 수 없어."

만일의 경우에는 리더의 말에 따르기로 약속했지만, 그래도 호리키타 혼자 수학여행지를 정해도 된다는 이야기는 아니다. 장단점을 따지는 게 아니라 취향 문제라고 생각하면 어려운 선택지다.

"어쨌든 희망하는 여행지에 대한 의견부터 듣는 수밖에 없어."

그 말에 기다렸다는 듯이 스도가 손을 들었다.

"그럼 나부터. 나는 오키나와에 투표했어. 수학여행 하면 바다니까 딱 오키나와잖아? 투표수도 제일 많으니까 그렇게 정하면 되지 않아?"

"잠깐만. 오키나와가 전형적인 수학여행지 중 하나인 건 인정하지만 그렇게 따지면 홋카이도도 마찬가지 아닌가? 투표수도 근소하게 차이 날 뿐이고. 다들 스키 타고 싶지 않아?"

홋카이도에 투표한 듯한 마에조노가 스도와 반대 의견을 냈다.

"난 오키나와가 좋은데. 스노클링 해보고 싶어!"

"난 오키나와에는 몇 번 가본 적 있으니까 홋카이도──."

투표수가 비슷한 두 여행지에 대한 의견이 정면으로 충

돌하기 시작했다.

다들 최선이라고 생각하고 선택한 여행지인 만큼 남의 선택지에 비판적으로 나오게 되는 것도 무리는 아니다.

"애당초 홋카이도는 눈밖에 없잖아? 시시할 게 뻔해!"

"그렇게 따지면 오키나와는 바다밖에 없지 않나?"

수습될 것 같지 않은 의견 대립이 몇 분간 이어지다가, 보다 못한 요스케가 개입했다.

"홋카이도도 오키나와도 비슷하게 인기 많은 수학여행지니까 이렇게 의견 충돌이 일어나도 무리는 아니라지만……상대를 좀 더 배려하면서 의논하는 게 좋지 않을까 싶어."

폭언에 가까운 발언은 그만뒀으면 좋겠다고 요스케가 호소했다.

처음에는 자신이 고른 희망지가 얼마나 좋은지 피력하던 것이 점점 상대의 희망지를 깎아내리는 쪽으로 바뀌기 시작했기 때문이다.

"히라타는 홋카이도지?"

"야, 히라타. 넌 오키나와를 골랐지?"

"어? 그게……."

두 그룹 사이에 낀 요스케가 난감한 표정을 지었다.

"그건…… 비밀……이라고 할까?"

이런 상황에서는 어디에 투표했는지 대답하기가 어렵다. 어떤 의미에서는 익명이라 다행인 순간이다.

"11월에도 수영할 수 있는 데는 오키나와 근방밖에 없잖아? 역시 바다에 가고 싶지 않아?"

"바다는 이제 됐다니까 그러네. 무인도 시험에서 충분히 만끽했으니 이번에는 무조건 홋카이도지!"

잠시 중단되었던 논쟁이 다시 과열되기 시작했다.

"어, 어떡해, 호리키타?"

당황한 표정으로 쿠시다가 호리키타에게 도움을 청했다.

"그러게, 이건 참 까다로운 과제 같아."

만장일치의 어려움. 그것이 벌써 표면으로 드러나는 문제가 나왔는지도 모르겠군.

이야기를 간단히 정리할 수 있을 리도 없어서 10분간의 인터벌이 끝을 맞이했다.

참고로 이번 두 번째 투표는 교토에 투표할 생각이다.

역사가 깊은 교토. 그 풍경을 보고 싶은 마음이 강했기 때문이다.

"그럼 두 번째 투표가 전부 완료되었으니 결과를 표시하마."

제2회 투표 결과 :
홋카이도 18표, 교토 4표, 오키나와 17표

"앗, 홋카이도가 역전했다! 오예!"

"젠장, 누구야?! 오키나와에서 홋카이도로 돌아선 애!"

아까보다 표를 조금 더 받은 홋카이도가 위로 올라가긴

했어도 거의 막상막하라고 할 수 있겠지.

하지만 홋카이도 그룹도 오키나와 그룹도 움직인 표 때문에 언쟁을 시작하고 말았다.

이런 상태로는 해결하려고 해봐야 아무리 투표를 반복한들 끝나지 않으리라.

다만 슬픈 것은 전혀 화제에 오르지 않는 교토다. 내 표만 더해졌을 뿐……

이렇게 되면 처음에 선택지 2번 교토를 고른 호리키타의 표는 그대로였는지도 모르겠다. 물론 호리키타가 홋카이도나 오키나와에 투표했고 다른 누군가가 교토를 골랐을 가능성도 있으니 확실하다고 말할 수는 없지만. 한 표라도 투표수가 더 많은 쪽에 힘을 싣는 강제적 방법도 있지만, 그렇게 했다간 원한을 남기기 쉽다. 홋카이도의 2연승이면 모를까 첫 투표 때는 오키나와가 이기기도 했으니까.

"어쩔 수 없네. 이렇게 되면 대결로 정하는 것 말고 방법이 없지 않을까? 홋카이도를 희망하는 사람 세 명, 오키나와를 희망하는 사람 세 명. 각각 대표를 뽑아서 가위바위보를 하는 거야. 선봉, 중견, 대장을 골라 토너먼트전으로. 단, 투표수가 적은 교토는 한 명만. 대결이 힘들겠지만, 최대한 공평하게 하기 위해서야."

소수파인 교토가 다른 둘과 똑같은 조건으로 싸우면 과연 많이 불공평하겠지.

강제력과 시간을 들이지 않고 정하려면 이런 방법을 써

야 하나.

어느 정도 불만이 남는 건 어쩔 수 없지만, 처음에 규칙을 정해두면 따를 수밖에 없다.

누가 가위바위보 대표로 나올지 다소 티격태격하면서도 곧 출전 선수가 정해졌다.

홋카이도 팀
선봉: 마에조노, 중견: 이시쿠라, 대장: 시노하라. 여성팀.

오키나와 팀
선봉: 오노데라, 중견: 혼도, 대장: 스도. 남녀 혼성팀.

"남은 건 교토에 투표한 사람. 누구 가위바위보 할 사람 없어?"

대표 한 명을 희망하는 호리키타. 그러자 한 남학생이 만반의 준비를 하고 손을 들었다.

"아무도 안 나가면 내가 대장으로 나갈게. 반드시 모두를 교토로 데리고 갈 거다."

그렇게 강한 의지를 표명하며 힘겨운 싸움에 몸을 던진 사람은 케세이였다.

처음으로 목소리를 낸 교토파 학생. 교토는 내가 희망하는 수학여행지이기도 하다.

내 몫까지 너에게 맡긴다, 케세이. 괴로운 싸움이 되겠지만 부디 이겨주라…….

세 번째 투표 시간에 늦지 않기 위해 재빨리 가위바위보가 시작되었고, 우선 오노데라가 낸 가위에 마에조노와 케세이가 보로 대응. 오키나와 팀이 너무도 쉽게 1승을 따냈다.

한순간에 꿈이 깨진 교토 팀은 실의에 젖어 전쟁터를 뒤로했다.

케세이가 나선 지 10초도 채 지나지 않은, 찰나와도 같은 시간이었다.

호리키타가 이마에 손을 짚고 한숨을 내쉬는 순간을 목격한 나는 역시 저 녀석도 교토를 원하는 한 사람임을 확신했다.

그런 교토 희망조 따위는 애초부터 없었다는 듯이 대결은 계속되었다. 첫판에 두 사람을 이긴 오노데라는 중견 이시쿠라를 이기고 2연승으로 단숨에 결정타를 가했다. 하지만 대장으로 등장한 시노하라가 오노데라를 이기고 이어서 혼도를 이기는 예상치 못한 전개가 펼쳐졌다.

그리하여 대장들의 맞대결이 성사되었고, 두 사람은 서로를 노려보았다.

"무조건 오키나와지! 소키 소바!* 시사!** 우민츄!***"

"무조건 홋카이도지! 게! 온천! 스키!"

---

*돼지갈비를 올린 오키나와 전통 소바
**오키나와의 전통 사자상. 액을 막아준다
***오키나와의 어부

저마다 내가 잘 모르는 이야기를 하면서 주먹을 불끈 쥐었다.

그리고 치켜든 두 주먹이 내려왔을 때, 양쪽 다 보. 무승부다.

바로 재대결하면 될 걸, 둘 다 멈추고 잠시 쉬었다.

단지 수학여행지를 정하는 것뿐인데 이상하게 긴장감이 넘친다.

"안 내면 술래! 가위, 바위―― 보!"

두 번째 대결. 스도가 낸 것은 묵직한 바위.

그리고 상대인 시노하라가 낸 것은 두 번 연속 화려한 보.

"예스! 홋카이도다!"

홋카이도파가 일제히 승리의 함성을 내질렀다.

"뭐 하는 거야, 스도!"

"윽, 미안하다……."

여기에 찬물 끼얹는 짓은 하고 싶지 않지만, 어디까지나 우리 반의 표가 홋카이도일 뿐이다. 이렇게 해도 오키나와나 교토 쪽으로 두 표가 모이면 그쪽이 되어버리는데 말이지.

그런 말을 할 분위기가 아니라는 것을 호리키타도 잘 알아서일까, 어딘지 어이없어하는 표정이었다.

세 번째 투표가 시작되어 모두 일제히 태블릿을 만졌다.

제3회 투표 결과 :

홋카이도 39표, 교토 0표, 오키나와 0표

"세 번째 투표에서 만장일치가 나와 두 번째 과제는 클리어다."

반의 절반은 불만이 남아 있겠지만 정한 규칙에 따르는 공평한 대결로 세 번째 투표에서 훌륭히 만장일치를 이루어내는 데 성공했다.

내심 희망하던 교토는 되지 못했지만, 홋카이도도 몹시 기대되고, 다른 반의 동향에 따라 교토나 오키나와가 될 수도 있다.

여하튼 어디가 되었든 간에 수학여행이 손꼽아 기다려지는 과제였다.

"그럼 세 번째 과제로 넘어가지."

태도는 처음과 다르지 않은 차바시라지만, 아주 미세하게 목소리 톤에서 변화가 엿보였다.

여기까지는 수월한 과제였는데 이제 흐름이 바뀌게 될지도 모르겠다.

과제③

매달 반 포인트에 따라 지급되는 프라이빗 포인트가 0이 되는 대신 반에서 랜덤으로 정한 학생 3명에게 프로텍트 포인트 지급하기. 또는 지급되는 프라이빗 포인트가 절반이 되는 대신 임의의 1명에게 프로텍트 포인트 지급하기. 둘 다 희망하지 않는 경우, 다음 필기시험에서 성적 하위

5명의 프라이빗 포인트가 0이 된다.

※어느 선택지를 고르든 프라이빗 포인트 몰수 기간은 반년간 이어진다

지금까지 치렀던 두 과제와 달리 반에 큰 이익과 불이익을 줄 수 있는 과제가 나왔다. 선택지 1번은 잃는 프라이빗 포인트가 많은 만큼 보상도 크지만, 학생을 랜덤으로 정해서 준다는 점도 간과할 수 없다.

프로텍트 포인트는 몹시 강력한 시스템이지만, 생각하기에 따라서는 3년 내내 쓸 일 없이 끝나는 학생도 있을 것이다. 그런 학생에게 가버리면 가진 보물을 그냥 썩히는 꼴이 될 위험도 있겠지.

선택지 2번 역시 받을 수 있는 프라이빗 포인트가 절반으로 줄어드는 만큼 결코 적은 금액이라고 말할 수 없다. 게다가 프로텍트 포인트는 한 사람에게만 돌아간다. 그래도 임의의 학생을 선택할 수 있다는 건 중요한 요소다.

선택지 3은 프라이빗 포인트의 손실을 최대한 줄일 수 있는 선택. 프로텍트 포인트의 대가가 너무 비싸다고 판단했을 경우나 애당초 필요가 없다면 고르겠지. 다만 다섯 명이라고 해도 불이익을 감수해야 한다는 것을 잊어서는 안 된다.

손익 계산은 물론이고 반의 사정 등도 고려해야 할 필요가 있어 보인다.

여러 가지로 하고 싶은 말이 많은 학생도 있겠지만, 일단은 투표 이외에는 길이 없다.

"투표에 들어가기 전에 선택지 2번, 즉 특정 학생에게 주는 선택지로 만장일치가 되었을 경우를 미리 말해주마. 이 선택지 2번으로 만장일치가 되면 과제 3은 완료가 아니라 그 한 명을 정하는 다음 선택지로 넘어간다. 예문을 기억하고 있겠지?"

인터벌 때 한 명을 골라서 그 학생에게 줘도 좋은지 찬반을 정하는 것이다. 찬성으로 만장일치가 된다면 그 학생에게 프로젝트 포인트가 돌아가지만, 반대로 만장일치가 된다면 그 학생은 기회가 사라진다. 그리고 나머지 38명이 의논해 한 명을 선출. 다시 찬반을 묻는다. 이런 식으로 세분화해서 과제를 계속 반복해야 한다.

"그런 부분을 고려해서 첫 투표 결과를 발표하겠다."

제1회 투표 결과 :
랜덤 3명에게 주기 12표, 1명을 골라 주기 5표, 주지 않기 22표

첫 투표 결과는 다소의 지장을 감수하더라도 프로젝트 포인트를 포기하겠다는 의견이 다수였다. 그도 그럴 터. 프라이빗 포인트를 잃게 될 다섯 명은 이미 필기시험 하위 다섯 명으로 정해져 있다. 그에 해당하지 않는 학생에게는

리스크가 없는 거나 마찬가지. 한편 어차피 프라이빗 포인트가 반년간 들어오지 않는다는 것을 안다면 프로텍트 포인트를 얻는 게 이익이라고 생각하는 사람도 있겠지.

"자, 잠깐만! 난 납득이 안 가는데!"

"나도 나도! 프로텍트 포인트를 포기하는 선택지는 다섯 명만 손해 보잖아!"

제일 먼저 소리친 사람은 이케와 사토였다. 성적 하위로 보이는 학생들이다.

"뭐, 어쩔 수 없지 않나. 반년간 프라이빗 포인트를 못 받는 건 좀……. 게다가 랜덤은 확률이 낮고, 그렇다고 누군가를 선택하면 나는 아닐 것 같고……. 그러니까 네가 희생해라, 칸지."

설득하듯 스도가 말했다. 그야 이미 반에서 학력 최하위 다섯 명에서 벗어났으니.

"불공평하다고! 나도 지금은 이래저래 프라이빗 포인트가 필요하단 말이야!"

"시노하라랑 데이트할 때 쓸 돈이라고 말할 건 아니겠지?"

"헉? 허억? 으음, 진짜, 어떻게 알았지? 난감하네……."

사용처가 들켜 당황한 듯했는데, 그에게는 사활이 걸린 문제일 것이다.

"그럼 결정된 거야. 포기하는 걸로 만장일치다."

"그건 곤란하다고~!"

"공부를 해. 그럼 다 해결되잖아?"

"윽…… 켄한테 그런 소리 듣는 것만은, 좀, 도저히 납득할 수 없는데!"

물론 공부해서 하위 탈출을 노리는 것도 중요하지만, 몇 점을 따든 다섯 명이 희생된다는 사실은 바꿀 수 없다.

"무슨 말이 하고 싶은 건지는 잘 알겠는데, 비관하기에는 아직 일러. 어디까지나 잃는 프라이빗 포인트를 최소한으로 만들고 그 부담만큼 모두가 보충해주면 되는 거야. 매달 못 받는 다섯 명의 프라이빗 포인트를 나머지 34명이 나눠줘서 균등화하는 거지. 이렇게 하면 특정 학생만 불만을 느낄 일도 없잖아?"

쉽게 말해, 한 학생이 한 달에 5만 포인트를 받는다고 가정할 때 다섯 명이면 25만 포인트를 잃는다. 나머지 34명이 얻는 170만 포인트를 39로 나누고 소수점을 떼면 43,589포인트.

조금 줄어드는 건 피할 수 없지만, 한 사람당 6,500포인트 정도 잃는 선에서 그친다.

그것이 반년 이어진다고 해도 학생 개개인이 받을 스트레스를 최소한으로 줄일 수 있으리라.

"뭐, 그렇게 하면 괜찮지만……."

"난 딱히 안 나눠도 상관없지만. 뭐, 어쩔 수 없나."

불만이 있어 보였지만, 그래도 이케를 도와줄 마음은 있는 모양이었다.

포기하는 쪽을 희망하는 학생이 많기도 해서, 선택지 3

번 쪽으로 자연스레 의견이 정리되기 시작했다. 그런데 그때 요스케가 입을 열었다.

"호리키타는 받지 않는 쪽을 택하는 게 최선이라고 생각해?"

"어렵네. 솔직히 아주 고민되는 선택지이긴 해. 프로텍트 포인트는 퇴학을 막을 수 있는 아주 강력한 도구니까. 하지만 그건 프라이빗 포인트도 마찬가지지. 히라타는 혹시 생각이 다르니?"

"개인적인 의견에 불과하긴 하지만 난 이 과제에서 프로텍트 포인트를 획득해야 한다고 생각해. 물론 세 명이."

"반년간 프라이빗 포인트를 못 받는 건 타격이 꽤 큰데. 일상 생활에서 많은 스트레스를 받을 뿐만 아니라 상황에 따라서는 특별시험에도 영향을 미칠 수 있어."

프라이빗 포인트가 승부를 가를 가능성을 부정할 수 없다.

"만약의 사태가 벌어져도 세 사람은 지킬 수 있어. 프로텍트 포인트는 입수할 기회도 별로 없는 데다가, 단순하게 가치를 매길 수 없는 귀중한 거니까."

요스케가 열변을 토하는 그 마음도 모르는 바는 아니다. 퇴학을 막을 수 있는 프로텍트 포인트의 가치는 실질적으로 최대 2,000만 프라이빗 포인트.

그걸 세 명분이나 손에 넣을 기회는 그리 많지 않겠지.

특히 친구를 생각하는 마음이 깊은 요스케의 입장에서는 돈과도 바꿀 수 없는 가치일 것이다.

수학여행지와는 또 다른 식으로, 만장일치를 쉽게 만들 수 없는 과제였다.

여행지야 어디가 되었든 반의 앞날에 영향을 주기 어렵지만, 이 프로젝트 포인트는 반 전체의 문제이기도 하다. 확보해두면 누군가를 구할 수도 있고.

"미안한데 나도 할 말이 있어."

여기서 또 케세이가 일어나 의견을 피력했다.

"다음 달부터 반년간, 우리는 반 포인트를 늘릴 계획이잖아?"

"물론이지. 윗반을 노리려면 정체되어도 되는 시기란 없어."

"이번 특별시험으로 50포인트, 문화제 때 상위에 들면 100포인트. 체육대회에서도 비슷하게 포인트를 늘린다고 치면…… 2학기가 끝날 무렵에는 200포인트 이상, 상황에 따라서는 300포인트 정도까지 늘릴 수 있을지도 모른다 ——그렇게 생각해도 되겠지?"

"그렇지."

만약 올해 안에 300포인트를 늘린다면 반 포인트도 1,000을 바라볼 수 있는 위치까지 회복된다. 그렇게 되면 반년간의 프라이빗 포인트 지급 총액은 지금보다 5할 정도 늘어난 2,000만 포인트 정도가 되는 셈인가.

그렇게 생각하면 프로젝트 포인트 하나의 최대 가치는 딱 우리 반의 수입 반년 분. 마치 계산한 것처럼 깔끔한 그림이 완성된다. 그런데 여기서 프로텍트 포인트를 받을 세 명을 고르면 프로텍트 포인트 하나당 대략 700만 프라이 빗 포인트에 얻는 것이다.

그야말로 절묘한 라인이긴 하다.

또 제일 가능성이 낮은, 프라이빗 포인트를 절반으로 하는 대신 한 명에게 프로텍트 포인트를 주는 선택지는 이익과 불이익을 따졌을 때 좋은 점만 취한 것처럼 보이지만, 실제로는 러닝코스트*가 제일 나쁘다. 다만 유일하게 특정 학생이 받을 수 있다는 점은 중요한 요소겠지.

다만 임의의 한 명에게 주게 될 경우, 우리를 기다리는 것은 당연히 만장일치를 요구하는 투표다.

이 선택을 어리석게 가결하면, 누구에게 줄지를 두고 다툴 가능성이 있다.

"프라이빗 포인트를 우선하는 생각은 공격적인 전략, 프로텍트 포인트를 우선하는 생각은 방어적인 전략이라는 거지?"

상황을 정리하듯 쿠시다가 묻자, 자리에 서 있던 세 사람이 거의 동시에 고개를 끄덕였다.

"하지만 프로텍트 포인트를 쓰지 않고 끝나면 그냥 비싼 쇼핑만 될 위험도 있지 않아? 물론 난 그래도 상관없지만……."

그 사실을 주지시키기 위해서는 그 이야기도 피할 수 없

*계속 고정적으로 발생하는 비용

겠지.

"응. 결국 쓰지 않으면 무가치한 것이나 마찬가지지. 물론 프로텍트 포인트를 보유하고 있다는 마음의 안정 같은 게 있겠지만……."

"무가치한 건 아니지. 원래 용도대로는 쓰지 않고 끝났다고 해도 의도적으로 프로텍트 포인트를 소비하는 전략을 써서 기습 공격에 들어가거나 자폭하는 식으로 쓸 수도 있어. 단순히 지키기 위해서만이 아니라 공격적인 사용도 가능할지 몰라."

케세이가 프로텍트 포인트의 사용법이 다양하다고 주장했다.

분명 퇴학을 막는 것을 역이용하는 전략도 쓸 수 있다는 점 역시 큰 메리트다.

하지만 특별시험은 지금까지도 그랬고 앞으로도 전체적인 내용이 보이지 않으면 알 수 없다.

프로텍트 포인트를 앞으로 유효하게 사용할 기회가 꼭 찾아온다는 보장은 없다.

그나저나 이 과제, 아니 특별시험은 의외로 심오하군.

과제 내용은 모든 반이 같지만, 반의 순위와 상황에 따라 그 색깔이 달라진다.

만약 반 포인트가 0이나 마찬가지인 상태라면 이러쿵저러쿵 논쟁할 것도 없이 프로텍트 포인트를 세 명이 받는 선택지로 만장일치. 다른 반을 따라잡을 계기가 마련된다.

한편 1위를 독주하고 있는 A반 입장에서는 다른 반보다 비싼 쇼핑을 하는 꼴이다.

과제 하나하나의 의미는 깊지 않아 보여도 차이를 확실하게 좁힐 수 있다.

반대로 생각하면 첫 번째와 세 번째 선택지는 A반에게 조금 불리한 선택지 같기도 하다.

"그럼 유키무라. 넌 프로텍트 포인트를 세 명에게 줘야 한다고 주장하는 거야?"

최종 확인으로 선택지를 좁히기 위해 호리키타가 의견을 물었다.

"아니…… 내가 고른 선택지는 2번이야. 프로텍트 포인트를 임의의 학생에게 주자는 쪽."

제일 아닐 것 같았던 2번을 희망하는 전개에 호리키타가 놀라움을 드러냈다.

"그럼 단도직입적으로 말해서 너한테 달라는 거니?"

"그렇게 된다면 솔직히 말해서 기쁘겠지. 하지만 그건 현실적이지 않아. 자기한테 줬으면 좋겠다는 건 모두 마찬가지일 테니."

간략하게라도 거수를 요구한다면 반 전원이 손을 들어도 이상하지 않다.

"특정 인물을 고르기란 어려워. 하지만 아무리 이익이라도 랜덤으로 세 사람한테 프로텍트 포인트를 주는 건 효과를 얼마나 발휘할 수 있을지 모르는 일이야."

"너는 명확하게 떠오르는 사람이 있나 보네. 누구한테 주고 싶은데?"

"전략적으로 판단하면⋯⋯ 호리키타, 난 너 말고 없다고 생각해."

똑바로 자신의 말에 귀 기울여주는 존재에게 케세이가 딱 잘라 말했다.

"⋯⋯나?"

"그래. 지금 넌 우리 반 리더로 능력을 발휘하고 있지. OAA의 실력에도 불만이 없어. 앞으로 사카야나기와 류엔 같은 녀석들에게 맞설 때 리더는 제일 위험한 역할을 맡잖아. 그 두 사람이라면 인정사정 봐주지 않고 퇴학시키려고 해도 이상하지 않아. 그러니까 너한테 프로텍트 포인트를 주면 다른 반 강적에게도 겁먹지 않고 전략을 세워서 싸울 수 있겠지. 난 그런 상황을 상상했어."

원래라면 반감의 목소리가 나오기 마련인데, 반 아이들이 자연스레 귀를 기울이고 있었다.

대충이 아니라 분명한 이유가 있었기 때문이다.

"이유는 그게 전부가 아니야. 원래 프로텍트 포인트를 보유하면 정신 상태가 느슨해질 수 있지. 자신만은 무사하니까 안이하게 굴 리스크가 있어. 하지만 아마도 넌 그런 사람이 아니라고⋯⋯ 그렇게 느꼈거든."

단순히 실력 있는 사람에게 주자는 게 아니라, 포인트가 주어진 이후 반을 위해 더욱 실력을 발휘할 수 있는 사람에게 줘야 한다. 그 사람이 호리키타라고 케세이는 주장했다.

"무슨 말인지는 알겠는데…… 너무 비싼 쇼핑 아닌가?"

자신이 받지 못하면 단순히 프라이빗 포인트가 반년 동안 절반이나 깎인다.

혼도처럼 생각하는 학생이 있는 것도 당연했다.

"단순히 프라이빗 포인트를 잃는다고만 생각하면 손해 보는 것 같겠지. 하지만 이건 선행 투자야. 이 선택으로 우리가 잃는 포인트보다 더 많은 걸 호리키타가 채워 줄 거야. 그렇게 생각하면 마음이 좀 편해지지 않을까?"

"꽤 높이 사네…… 폭락하면 어쩌려고?"

"나는 리스크도 감수하지 않고 A반을 이길 수 있다고 생각하지 않아. 나도 1년 반 동안 이 학교에서 싸워왔다고."

"후후훗. 괜찮지 않아? 방금 그 제안에는 나도 찬성이야, 안경 군."

이 특별시험에 관여하지 않을 줄 알았던 코엔지가 찬성한다고 의견을 드러냈다.

"프로텍트 포인트를 받는 만큼 호리키타 걸이 그 누구보다 열심히 하면 되지."

"넌 프로텍트 포인트를 가지고 있으면서 열심히 안 하잖아."

"노력은 일반인들이나 하는 거라."

스도의 시비에도 코엔지는 태연했다.

어쨌든 최대 난관일 코엔지로부터 찬성을 얻어낸 것은

의미하는 바가 크다.

나는 선택지 1이나 3쪽으로 생각하고 있었지만 케세이의 주장에 동의할 수 있었다.

무엇보다도 여기서 새로이 반대 의견을 내려면 그에 상응하는 이유가 있어야 한다.

단순히 프라이빗 포인트를 못 받는 게 싫어서, 라는 이유는 반을 위한다고 보기 어렵다.

케세이가 조성한 분위기 속에서 다음 투표 시간이 찾아왔다.

제2회 투표 결과 :

랜덤으로 3명에게 주기 0표, 1명을 선택해서 주기 39표, 주지 않기 0표

멋지게 빈틈을 노렸던 케세이의 제안이 채택되었다.

다만 다소 성가시게도, 대상을 고르는 선택지의 경우에는 인터벌이 들어간다는 규칙이 있다.

이번에는 호리키타에게 프로텍트 포인트를 주는 것에 이의를 제기하는 학생이 없었기 때문에 인터벌 때는 학생들이 자유롭게 발언하며 시간을 보냈다. 추천 투표를 거칠 것도 없이 호리키타가 스스로 입후보해서 특정 인물로 결정되었다.

그리고 별다른 파란 없이, 호리키타에 대한 찬성 39표로

만장일치에 도달했다.

고난이 예상되던 과제였는데 의외로 원활하게 가결되었다는 점은 값지다.

"세 번째 과제는 이상으로 종료되었어. 앞으로 반년간 프라이빗 포인트 지급은 모두 공평하게 반액으로 줄어드는 대신, 호리키타에게는 지금 시점에서 프로텍트 포인트를 지급한다."

물론 이 특별시험에서는 활용할 수 없지만, 이렇게 해서 리더를 맡은 호리키타에게 귀중한 안전망을 치는 데 성공했다.

결코 값싼 대가는 아니었지만 그렇다고 지나치게 비싼 대가도 아니었다고 할 수 있겠다.

과제④
2학기 말 필기시험 때 다음 중 선택한 규칙이 반에 적용된다

선택지 : 난도 상승, 페널티 증가, 보수 감소

무슨 이런 짓궂은 선택지가 다 있지.
모두 반에 불리하기만 한 것뿐이다.
사적 대화가 허락된 시간이었으면 곳곳에서 불평불만이 속출했겠지.

제1회 투표 결과 :

난도 상승 6표, 페널티 증가 18표, 보수 감소 15표

모두 부정적인 선택지라서 표가 골고루 갈렸다.

그 후 필기시험에 자신 있는 학생과 자신 없는 학생 사이에 열띤 토론이 진행되면서 과제가 오래 지연되나 싶었지만, 두 번째 투표 때『페널티 증가』선택지로 만장일치라는 결과를 만들어냈다.

진지하게 잘 대처하면 페널티를 피하기가 어렵지 않다는 호리키타의 강력한 설득의 공이 컸다.

3

제한 시간 5시간 중 우리는 1시간 남짓 만에 어이없게도 마지막 과제까지 다다랐다.

순조로운 흐름을 봐서도 시험 통과를 확신하는 학생이 적지 않을 터. 마지막 한 문제만 끝내면 특별시험이 정식 통과되고 반 포인트 50점을 받는다.

딱 하나 마음에 걸리는 요소가 있다면 담임의 상태이리라.

"그럼…… 다음이 마지막 과제구나."

과제를 하나씩 해나갈 때마다 차바시라의 안색이 확연

히 안 좋은 방향으로 바뀌었다. 그것도 드디어 절정에 다다랐는지 얼굴이 새파랗게 질린 것을 학생들도 한눈에 알아봤다.

"선생님, 괜찮으세요?"

아직 과제 발표 전 단계라지만 사적 대화는 칭찬받을 일이 아니다.

하지만 요스케는 그냥 넘길 수 없는지 입을 열었다.

"……뭐가 말이지?"

"아니요. 안색이 많이 안 좋아 보이셔서."

"……그래? 아닌데."

허세는 아닌 듯했다.

즉, 자기 상태가 이상하다는 것조차 모르고 있다.

정신이 딴 데 가 있다고 할까.

여하튼 아니라는 대답이 돌아오니 요스케도 물러설 수밖에 없었다.

뒤에서 보고 있던 교사도 움직이지 않았으니 이대로 마지막 과제가 시작될 것이다.

하지만 한 가지 분명한 점이 있다. 다음 과제는 차바시라의 저런 상태와 큰 관련이 있다는 것.

"그럼 마지막 과제를 표시하지. 투표 준비에 들어가도록."

그렇게 말한 차바시라는 호흡을 가다듬고 손에 쥔 태블릿을 만졌다.

드디어 우리 눈앞에 마지막 과제가 표시되었다.

과제⑤

반 아이 중 한 명이 퇴학당하는 대신 반 포인트 100점 받기
(찬성으로 만장일치가 되었을 경우, 퇴학당할 학생 선정
및 투표를 진행한다)

선택지 : 찬성, 반대

마지막 과제의 선택지는 지금까지 중에 제일 적은 두 개.

언뜻 생각하면 선택지의 수가 적으면 적을수록 의견을
모으기 쉬울 것 같지만, 사실 선택지의 개수는 그리 큰 영
향력이 없다.

완전한 타인이 많이 모여 있거나 아예 의논할 수 없는
상황이면 선택지의 수가 많을수록 불리하겠지만, 우리 반
이야 얼마든지 의논할 수 있으니.

어떤 때든 과제의 내용이 가장 중요하다.

퇴학 OR 반 포인트.

마지막에 와서 내가 예상했던 최악의 과제 중 하나가 나
왔다.

학생들 사이에 사적 대화는 금지지만, 그 과제를 읽으며
속으로 동요했으리라.

이 과제에서 찬성 쪽이 되면 반에서 퇴학자가 한 명 나
온다.

보통은 망설일 필요도 없이 반 전체가 『반대』에 투표해야 마땅한 과제다.

반 포인트 100점은 적지 않지만, 반에서 한 명이 퇴학당하는 건 피하고 싶은 게 대부분의 생각이리라.

이 과제가 다수결로 정해지는 것이었다면 아마도 단 한 번의 투표에 반대가 과반수를 점하면서 끝날 것이다.

하지만 일이 그리 쉽게 흘러가지 않는다는 사실은 앞서 치른 네 가지 과제로도 이미 실증을 끝마쳤다.

그것이 만장일치의 심플하면서도 난제이기도 한 점이다.

"지금부터 60초 카운트에 들어간다……. 모두 투표를 시작하도록."

여유 시간을 더 줄 리도 없고, 무자비하게 60초 투표 시간이 시작되었다.

찬성 쪽으로 만장일치가 되면 우리 반에서 갑작스러운 퇴학자 선정이 시작된다.

다시 말하지만 물론 그런 걸 희망하는 학생은 거의 없을 터. 반 포인트 100점. 꼭 획득해야만 할 만큼 큰 포인트도 아니기 때문이다.

이게 만약 3학년 3학기이고 특별시험도 마침내 한두 개밖에 남지 않은 상황이었다면 지금과 같은 정신 상태로 임하지는 못했으리라.

1포인트를 두고 경쟁하는 접전 시에 이 100포인트의 가치는 확 올라간다. 그때는 궁극의 두 선택지라고도 할 수 있는 싸움이 기다리고 있을지도 모른다.

하지만 지금은 상황이 다르다. 거의 모두가 『반대』 투표를 망설일 때가 아니다.

그래도 코엔지를 포함해 우려 요소가 몇 가지 있는 것 또한 사실.

그렇기에 여기서 나는 태블릿에서 손을 떼고 가만히 생각에 잠겼다.

호리키타와 미리 정하기로는 어떤 과제가 됐든 첫 번째 투표 때 선택지 1번에 투표하는 것이 내 역할이었다. 하지만 만약 지금 호리키타를 포함한 38명이 반대에 투표한다면 굳이 인터벌을 넣을 필요 없이 나도 반대에 투표해서 얼른 39표로 정리하는 편이 낫다.

쓸데없는 틈을 주지 않고 빨리 끝내버려야 할 과제다.

한 번이라도 의논을 거치게 되면 100포인트에 마음이 흔들리는 학생이 나오지 않는다는 보장이 없다.

이 과제만큼은 인터벌이 필요 없다고 나는 판단했다.

60초를 거의 다 쓴 후 투표가 끝났다는 알림이 떴다.

"……모두 투표를 마쳤으니 그 결과를 알려줄게."

이변을 분명히 알고서도 차바시라는 자세를 유지한 채 진행을 이어갔다.

제1회 투표 결과 : 찬성 2표, 반대 37표

만장일치 실패인가.

나는 투표 버튼에서 손가락을 떼고 조용히 그 결과를 바라보았다.

"……."

결과를 읽고 진행해야 할 차바시라가 학생들과 마찬가지로 모니터만 응시한 채 움직이지 않았다. 그 결과가 너무 의외……라고 할 것도 없이 표가 나뉘었을 뿐인데.

인터벌도 없이 한 번 만에 만장일치가 된다는 보장은 어디에도 없는데 말이다.

그렇다면 차바시라가 신경 쓰는 부분은 이 과제 자체인지도 모르겠군.

"차바시라 선생님. 진행하시죠."

몇 초라지만 시간을 그저 흘려보내는 차바시라에게 뒤에서 교사가 주의를 주었다.

"아……. 죄송합니다. 음…… 찬성 2표, 반대 37표. 만장일치가 되지 못했으니 인터벌에 들어간다."

찬성이 두 표라.

"야, 누구야, 찬성에 투표한 놈! 지금 장난하냐?!"

말로는 누구냐고 하면서도 스도의 강렬한 시선은 코엔지에게 일방적으로 향해 있었다.

프로젝트 포인트에 관해 발언하긴 했어도 대체로 크게 튀지 않았던 코엔지지만, 과제 내용이 내용인 만큼 의심을 샀으리라.

물론 그것은 스도의 지레짐작에 불과했으나 다른 많은 학생도 같은 생각이긴 할 것이다.

"어디 투표했냐, 코엔지?"

"대답할 필요가 있을까?"

"대답 못 하는 것 보니 찬성 쪽에 투표했나 보네?"

"단정 짓는 건 옳지 않아, 레드 헤어 군. 그리고 애초에 호리키타 걸의 이야기대로라면 첫 투표에서는 임의의 초이스가 허용될 터. 어디 투표하든 불평할 일은 아니지 않나?"

틀린 말이 아니어서 스도가 노골적으로 언짢은 기색을 드러냈다.

"그럼 한 표는 코엔지라고 치고, 또 한 사람 찬성에 투표한 녀석이 있다는 거잖아?"

코엔지를 제외해도 표가 남는 부분에 주목한 이케.

"하긴 그것도 문제네. 누구냐고!"

과연 나머지 한 사람은 짐작도 가지 않는지 스도도 당혹스러운 얼굴로 소리를 질렀다.

"당황하지 마. 찬성에 투표한 사람 중 한 명은 아야노코지야."

"뭐? 아, 아야노코지가 찬성에? 그걸 어떻게 알고 말하는 거야, 스즈네."

"지금까지 비밀로 했는데, 이번 특별시험이 시작되기 전에 나랑 아야노코지랑 투표에 관해 약속한 게 있거든. 어떤 과제 내용이 됐든 첫 투표 때는 만장일치가 나오지 않도록 조정하자고."

마지막 과제까지 오기도 해서, 호리키타가 미리 짠 내용을 공개했다.

과연 이 단계까지 오면 더 숨긴다고 얻을 이익도 없다.

한 표가 누구인지 찾는 데 시간과 노력을 할애하는 게 훨씬 쓸데없다.

"예기치 않았던 내용으로 만장일치가 되는 걸 피하기 위해서지?"

이해하지 못한 학생들이 잘 알 수 있도록 요스케가 한마디 덧붙였다.

"맞아."

"……뭐야, 그런 거야? 그래도 좀 더 일찍 알려주지 그랬냐."

"그럴 순 없었어. 대화가 허락되지 않는 최초의 투표는 반 아이들이 희망하는 선택을 똑바로 알 중요한 기회인걸. 처음부터 만장일치가 되지 않는 작전을 세웠다는 걸 알면 대충 투표하는 학생도 나올 거잖아. 난 그걸 피하고 싶었어. 선택지 1번에 투표하는 것이 아야노코지가 맡은 역할. 난 2번에 하고. 그러니까 찬성에 투표한 사람은 실질적으로 한 명이야."

교실 안을 휙 둘러보면서 호리키타가 그 누군가를 향해 말하기 시작했다.

"좀 과격한 과제이긴 하지만 어느 쪽에 투표할지는 개인의 자유지. 반 포인트를 얻고 싶어서 찬성에 투표하는 것 자체는 잘못이라고 생각하지 않아. 하지만 지금은 반이 하나로 똘똘 뭉쳐서 모두 반대표에 투표해야 해. 반론이 있으면 지금까지 그랬듯이 이 자리에서 솔직하게 말해주면 고맙겠는데…… 어때?"

원래라면 이쯤 됐을 때 찬성에 투표한 사람이 자신을 드러낼 것이다.

하지만 아무리 기다려도 호리키타의 질문에 대답하는 사람은 나타나지 않았다.

"언제까지 계속 입 다물고 있을 거냐, 코엔지."

"후후. 아까도 말했지만 내가 찬성에 투표했다고 멋대로 단정 짓지 않았으면 하는군."

"시끄러워. 어차피 네가 장난친 거 다 아니까."

만약 코엔지가 아니라면 스도가 불같이 화내는 모습에 당황해서 차마 자신이라고 고백하기 어려워서 그런지도 모르겠군.

찬성 쪽으로 만장일치가 되면 반에서 누군가 한 사람을 퇴학시키는 투표가 시작된다.

요컨대 같은 반 친구 한 명을 퇴학시켜 반 포인트 100점을 얻고 싶다고 생각하는 사람인 것이다.

그건 나쁜 의미로 주목받고 비판의 대상이 되고 만다.

그런 식으로 생각하고 있다고 여겨지고 싶지 않은 게 솔직한 심정이겠지.

"이제 좀 적당히 하고——."

"진정해, 스도. 아직 첫 번째 투표니까 당황할 필요는 없어."

"하, 하지만! 난 이런 선택지에 찬성했다는 것 자체가 마음에 안 든다고."

"그렇게 해석하는 건 네 자유야. 하지만 코엔지라는 확증은 없어. 그리고 누가 찬성에 투표했든지 간에 당당하게 밝히지 못하는 건 미안한 마음이 있기 때문이라고 난 생각해. 투표는 익명이니까 이 자리에서 깊이 파는 건 그만하자. 두 번째 투표에서 반대쪽에 투표해준다면 바로 만장일치가 돼. 그거면 충분해."

과제가 정식으로 클리어. 쓸데없이 시간 쓸 필요가 없다고 호리키타는 판단한 것 같다.

내가 생각했던 대로, 추궁하지 않는 것은 지금 할 수 있는 가장 나은 선택 중 하나겠지.

"이 과제로 더 의논할 필요 없어. 자, 다음 투표로 끝내버리자."

차분한 호리키타를 보고 스도도 자신을 다독이듯 두 뺨을 한 번 때렸다. 그리고 잠깐 상관없는 잡담을 나누다가 두 번째 투표 시간을 맞이했다.

"지금부터 60초간의 투표를 시작한다."

액정화면이 전환되더니 찬성과 반대 화면이 떴다.

60초까지 갈 것도 없이 대략 20초 만에 모두 투표를 마친 듯했다.

"……투표가 종료되었으니 두 번째 투표 결과를 표시하마."

제2회 투표 결과 : 찬성 2표, 반대 37표

지금까지는 강한 긴장감이 생기지 않았던 특별시험. 하지만 이 두 번째 결과 발표를 받은 순간, 반 분위기가 확 얼어붙었다. 또 찬성 2표라는 결과.

아까 설명을 듣고도 표가 이동하지 않았다는 뜻이다.

그 사실이 무기질한 모니터에서 전해졌다.

"잠깐만…… 이게 어떻게 된 일이야?"

그렇게 말한 호리키타가 시선을 보낸 상대는 다른 사람도 아닌 바로 나였다.

왜 두 번째에도 찬성에 투표했니? 하는 의문.

스도를 포함해서 아까 설명을 듣고 이해한 학생들 역시 나를 쳐다보았다.

"난 첫 번째 투표와 방금 한 두 번째 투표에서 모두 반대에 투표했어."

"뭐? 야, 그게 무슨 말이야. 아야노코지는 선택지 1번에 투표하는 역할이었다며?"

"그래. 하지만 과제 내용이 내용인 만큼 첫 번째부터 반대에 투표하는 게 낫다고 독단적으로 판단했어. 그걸 말하

163

지 않았던 건 괜한 혼란을 불러오기 싫었기 때문이야."

첫 투표 때 찬성이 두 명이었다고 하면 더 동요할 테니까.

어차피 코엔지의 장난이겠지, 하는 선에서 끝나지 않게 되기 때문이다.

지금까지 시종일관 냉정했던 호리키타도 살짝 당황했다.

"그렇구나…… 현재까지 찬성이라고 생각하는 사람이 두 명 있다는 거네."

호리키타는 입술에 손을 대고 생각에 잠겼다.

가만히 멈춰서 생각하고 싶겠지만 인터벌은 귀중하다.

"혹시 계속 찬성 쪽에 투표할 생각이라면 지금 그 이유를 확실하게 알려주지 않을래? 결과를 보다시피 두 사람을 제외한 37명이 반대 의견을 나타냈어. 모두에게 찬성표를 얻고 싶다면 그에 상응하는 발표를 해야 해."

표를 움직이는 기본은 의논이다.

찬성 쪽에 큰 이점이 있다고 판단하는 사람이 늘어난다면 표는 저절로 이동한다.

반대로 의논을 거치지 않는다면 표를 움직이기란 쉽지 않다.

하지만 그 물음에 돌아온 것은 모두의 침묵이라는 대답.

"저, 저기 호리키타. 괜찮은 거…… 맞지? 우리 반에서 퇴학자가 나오진 않겠지?"

걱정된 쿠시다가 침묵을 견디다 못해 호리키타에게 물었다.

"내 방침은 아까 말했다시피 퇴학자가 나오지 않게 하는 거야."

그 결의를 다시금 말한 호리키타였지만 이후로 다시 침묵이 찾아왔다.

처음이자 마지막으로 강제하기란 쉽지만, 그러나…….

"누가 반대했는지는 모르겠지만, 내 말 잘 들어줘."

자리에서 일어난 요스케가 부드러우면서도 힘이 실린 목소리로 말했다.

"반 포인트를 획득하기 위해 반 친구를 버리는 선택지를 골라서는 안 돼. 난 500포인트든 1,000포인트든 이런 선택지로 얻은 포인트는 가치가 없다고 생각해. 무엇보다도 실제로 얻을 수 있는 포인트는 100점. 충분히 만회 가능할 거야."

누군가의 희생을 가장 싫어하는 남자의 호소는 당연한 일이었다.

39명 중 37명은 요스케의 말처럼 그 사실을 어느 정도는 이해하고 있다.

100포인트는 아깝지만, 퇴학자가 나와서는 안 된다고 생각하고 있다.

다만…… 그게 진심인지는 또 다른 문제다.

이 과제의 찬성 반대는 첫 투표 전부터 무언의 동조 압력에 따라 투표 결과가 크게 좌우되었다.

반에는 절대 자신은 퇴학당할 일이 없다고 생각하는 학

생도 있을 것이다.

그러니 사실은 다른 친구의 희생을 신경 쓰지 않는 사람이 있어도 이상하지 않다.

"후후후, 재미있어졌다, 이 특별시험. 아주 쿨해."

유쾌하다는 듯 웃기 시작한 코엔지가 계속해서 말을 이었다.

"두 번째 투표 때는 나 빼고 다 반대에 투표할 줄 알았더니 말이야."

부끄러운 기색도 없이 코엔지가 그렇게 말했다.

"너를 빼고라는 말은…… 역시 네놈이었냐, 코엔지!"

"코엔지, 그 말 정말이니? 여기서 양치기 소년처럼 굴면 괜한 혼란만 일어나니까 그만뒀으면 좋겠는데."

호리키타는 일단 정말 반대로 투표했는지 확실하게 하는 것을 우선해서 다시 확인했다.

"안심하길. 첫 번째도 두 번째도 난 확실히 찬성에 투표했으니까."

"……이유를 알려줄 수 있니?"

"대답은 심플하지. 반 포인트가 100점 늘어난다며? 즉 매달 받을 수 있는 프라이빗 포인트가 필연적으로 늘어나는데, 반대를 고를 이유가 없지."

"웃기는 소리 작작 해라. 친구보다 반 포인트가 더 중요하냐!"

"너도 참 재밌는 소리를 하는군. 입학 초기에는 전혀 그런 사람으로 안 보였는데?"

"닥쳐!"

"찬성에 투표했으니까 당연히 그런 것까지 고려했겠지?"

"너 이 자식, 친구를 뭐라고 생각하는 거야……."

"친구? 난 너희를 친구라고 생각한 적이 단 한 번도 없단다."

"다음 투표 때 반대로 바꿀 생각은 없다. 그 말이야?"

"물론.『이대로』라면 나는 쭉 찬성에 투표하겠지. 시한이 지나는 것만은 호리키타 걸도 피하고 싶지 않나?"

"하. 네 생각대로 될 것 같냐, 코엔지. 그렇게 나온다면 우리도 봐주지 말자, 스즈네. 모두 찬성에 투표한 다음 코엔지를 퇴학시켜버리면 되지!"

돌발적으로 나온 답이겠지만 이 과제는 찬성에 투표한 사람에게 그렇게 할 수 있는 것도 사실이다. 모두가 퇴학 당해도 싸다고 믿는 악역을 대동단결해서 쫓아내는 것도 가능하다.

사람은 무의식중에 믿고 싶은 것을 선택하고 그다음에야 선택 이유를 정당화한다.

아무도 퇴학시키고 싶지 않지만, 찬성에 투표한 학생이 있다면 어쩔 수 없다.

그 인물은 퇴학당하더라도 별수 없다고 정당화하는 쪽으로 뇌가 움직인다.

구색 좋은 논리, 음모, 잘못된 정보를 그냥 받아들이는 것이다.

"모두 찬성에 투표하면 나야 좋지~. 하지만 그렇게 해서 나를 퇴학시킬 수 있다는 생각은 접는 게 좋아. 안 그래? 호리키타 걸."

당연히 그렇게 된다. 코엔지가 찬성에 투표했다고 밝히면 퇴학 대상으로 삼아 주위에서 야단 부리는 것은 자연스러운 흐름. 그걸 이 남자가 모를 리 없다.

여유를 보이는 것처럼, 코엔지가 퇴학당할 일은 절대 없다.

"……맞아. 코엔지를 퇴학시키는 건 불가능해."

"그게 무슨 말이야?"

"무인도 시험이 시작되기 전에 코엔지랑 약속했는걸? 만약 무인도 시험에서 1등 하면 앞으로 졸업할 때까지 보호해주겠다고."

그때 주고받은 대화는 아이들도 잘 기억하고 있을 터였다.

"나도 정말로 1등 할 줄은 몰랐어. 하지만 그 시험에서 1등을 차지해준 덕분에 우리 반은 단숨에 B반과 어깨를 나란히 하게 되었지. 그 공로는 다 헤아릴 수 없어."

"그, 그건 그렇지만……. 그래도 반을 위험에 빠트리는 짓을 하면 이야기가 다르지!"

"위험에 빠트리는 짓이라니 어처구니가 없군. 난 내게 주어진 초이스를 자유롭게 고른 것뿐이야. 찬성에 투표하는 게 잘못이라고 꼭 단정 지을 수는 없지. 안 그래?"

만약 이 과제의 내용이 『반에서 퇴학자를 한 명 정해도 좋다. 찬성인가 반대인가』였다면 찬성에 투표하는 것은 단순히 악의가 담겼다고 말하지 못할 것도 없다. 하지만 이번 같은 경우는 퇴학자를 내는 대신 반 포인트를 얻을 수 있다.

학생 한 명의 가치를 구체적 수치로 나타내기란 어렵지만, 코엔지가 찬성 쪽이 더 이익이라고 계산한 것을 부정할 권리는 아무도 없다.

틀린 소리가 아닌 데다가 약속한 것도 있기에 호리키타는 코엔지의 퇴학에 한 표를 던질 수 없었다.

"그, 그렇지. 약속 따위 없던 걸로 해버려! 반 애들을 친구로 생각하지 않는 코엔지라면 퇴학당해도 아무도 곤란하지 않아!"

"무리야. 난 약속을 깰 생각 없어."

"그렇겠지. 약속을 지키지 않는 반의 리더를 누가 신뢰하겠냐. 난 그런 의미에서 지금 누구보다도 너를 신뢰해, 호리키타 걸."

코엔지의 까다로운 면이 싫을 정도로 계속 나왔다.

이렇게 된 이상 호리키타는 일단 어떻게든 해서 코엔지를 설득할 수밖에 없다.

그래도 기회는 아직 충분히 남아 있다.

호리키타가 그를 배신할 수 없다고는 해도, 코엔지가

100% 보호받는 것은 아니다. 호리키타가 코엔지를 버리는 가능성도 머릿속 한쪽 구석에는 있을 것이다.

바꿔 말하면 그 가능성이 싹튼다면 코엔지도 태도를 바꾸리라는 것.

다만 그 방향으로 몰고 가기란 어렵다.

리더로서의 자각을 갖기 시작한 호리키타가 결과에 어긋난 코엔지를 바로 버린다.

그 선택은 앞으로도 큰 지장을 초래할 것이다.

"코엔지를 못 버리면 어떻게 하려고, 스즈네."

"잠시 생각할 시간을 줘……라고 말하고 싶지만 계속 입을 다물고 있을 수도 없네."

그렇다, 찬성이 코엔지뿐이면 그래도 괜찮겠지.

하지만 또 한 사람, 드러나지 않은 찬성자가 있다는 부분도 간과할 수 없다.

"코엔지 말고 찬성에 투표한 사람, 누군지 알려줄 수 없을까?"

그걸 모르면 다음으로 넘어갈 수 없다.

하지만 역시 돌아오는 것은 깊고 긴 침묵뿐.

여기서 자신이라고 밝히면 역시 코엔지처럼 위협받고 불요론(不要論)까지 나올 위험이 있다.

아니, 오히려 코엔지보다 더 빈축을 살지도 모르지.

침묵 이외의 대답은 돌아오지 않았다.

이윽고 시간이 다 되어, 어쩔 수 없이 세 번째 투표 시간이 찾아왔다.

불행 중 다행인 것은 투표 횟수에 제한이 없다는 점이다.

시간이 허락하는 한 만장일치를 만들 기회는 10분마다 찾아온다.

제3회 투표 결과 : 찬성 2표, 반대 37표

앞선 두 번과 마찬가지로 코엔지와 보이지 않는 누군가가 찬성에 투표했다.

아직은 코엔지 쪽에 많은 학생이 무게를 두고 있지만, 앞으로는 어떻게 될까.

자신을 밝히지 않고 뒤에 숨어 찬성에 계속 투표하는 학생이 있다는 현실에 골머리를 앓을 날이 그리 멀지 않았다. 제일 피하고 싶었던, 익명성이 불러오는 위험성에 직면하려 하고 있었다. 하지만 일단은 코엔지부터 처리하는 게 급선무다.

여기서 찬성표를 반대로 돌리지 않는 한 해결이 나지 않는다.

"찬성에 투표한 사람이 누구인가 하는 건 그냥 넘길 수 없는 문제야. 하지만 절대라는 건 없어. 이 정도로 완강하게 찬성에 표를 던진다는 건 당사자만의 신념이 있다는 거겠지. 그러니까 코엔지를 포함해 보이지 않는 그 누군가에게도 동시에 말해주고 싶어."

흘러가는 시간을 허투루 쓰지 않고, 호리키타는 생각을 정리하기 시작했다.

"우리 37명은 앞으로도 계속 반대에 투표할 거야. 두 사람은 찬성에 계속 투표할 테고. 그 결과 우리를 기다리고 있는 건 시한 마감이라는 최악의 상황. 우리가 잃을 반 포인트는 똑같고, 다시 말해서 두 사람도 그 타격을 나눠 갖게 되겠지만 우리 반대파는 반 포인트는 잃을지언정 같은 반 친구는 잃지 않고 끝나. 아무도 퇴학당하지 않고 이 특별시험을 마칠 수 있는 거야. 반면 찬성파는 유일한 이익을 얻기는커녕 크게 손해 보게 돼. 이건 주객이 전도되는 상황이야. 내 말이 틀렸니?"

구체적인 손익을 제시하며, 불일치로 시험이 끝날 위험에 관해 설명했다.

물론 보이지 않는 한 사람은 아무런 대답도 할 수 없지만 코엔지는 어떨까.

"그야 시한이 지나면 그렇게 되겠지. 그러니까 알아서 찬성에 투표하라는 거다."

코엔지는 아주 당연하다는 듯 찬성에 투표하라고 호리키타에게 말했다.

"……물론 찬성 쪽으로 만장일치가 된다면 한 걸음 앞으로 나갈 수 있겠지. 하지만 그다음에 기다리고 있는 건 반에서 누구를 퇴학시키는가 하는 더 큰 난관이야. 너도 쉽게 만장일치가 된다고 생각하진 않겠지?"

"그걸 잘 만들어가는 게 네 역할 아니겠어? 호리키타 걸. 그리고 퇴학자가 나오는 게 그리 나쁜 일만도 아니잖아?"

"그건 아니지. 퇴학자는 나와선 안 돼."

호리키타가 반론하기 전에 요스케가 코엔지에게 먼저 말했다.

"뭘 모르는군. 너희는 퇴학자가 나오는 것을 걱정하나 본데, 오히려 기회로 받아들이는 게 정신적으로도 편하지 않나? 필요 없는 애를 마음껏 딜리트 할 수 있는 데다 반 포인트까지 받는데. 사고방식을 조금만 바꾸면 찬성이 얼마나 멋진 선택인지 알 수 있을걸. 나 말고 찬성에 투표한 사람은 그걸 알고 있는 거고."

모난 생각이지만 찬성에 투표한 이유로는 충분하리라.

"그건 아니라고 생각해, 코엔지. 누가 사라지는 건 우리 반에 절대 긍정적인 영향을 미칠 수 없어."

요스케에게 호응하듯 쿠시다도 반 아이를 우선해야 한다고 발언했다.

그에 따르는 형태로 지금까지 별로 말이 없던 반대파들이 일제히 이의를 주장했다.

하지만 코엔지는 태도를 바꾸지 않고 웃을 뿐이었다.

제일 발언을 끌어내고 싶었던 코엔지는 이후로 토론에 응하지 않았고 그렇게 네 번째 투표 시간을 맞이했다.

제4회 투표 결과 : 찬성 2표, 반대 37표

수십 분의 설득은 아무런 영향을 주지 못한 채, 차바시라의 신호와 함께 세 번째 인터벌이 시작되었다.

"어떻게 해야 하냐. 젠장, 흠씬 두들겨 패서 기절이라도 시킨 다음에 우리 쪽으로 투표하게 만들면 안 되나?"

"되겠니? ……지금은 일단 객관적으로 생각해보자. 그렇게 하면 코엔지의 생각에도 변화가 생길지 모르니까."

이대로 평행선을 달리는 것만은 피하고 싶은 호리키타로서는 다른 접근법을 시도하는 수밖에 없었다.

"객관적인 게 뭔데."

"우리를 제외한 세 반이 어떤 선택지를 고를지라는 거야."

"그야…… 류엔 반은 당연히 적당한 놈 하나 쳐내지 않겠어?"

깍지 낀 손으로 뒤통수를 받친 스도가 망설임 없이 말했다.

그 말에 다들 동의하는지 하긴, 하는 목소리들이 여기저기서 들렸다.

지금까지의 행동과 사고방식을 보면 과연 그럴 소지가 다분하다.

"그러네, 하긴 제일 확률 높은 반인지도 모르겠어."

"반대로 이치노세 반은 절대 아니고. 사카야나기 쪽은…… 어떨지."

찬성이 많을 듯한 류엔의 반.

반대가 많을 듯한 이치노세의 반.

그리고 어느 쪽이든 될 수 있는 사카야나기의 반.

우연히도 세 반의 색깔이 다 다른 흥미로운 결과가 아이들 사이에서 공유되었다.

이번 경우에는 '반대' 투표가 눈에 선한 이치노세의 반에 대해서는 거의 언급이 없었다. 역시 이야기의 중심은 류엔의 반이었다.

"류엔한테 추월당하는 건 싫어. 지금 상승세 타고 있으니까 이대로 한 걸음 더 나가서 B반으로 올라가야지?"

"그렇지만 차이가 그리 크지도 않아. 지금 리드하고 있는 만큼을 빼고 생각해도 벌어진 반 포인트의 차이는 100. 특별시험 하나로 충분히 뒤집힐 수 있어."

"무슨 말이 하고 싶은 건진 알겠어. 그래도 한마디만 할게."

지금까지 잠자코 특별시험에 임했던 아키토가 마지막 과제에 와서 침묵을 깼다.

"그럴 가능성은 작겠지만 이 100포인트 때문에 언젠가 울게 될지도 몰라."

"뭐야, 미야케. 그럼 누군가 퇴학자가 나왔으면 좋겠다는 거냐?"

"오해하지 마. 난 명확하게 반대이니까."

화났다기보다는 어이없어하면서 반론을 펼쳤다.

"난 우리 반에서 아무도 빠지지 않고 A반을 노리는 게 가장 좋다고 생각해. 그러니까 더욱 100포인트를 가볍게 여기기 말고 그 무게를 이해해야 하지 않을까 하는 거지."

"무슨 말이야?"

"졸업이 다가왔을 때 이 특별시험이 터닝 포인트가 되는 미래를 염두에 두면서 모두가 반대에 의사 표명을 할 필요가 있다는 말이야."

각오도 없이 그저 반대에 투표하는 건 잘못되었다는 이야기다.

"하, 하긴 아무 생각도 없었던 것 같긴 해……."

무조건 반대에 투표해야 한다. 그런 동조 압력의 그늘을 깨닫기 시작한 학생들.

"코엔지. 네가 무인도 시험에서 활약한 건 잘 알아. 꼭 호리키타와의 약속이 아니더라도 찬성에 투표한 너에게 퇴학 몰표는 부당하다고 난 생각하고."

호리키타와 스도뿐 아니라 아키토 역시 코엔지에 대한 생각이 있었다.

"하지만 그렇다고 해서 언제까지고 네 마음대로 반을 곤란하게 해도 되는 건 아니야. 우리 관계가 반 포인트만으로 성립되는 게 아니잖아. 내 말뜻 알겠어?"

"후후훗……."

코엔지가 눈을 감고 고개를 끄덕였다.

그러더니 무슨 생각을 했는지 어떤지는 모르겠지만 눈을 뜨고 아키토를 똑바로 응시했다.

"역시—— 모르겠는데."

"으……."

"이 학교의 구조를 생각해보라고. 모든 것은 획득한 포인트로 성립되어 있어. 프렌드십, 어펙션 따위는 상관없다고. 상위 반을 결정짓는 건 반 포인트, 개인의 자산은 프라이빗 포인트. 표리일체의 평가 시스템이야. 그걸 최우선으로 하는 찬성을 난 나쁘다고 생각하지 않아."

"뻔뻔하게 말은 잘하네. 지금까지 반에 공헌하지도 않던 네놈이 말이야! 무인도에서 1위 했다고 해서 그런 태도로 나오지 말라고!"

"거울을 보는 게 좋지 않을까, 레드 헤어 군. 나와 너의 반에 대한 공헌도 중 어느 쪽이 위인지는 불 보듯 뻔하지 않나?"

지금이야 평가가 올라가고 있는 스도지만, 입학 초기에는 코엔지와 어깨를 나란히 하는 문제아였으니. 아니, 반 포인트 변동을 생각하면 스도 쪽이 더 낮다.

"뭐, 사실 나한테 중요한 건 반 포인트가 아니지만."

지금까지 돌릴 길 없어 보이던 코엔지의 찬성에 대한 태도.

그러나 방금 한 코엔지의 발언을 호리키타는 놓치지 않았다.

"반 포인트가 중요하지 않다고? 그럼 너한테 이 100포인트는 A반으로 올라가기 위한 게 아니라 프라이빗 포인트 때문이라는 거네? 그래서 계속 찬성에 투표하고 있다는 얘기지?"

"바로 그거야. 난 프라이빗 포인트를 위해 찬성에 투표하고 싶어. 두 개 앞 과제에서 반년간 프라이빗 포인트 입금액이 반으로 줄어드는 선택지를 골랐으니까. 나를 보호할 너를 위해 필요한 일이라고 생각해서 눈물을 머금고 양보했지만, 이번엔 그럴 수가 없네."

잃을 프라이빗 포인트를 다시 채우기 위해 반 포인트가 필요하다.

그것이 코엔지가 찬성에 투표하는 이유였다.

일부 학생들은 프라이빗 포인트를 위해 다른 학생을 퇴학으로 내몬다는 점이 화날지도 모른다. 하지만 호리키타는 이를 좋은 기회라고 보았다.

"——알았어, 코엔지. 그럼 거래하자. 너한테 나쁜 이야기가 아니야."

"호오? 흥미로운 이야기네, 그 프레젠테이션, 한 번 들어볼까?"

놀라기는커녕 기다렸다는 듯이 코엔지가 제안을 환영했다.

"네가 지금부터 반대에 투표하고, 또 반대로 만장일치가 된다면 앞으로 네가 졸업할 때까지 매달, 내가 학교를 대신해서 프라이빗 포인트 1만 엔 몫을 줄게. 이렇게 하면 너한테는 반 포인트가 100점 늘어나는 거나 마찬가지겠지?"

"하, 하긴 그렇게 하면 코엔지도 찬성에 투표하는 의미가 없어지네……."

"역시 호리키타 걸. 그리 많은 시간을 쓰지 않고 그 결론에 도달했군."

"……처음부터 이 제안을 끌어내기 위한 찬성이었던 거지?"

"내 표 하나에는 그 정도의 가치가 있다는 뜻이지. 가치를 더 올릴 수도 있지만, 호리키타 걸은 든든한 한편으로 버텨줘야 하니, 그 조건으로 받아주지."

"굳이 서면으로 남길 필요는 없겠지? 여기에는 차바시라 선생님도 계시니."

"물론 네가 약속을 어길 거라고는 생각하지 않아. 계약 성립이다."

움직이지 않을 줄 알았던 코엔지의 찬성표.

그것이 마침내 움직여 반대에 투표할 것을 약속받았다.

일부러 찬성에 계속 투표하면서 호리키타의 제안을 유도해낸 것은 과연 대단하다.

이렇게 해서 맞이한 다섯 번째 투표.

코엔지가 반대에 투표하겠다고 확답함으로써 보이지 않는 한 사람에게도 영향을 미쳤겠지.

단 한 명만 반대를 계속 표명하는 것은 아무리 익명이라지만 쉽지 않다.

즉, 설득하지 않아도 반대로 돌아섰을 가능성이 있는 투표라는 이야기.

　하지만——

　제5회 투표 결과 : 찬성 1표, 반대 38표

　코엔지가 찬성에서 반대로 넘어왔는데도 찬성 한 표는 의연하게 계속 남아 있었다.

　어깨의 무거운 짐을 조금은 내려놓고 싶을 텐데, 진짜 싸움은 이제부터 시작될 모양이다.

　익명에 의한 절대적 찬성표.

　이 상황에서 벗어나려면 역시 누가 찬성에 투표하고 있는지 밝혀낼 필요가 있다.

　하지만 그게 무엇보다도 어렵다.

　기본적으로 훔쳐보는 것이 불가능한 태블릿이라도 손가락 위치로 터치하는 곳을 보려고 하면 볼 수는 있다. 하지만 학교 측은 그것을 예상해서 선택지 순서를 처음부터 랜덤으로 설정했다. 투표할 때마다 선택지의 위치가 바뀌기 때문에 손가락의 움직임을 서로 확인하기도 불가능하다. 거듭되는 인터벌을 이용해 무슨 수를 쓰는 것 말고는 방법이 없다.

　"어라라, 일이 쉽게 풀리지 않는 것 같네."

　"말했지만 반대로 만장일치가 되지 않는 한 아까 한 계약은 무효야."

"그래. 흐름상 찬성 쪽으로 만장일치가 되거나 시한이 지나버렸을 때는 어쩔 수 없이 포기하지."

투표가 익명인 이상 코엔지가 찬성에 투표하지 않았음을 증명하려면 '반대'로 만장일치 이외에 방법이 없으니까. 그 이외의 선택지로 프라이빗 포인트를 받을 생각은 아무래도 없는 듯했다. 여기서 제멋대로 굴었다가는 구미 당기는 제안도 모두 무효로 돌아간다.

무엇보다도 호리키타를 적으로 돌리는 짓은 편리를 추구하는 코엔지로서도 꺼려지겠지.

남은 시간은 3시간 남짓.

고전하는 상황 속에서도 호리키타는 확실한 전략으로 문제를 해결하기 위해 앞으로 나아가고 있었다.

하지만 계속 내버려 두기만 할 수도 없는 것이 사실.

유예 시간이 다 사라지기 전에 만장일치를 끌어내야 한다.

그때까지 나는 그냥 가만히 이 전국을 지켜볼 계획이지만, 조금 도움은 줘볼까. 나는 인터벌을 틈타 가벼운 기침을 두 차례 정도 했다.

잡담이 오가는 가운데 의식하지 않으면 기침 따위 아무도 수상하게 여기지 않을 것이다.

반대로 말해서, 의식한다면 알아들을 기침이기도 하다.

"저기, 호리키타."

"……왜 그래, 카루이자와."

"이건 그냥 내 느낌인데, 혹시 누가 찬성에 투표했는지 이미 짐작하고 있는 거 아니야?"

"……왜 그렇게 느꼈어?"

예상치 못한 케이의 지적이 들어오자 호리키타의 얼굴에 놀라움이 번졌다.

"그냥 그런 느낌이 든 것뿐이야."

지금까지의 호리키타라면 정말 단순히 느낌으로 한 발언이라고 받아들였겠지. 하지만 케이와 내가 사귀는 사이라는 게 공공연히 드러나면서 변화가 생겼다.

"그래, 그렇구나. ……카루이자와의 말이 맞아. 난 찬성에 계속 투표하는 인물이 누구인지 짐작이 가……는 것 같기도 해."

"뭐야, 그럼 빨리 말해. 누구야?"

"그건 말할 수 없어. 이 특별시험은 익명 투표. 단지 짐작이 간다고 해서 이름을 말해버렸다가 아니면 그땐 돌이킬 수 없는걸."

"하지만!"

"……나도 알아. 그래서 나도 각오해야 한다고 생각하고 있어. 투표를 앞으로 몇 번 더 할 수 있잖아. 그런데도 계속 찬성표가 0이 되지 않는다면…… 그때는 어쩔 수 없이 이름을 말할게."

"잠깐만, 호리키타. 난 찬성할 수 없어. 네가 방금 말한 것처럼 이번에는 누가 어디에 투표했는지 확실하게 알 방법이 없잖아. 짐작만으로 지목하는 것은 안 되지 않을까? 물론 퇴학자를 만들고 싶지 않아서라고. 나는 그냥 무의미하게 말하는 게 아니야. 그건 너도 알지?"

"나도 히라타의 의견에 찬성이야. 100%라는 보장도 없이 말하면 안 된다고 생각해."

요스케와 같은 의견이라며 쿠시다도 불안한 듯 말을 흘렸다.

두 사람의 의견을 시작으로 학생들이 불안해하기 시작했다.

만약 호리키타가 뭔가 오해해 자신의 이름이 거론된다면 비난이 쏟아질 것이다.

반대에 투표했는데 찬성에 투표했다고 지목당하면 어쩔 도리 없이 사면초가에 몰린다.

만약 시한이 지날까 봐 마음이 급해진 38명이 모두 찬성에 투표한다면 그때 지목된 인물이 퇴학 대상으로 논의되는 것을 피할 수 없겠지.

"알아…… 나도 아니까 지금까지 이름을 거론하지 않은 거야. 하지만 시한이 지나는 것만은 절대 안 돼. 그렇잖아?"

"그 마음은 나도 잘 알아. 나도 예전과는 달라졌어. 정말로 필요한 선택을 해야만 한다면 그땐 각오할 생각도 있어. 하지만 그건 100%일 때만이야."

"……그래."

점점 무거워지는 분위기에 나는 조금이나마 변화를 줘

보기로 했다.

"호리키타 말고는 찬성에 계속 투표하는 사람이 누군지 짐작 가는 사람 없어?"

"없지. 코엔지 이외에 이 정도로 완강하게 계속 찬성에 투표하는 놈이 있다는 것도 난 도저히 실감이 안 나."

스도의 의문은 필시 그만의 생각이 아닐 거다.

퇴학자가 나오는 상황을 용인하는 사람.

"이름을 굳이 말하지 않아도 찬성한 사람이 누군지 안다고 하면 생각이 조금 달라질지 모르잖아. 그러니까 조금이라도 마음에 걸리는 게 있는 사람은 손을 들어줬으면 좋겠어."

다시 한번 확인해 보았다.

하지만 호리키타처럼 뭔가 짚이는 구석이 있는 사람은 아무도 없는 듯했다.

"요스케. 누군가를 의심하고 싶진 않겠지만, 남녀 할 것 없이 교우 관계가 넓은 요스케라면 짚이는 인물이 있지 않아?"

"……없어. 거짓말이 아니라 정말로 짐작이 안 가."

"그렇구나……. 그럼 쿠시다는 어때?"

내가 갑자기 방향을 돌려도 쿠시다는 전혀 이상해하는 감정을 드러내지 않았다.

오히려 호리키타가 뒤돌아보면서 무슨 말을 하려고? 하는 투로 살짝 불안해했다.

"찬성표, 누가 던졌다고 생각해?"

"글쎄…… 미안해, 아야노코지. 나도 히라타처럼 떠오르는 애가 없네."

"쿠시다는 우리 반에 대해 제일 잘 아니까. 반에 불만을 가진 사람도 좀 알지 않을까 싶었는데. 누구보다도 반을 생각하고 친근하게 고민 상담도 들어준다는 건 누구나 다 아는 사실이니까. 다시 잘 생각해줬으면 좋겠어."

하긴, 하고 반 아이들의 기대하는 눈빛이 쿠시다에게 쏠렸다.

"으, 으~음…… 짚이는 구석…… 없는데. 하지만 앞으로 마음에 걸리는 게 생기면 꼭 알려줄게."

"그래, 부탁해. 이 마지막 특별시험은 요스케나 쿠시다 같은 존재가 절대 빠질 수 없다는 생각이 들어."

모두 힘을 모으지 않으면 이 과제를 '반대' 만장일치로 가져가는 돌파구를 찾기란 어렵다.

하지만 그런 연대도 허무하게, 여섯 번째 투표 결과 역시…….

제6회 투표 결과 : 찬성 1표, 반대 38표

변함없는 결과. 반복되는 논의.

제7회 투표 결과 : 찬성 1표, 반대 38표

제8회 투표 결과 : 찬성 1표, 반대 38표

똑같은 결과가 계속 이어지자 회의 시간에도 점점 침묵이 늘어났다. 다음이면 여덟 번째 인터벌이 시작된다. 이 과제가 시작된 지 한 시간이 조금 더 지났다.

그때 쿵 하는 소리와 함께 차바시라의 몸이 기울었다.

엎드리며 팔로 교단을 짚어 쓰러지는 것을 겨우 막았다.

"하아, 하아……."

회의가 계속되는 동안 줄곧 교단 위에 서 있었던 차바시라의 호흡이 많이 거칠어져 있었다.

"서, 선생님?!"

"괘, 괜찮아……."

그렇게 말하며 자신을 다독이듯 자세를 바로잡았다.

무슨 생각을 하는 건지 멍한 눈동자로 학생들을 바라보는 차바시라.

이윽고 어떤 결의를 했는지 숨을 크게 내쉬었다.

"——교사가 특정 선택지로 유도하는 것은 허락되지 않아. 당연히 나도 그런 행위는 하지 않을 거고. 그렇지만 옛날이야기를 하나 해도 될까? 물론 너희의 귀한 시간을 뺏고 말겠지. 그래도 괜찮다면 말이지만."

"차바시라 선생님. 교사의 발언 자체는 금지되어 있지 않습니다만, 규칙에 어긋나는 것이 있다면 선생님이라 해도 그냥 넘어갈 수 없습니다. 반을 지키기 위한 유도로 판단될 시에는…….”

"네. 만약 선택지를 유도하는 의도가 엿보인다면 처벌받을 각오가 되어 있습니다."

알고 있다고 대답하니 감독도 입을 다물 수밖에 없었다.

당연하다는 듯 특별시험에 개입한 적 없던 차바시라의 예상치 못한 제안.

그것은 막다른 구석으로 내몰린 지금의 상황에 내려온 한 줄기 빛처럼 느껴지기도 했다.

"지금 우리는 힘든 처지에 놓여 있습니다. 선택지에 영향을 주지 않는 범위에서 선생님의 이야기를 들려주셨으면 합니다."

어떤 방법을 써서든 현재 상황에서 벗어날 수 있다면 환영해야 할 일이라고 호리키타가 말했다.

물론 솔직한 심정으로는 반대로 몰고 갈 수 있는 기운을 원했다.

하지만 감독이 지켜보고 있는 이상 직접적인 표현은 피해야 한다.

"……난 이곳 고도 육성 고등학교 출신이다. 그리고 학생일 때 이 특별시험을 치렀었지."

처음 듣는 이야기에 호리키타를 비롯한 아이들이 깜짝 놀랐다.

"선생님도 이 만장일치 특별시험을……?"

"그래. 다섯 개의 과제, 내용은 다소 다른 부분도 있지만 지금 너희가 직면한 마지막 과제는 한 토시도 틀리지 않고 똑같았다. 퇴학자를 만들고 반 포인트를 얻을지, 아니면 친구를 지키고 반 포인트를 포기할지."

완전히 똑같은 특별시험을 경험한 적 있다는 차바시라의 발언에 학생들 모두 주목했다.

"한 가지 분명한 것. 그건 후회를 남기지 말고 전부 쏟아 내야 한다는 거야. 찬성, 반대, 혹은 시한 마감. 어떤 선택지를 고르게 되더라도…… 그 결과에 후회 없는 길을 모색하길 바란다. 아직 시간은 남아 있어."

처음으로 학생들에게 진심을 담아 하는 차바시라의 말에 모두 귀를 기울였다.

어떤 선택지로 유도하는 것도, 해결책을 제시하는 것도 아니라.

교사가 할 수 있는, 아슬아슬한 경계선에서의 확실한 조언이라고도 할 수 있다.

뒤에서 듣고 있던 교사도 규칙 위반이라고 따지지 않고 끝까지 경청했다.

이걸로 결과에 변화가 생길지 어떨지는 알 수 없다.

하지만 학생들이 다시 힘내서 이 특별시험에 임할 수 있도록 도움을 준 발언임은 분명했다.

차바시라의 지원사격이 있었어도 남은 인터벌 시간을 허무하게 흘려보내는 것은 바람직하지 않다. 1%라도 확률을 높이기 위해 호리키타는 계속해서 고군분투했다.

"이제 결심을 굳혀야 할 때가 가까워지고 있어……. 그 전에 다시 한번 말할게. 난 너의 적이 아니야……. 네 편이야."

머릿속에 수도 없이 떠올랐을 찬성자의 이름.

얼굴, 목소리, 눈동자, 숨결.

호리키타는 결코 특정 인물이 드러나지 않게 하면서도 열심히 설득을 이어나갔다.

속으로는 계속 자문하고 있겠지.

차라리 이름을 공개할까 하고.

그래도 호리키타가 말하지 않는 이유는 그 인물과 같은 편이라고 진심으로 생각하고 있기 때문이다.

비통한 호소 같기도 한 설득.

그 발언이 있고 나서 맞이한 아홉 번째 투표.

그 결과는──

제9회 투표 결과 : 찬성 1표, 반대 38표

역시 찬성 쪽의 한 표는 움직이지 않았다.

단 한 명. 끝까지 100포인트에 매달리는 학생이 있다.

아니──『퇴학』을 강제할 수 있는 권리에 달라붙은 사람이 있다.

이것은 나만, 아니 호리키타까지 포함해서 우리 둘만 알고 있는 진짜 진실.

하지만 지금 상황에서 그 인물이 반대하고 있다고 객관적으로 확인할 방법은 어디에도 없다.

호리키타는 시간이 없어지면 어쩔 수 없이 이름을 공개하겠다고 말했다.

하지만 실제로는 아무리 투표를 거듭해도 이름을 말하지 않을 것이다. 『네가 찬성에 투표하고 있지?』라는 질문에는 사실 의미가 없음을 잘 알기 때문이다. 오히려 이름을 공개한 순간 호리키타는 모든 것을 잃게 되겠지.

아직 조금 남긴 했지만, 이제 두 시간으로 설정된 마감 시간이 다가오고 있다.

그것은 큰 결단을 내리기 위한, 데드라인이다.

○이치노세 호나미의 선택

이 특별시험이 시작되기 전에 모든 교사로부터 시험 통과가 확실하다고 여겨지던 반이 있다. 그러면서 동시에, 별 어려움 없이 통과했다가 장차 A반 경쟁에서 밀릴지도 모른다는 걱정도 있었다. 바로 이치노세가 소속된 B반이었다.

과제⑤
반 아이 중 한 명이 퇴학당하는 대신 반 포인트 100점 받기
(찬성으로 만장일치가 되었을 경우, 퇴학당할 학생 선정 및 투표를 진행한다)

일찍감치 마지막 과제까지 온 이치노세 반은 첫 번째 투표를 마치고 결과 발표를 기다리던 중이었다. 거기에서 불안과 동요는 일절 찾아볼 수 없었다. 단 한 명을 제외하고.
투표를 마친 후 자신을 제외한 39명을 바라보며 칸자키는 기도했다.
투표 결과가 조금이라도 표가 갈리는 전개가 되기를 강하게 빌었다.
"……그럼 결과를 발표할게."
어딘지 낙담한 듯한 태도로 호시노미야가 태블릿을 만

졌다.

　모두가 지켜보는 가운데 표시된 결과는…….

　제1회 투표 결과 : 찬성 1표, 반대 39표

　상상했던 최악의 결과에 칸자키는 눈을 질끈 감았다.

　압도적 다수가 반대에 투표했음을 알고도 B반 학생들은 전혀 놀라지 않았다.

　당연하다는 듯 '반대'로 만장일치가 성립할 거라고 믿어 의심치 않았다. 찬성표가 있음에도 전혀 이상해하지 않는 다는 것이 이를 상징했다.

　"누구야, 찬성 누른 애. 잘못 눌렀나 봐."

　위기감도 없이 그렇게 말하며 뒤돌아본 사람은 앞자리에 앉은 시바타였다.

　그렇다, 이 한 표가 명확한 의도를 가진 찬성표라는 가능성을 조금도 고려하지 않았다.

　시바타뿐 아니라 아이들 모두가 같은 인식이었다.

　그걸 알기에 칸자키는 참을 수 없는 분노가 끓어올랐다.

　지금까지 칸자키는 최대한 반 아이들의 의향을 받아들이고 조용히 조력해왔다.

　하지만 어떤 상황에서든 맹신적으로 친구를 지키기 위한 싸움을 계속할 수는 없었다.

　참모의 위치에 있는 칸자키이기에 그런 우려를 누구보

다도 강하게 느꼈다.

"의논할 것 없으니까 다음 투표까지 대충——."

위기의식의 부재. 친구보다 반 포인트를 우선하는 학생은 없을 거라고 단정 짓는 사고방식.

그것이 뚜렷이 드러나자 칸자키는 계속 잠자코 있을 수만은 없었다.

"잠깐만……. 물론 우리라면 '반대'로 만장일치를 만드는 거야 언제든 가능할지도 몰라. 하지만 정말로 반 학생을 보호하는 선택을 계속 반복하는 게 옳은 일이라고 분명하게 말할 수 있어?"

시바타의 말을 끊은 칸자키는 냉정하면서도 힘차게 책상을 때리며 자리에서 일어났다.

"아무런 망설임도, 의심도 없이 39개의 반대표가 모이는 현상을 이상하게 느끼지 않는 건 모두가 정상성 바이어스에 빠져 있기 때문이라는 생각밖에 안 들어."

정상성 바이어스란 불리한 사상과 정보에는 관심을 주지 않고 위기를 인지하지 않는 특성을 가리킨다.

"앞으로 우리 반이 승리하려면 새롭게 결단을 내릴 필요가 있어. 이미 벼랑 끝으로 내몰린 상태라고. 그런데도 계속 그 벼랑에서 떨어질 리 없다고 다들 너무 쉽게 생각하는 거 아니야? 더 적극적으로 반 포인트를 추구하지 않으면 A반으로 올라가는 건 말도 안 되는 꿈이 되고 말 거야."

그걸 이해하길 바랐다. 잘하지도 못하는 열변을 토한 칸자키였는데, 그런 칸자키를 보는 반 아이들의 눈빛은 싸늘하기만 했다.

"뭐야, 칸자키. 그러니까 이 찬성 한 표가 너란 소리야?"

잘못 누른 것이 아닌 찬성표는 받아들일 수 없다는 투로 시바타가 돌아보며 말했다.

아니, 시바타뿐만이 아니었다. 하마구치도 안도도 코바시도 아미쿠라도 시라나미도, 반 아이들 모두 그런 눈빛이었다.

"그래. 그야 반 친구를 지키는 건 중요하지. 하지만 우리 반은 입학 때부터 지금까지 점수가 계속 떨어지기만 하고 있어. 만약 하위 반이 반 포인트를 우선하는 선택을 하게 된다면 이번 특별시험에서 우리는 D반까지 추락할 거라고."

그런 칸자키의 호소를 그대로 받아들이고 경청한 사람은 담임 호시노미야밖에 없으리라.

하지만 교사라는 입장이 있기에 그 말에 동조하는 발언은 할 수 없었다.

"그건 그렇지만…… 그래도 우리 반에서 퇴학당해도 되는 사람은 아무도 없는걸."

의논할 여지도 없다며 시라나미가 곧바로 칸자키에게 반론했다.

"……알아. 그건 나도 안다고."

"D반으로 떨어진다고 했는데, 고작 반 포인트 100점 때문에 누군가를 퇴학시키려고 하지는 않을 것 같은데. 뭐

그 사람이 류엔이라면 또 모르겠지만, 이번 시험은 익명에 의한 반 전체 만장일치가 조건. 다른 반도 퇴학자를 만드는 선택지는 고르지 않을걸."

모든 반이 '반대'로 만장일치가 된다면 차이는 벌어지지 않는다.

"물론 어느 반이든 친구를 버리는 선택지를 고르는 건 간단하지 않겠지. 하지만 내가 중요하게 생각하는 건 그 과정이야. 과반수까지는 가지 않더라도, 친구보다 반을 우선해야 한다고 생각하는 학생이 조금은 있는 게 자연스럽지 않아?"

"그래서 의논하고 싶다는 거야? 반대로 만장일치가 정해졌는데도?"

"……정해진 건 아니지. 찬성의 만장일치도 시야에 넣고 의논해보자는 거야."

"아니, 그건 좀 아니지. 친구가 있으니까, 모두가 있으니까 열심히 노력해서 위를 노리는 거잖아? 빠져도 되는 사람은 아무도 없어."

반 포인트와 반 친구.

둘 중 무엇이 더 소중한가 하는 심플한 양자택일 문제라면 칸자키도 고민하지 않았을 거다.

하지만 상황은 입학 초기와 많이 달라졌다.

B반으로 시작할 때는 모두 똑같았던 반 포인트.

그리고 1학년 1학기 때는 하위 두 반을 크게 리드했었다.

그 상태를 계속 유지했다면 친구의 소중함을 주장하는 말에 불만을 느끼지는 않았으리라.

"반대 말고 다른 의견이 있는 사람은 정말── 없는 거야?"

단념하려고 하면서도 칸자키는 마지막 가능성에 걸고 반 아이들을 둘러보았다.

하지만 아무도 동조하는 모습을 보이지 않았다.

설령 속으로는 일부 동의하고 있다 해도 말할 수 있는 학생이 없었다.

누구나 두 번째 투표에서 반대로 만장일치가 될 거라고 믿고, 아니 기대하고 있었다.

"미안한데 난…… 이번 과제는 반대로 만장일치를 만들 생각은 없어."

중압감을 느끼면서도 칸자키는 저항하듯이 중얼거렸다.

"그 말은…… 다음 투표에도 찬성을 선택할 거란 뜻이야?"

지금까지 침묵했던 이치노세가 칸자키에게 진의를 물었다.

"……그래."

"하지만 칸자키. 우리의 생각은 바뀌지 않을 건데? 반 포인트를 얻기 위해 친구를 희생시키는…… 그런 반으로는 절대 만들고 싶지 않아."

"맞아, 칸자키. 이 과제는 아무리 생각해도 학교 측의 도전이랄까, 덫이 분명하다니까. 당장 눈앞의 반 포인트 때문에 친구를 희생시키다니. 그런 사고방식을 갖게 되면 앞으로 있을 싸움에서도 똑같은 고통을 맛보게 될걸?"

"하지만 친구를 버려서라도 반 포인트를 얻으면 A반이 가까워져. 그런 기회가 두 번 세 번 찾아온다면 더 그렇고. 반대로 우리 반만 친구를 지키는 선택지를 골랐다면 다른 반에 추월당할 거야."

"친구를 몇 명씩 희생시키기란 쉽지 않을걸. 그리고 그런 반이 계속 이길 수 있을까? 친구를 지키고 친구를 믿는 반이야말로 최후의 순간 승리하는 거야. 안 그래?"

반 아이들이 거의 동시에 고개를 끄덕였다.

"현실을 봐, 시바타. 작년과는 상황이 많이 달라졌어. 우리는 지금 궁지에 몰려 있다고. 아무도 퇴학당하지 않는 길을 선택한 결과 프라이빗 포인트도 많이 잃었지. 반면 반 친구를 잃은 세 반은 순조롭게 성적을 올리고 있고."

"계속 이어지지는 않을 거야."

"그렇게 말하는 근거가 뭔데."

"그럼 반대로 묻겠는데 언제까지고 이어질 거라는 근거는 뭔데."

"지금 상황을 보면 알 수 있지. 2위였던 우리는 지금 4위까지 떨어질 판국이잖아."

"너야말로 현재 상황을 봐라, 칸자키. 지금 우리는 B반이야. 1포인트가 앞섰든 100포인트가 앞섰든 간에 B반인 건 사실이잖아? 그리고 순위가 좀 내려간다고 해도 결국은 돌아오게 되어 있어."

이 정도로 시종일관 주위의 기대에 밀리고 있었지만, 칸자키는 열심히 버텼다.

비정상적인 생각에 의문을 가졌으면 좋겠다고 필사적으로 저항했다.

"칸자키. 이기기 위해 다양한 선택지를 고려했으면 좋겠다는 마음은 잘 알아. 하지만 그중에는 절대 골라서는 안되는 선택지도 있어. 난 이 과제의 선택이 그렇다고 생각해. 퇴학자를 만드는 대신 받는 반 포인트의 액수가 적어서가 아니야. 반 포인트와 친구를 저울질하는 것 자체가 잘못되었어."

이치노세의 발언으로 반 아이들의 결의가 확고해졌다.

아니, 원래도 의지는 확고했고 친구를 최우선으로 생각하고 있었는데 그 위에 또 코팅된 것이다.

칸자키는 깊은 실의에 빠졌다. 이 반은 다른 반의 부러움을 살 때가 많다.

다정하고, 밝고, 평등하고, 공부도 운동도 균형 잡힌 이상적인 반.

이것은 반을 이끄는 이치노세가 만든 이점이지만, 반대로 큰 결점이기도 하다. 그녀의 존재는 신도들을 양산했고, 더러운 것에는 눈을 돌리지 않는 환경을 구축하고 말았다.

퇴학자를 만들면 A반 확정이라는 소리를 들어도 이 반이라면 친구를 우선할 것이다. 친구를 배신할 바에야 그냥

B반으로 있겠다고 나와버리는 강박관념.

그게 이 반의 유일하면서 최대의 결점이라는 것을 칸자키는 다시금 통감했다.

"그래…… 그렇겠지. 내가 잘못 생각하는 건지도 모르지."

그 결점을 극복하려면 리스크를 감수하고서라도 과감한 개혁을 시도해야 한다.

자신에게는 맞지 않다는 것을 알지만 달리 적임자가 없는 이상 하는 수밖에 없다.

"그래도 내가 끝까지 찬성에 투표할 거라면 어떡할래? 이 특별시험은 한 표에도 큰 힘이 있어. 너희 39명의 의사를 무시하고 계속 찬성에 투표하는 것 또한 가능하지."

"그런 게 가능할 리 없잖아. 시한이 지나 실패하면 마이너스 300. 그럼 다른 반을 못 이기게 되는데."

시간 초과로 시험이 끝나는 것을 아무도 선택할 리 없다. 그것은 상식.

"마찬가지야. 여기서 고통스럽더라도 100포인트를 확보하지 않는다면 난 우리 반이 A반으로 졸업할 일은 없다고 생각해. 100이든 300이든 잃는 포인트 액수는 세세한 문제에 불과——."

"자, 거기까지. 지금부터 투표 시간이니까 회의는 그만."

호시노미야가 칸자키의 말을 끊고 60초의 투표 시간으로 넘어갔다.

태블릿에 전환된 투표 화면이 뜨면서 찬성과 반대 버튼

이 나타났다.

칸자키는 그저 조용히 그 버튼을 바라보았다. 반에 움직임이 사라지고 정적이 찾아왔다.

5초도 지나지 않아 39명이 투표를 마친 듯한 공기가 감돌았다.

아니, 실제로 투표를 마쳤다.

칸자키가 결심하고 버튼을 누르자마자 호시노미야가 움직였다.

"자. 그럼 모두 투표가 끝났으니까 결과를 발표할게!"

제2회 투표 결과 : 찬성 1표, 반대 39표

필사적인 설득도 허무하게, 첫 번째 투표와 하나도 다르지 않은 결과가 나왔다.

물론 찬성에 투표한 이 한 표는 칸자키의 것이 뻔했다.

"농담이 아니었어……?"

"칸자키, 진심으로 찬성에 투표하는 거야?"

이치노세를 포함해서 반 아이들이 화났다기보다 어이없다는 투로 물었다.

하지만 그 태평한 공기도 칸자키의 확고한 의지에 조금씩 변하기 시작했다.

"그래. 난 이번 두 번째 투표로 확실히 결심했어. 이 과제는 찬성 쪽으로 만장일치가 되었으면 해."

그 발언에 인터벌이 막 시작되었는데도 고요한 반.

"내가 계속 찬성에 투표하면 몇 시간 후에는 너희의 정지된 사고가 해동되고 생각할 수밖에 없게 될 거야. 정말로 반대에 투표하는 게 정답인지 의논할 수밖에 없을걸."

남은 세 시간 반 정도의 시험 시간을 다 쓸 각오가 있다고 말하는 칸자키.

"이 상황에서 벗어날 방법은 한정적이야. 의견을 바꿔서 찬성으로 만장일치를 만드는 거지."

"무슨 소릴 하는 거야, 칸자키. 그런 건——."

"그건 비현실적이겠지. 너희가 말했듯 우리 반에 나 말고는 누군가를 희생시키려고 하는 사람은 처음부터 없으니까. 그래도 난 찬성에 투표하는 걸 바꿀 생각이 없어."

이치노세의 말을 끊고, 칸자키는 저항을 멈추지 않으며 말을 이었다.

"그렇다면 실질적인 방법은 하나뿐. 찬성을 선택한 다음, 나를 퇴학시키면 돼."

자신을 희생해서라도 이 반을 바꾸고 싶다. 그 의지를 형태로 만들어 밝혔다.

"이 특별시험에서 한 발 앞으로 나아갈 용기를 갖지 못한다면 어차피 A반으로 올라갈 수 없어. 그럼 남은 절반의 학교생활을 무의미하게 보내게 되겠지. 그럴 바에야 난 학교를 그만두고 다른 길을 찾을래."

그것은 기이한 방법이면서도 칸자키가 할 수 있는 유일

한 방법이기도 했다.

약자에게 손 내미는 이 반이 퇴학자를 고르는 행동을 할 리는 없다.

그렇다고 해서 퇴학이라는 무거운 형벌을 두고 운을 하늘에 맡기려고 할 리도 없다.

칸자키의 저항이 시작된 뒤로 세 번, 인터벌을 새로 넣어가며 투표가 거듭되었다.

총 다섯 번이나 되는 투표 결과는 전부 찬성 1표, 반대 39표.

단 한 표도 움직이지 않고 똑같은 화면, 똑같은 결과가 계속되었다.

"그럼 또 인터벌입니당~."

교착 상황에 질렸는지 호시노미야가 귀찮은 기색을 숨기지 않았다.

교실 뒤편에서 지켜보는 감독은 그런 교사의 태도를 문제 삼지 않았다.

교사의 역할은 어디까지나 공평성을 유지하는 것.

학생이 장난을 치든 교사가 의욕을 보이든 말든 그런 것들은 규칙의 범위 내에서 허용된 자유로운 행동이다.

그로부터 30분이 더 지났다.

요컨대 세 번의 투표를 추가로 진행했는데도 역시 나오는 결과는 똑같았다.

전혀 달라진 바 없이 고정된 투표 결과만이 계속 반영되었다.

"벌써 1시간도 넘었는걸? 이 마지막 과제만으로."

"하지만 어쩔 수 없잖아. 칸자키가 반대에 투표해줄 때까지 기다릴 수밖에 없는데."

반대에 투표하는 39명의 바람은 칸자키가 자기 의지를 꺾고 반대에 투표하는 것.

처음에는 장난스럽게도 대해보고 정색하며 화도 내보았지만, 칸자키는 그저 말없이 투표만 계속할 뿐이었다.

"얘들아, 침묵이 이어지는 것도 지루한데 내가 이야기 하나 해줄까? 아, 흥미 없는 사람은 그냥 무시해도 돼."

지금까지 마지막 과제를 계속 지켜보던 호시노미야가 입을 열었다.

"실은 선생님도 학생 때 너희와 똑같은 경험을 했어. 왜냐고? 나도 이 만장일치 특별시험을 쳤거든. 그리고 다섯 번째 과제의 내용은 지금이랑 완전히 똑같았지."

"웬일이야, 선생님이 학생 때 이야기를 해주는 거, 처음 아니야?"

이치노세의 반과 호시노미야의 사이는 양호해서 이 학교 출신이라는 사실은 일찌감치 알려져 있었다. 그 과정에서 학창 시절 이야기를 물어보려는 학생도 적지 않았지만, 진지하게 이야기할 기회는 없었다고 해도 좋았다.

"반의 상황은 완전히 다르지만 어쨌든 지금처럼 이 과제에 오랜 시간 발목 잡혔었지."

당시를 회상하듯 어딘지 차가운 미소를 지었다.

"반 포인트를 택할지 반 친구를 택할지 하는 건 궁극의 선택이잖아. 그래서 얼마나 싸웠는지 몰라. 남자애들은 멱살까지 잡고 그랬다니까."

"그, 그건 너무 심한데요?"

서로 멱살까지 잡는 상황이 자기 반으로서는 상상이 가지 않았겠지.

시라나미가 여학생들과 얼굴을 마주 보며 쓸쓸하게 웃었다.

"뭐, 시기가 다르기도 했으니까. 나 같은 경우에는 3학년 3학기였거든. 1포인트도 최선을 다해 따내야 하는 타이밍이었어. 특정 인물을 퇴학시키자는 이야기가 조금이라도 나오면 친구들이 당연하다는 듯 그 사람을 싸고돌았지. 하지만 이기기 위해서는 누군가를 꼭 버려야 하는 순간도 있잖아? 만약에 100포인트만 있으면 A반으로 올라갈 수 있는 상황이면 너희가 지금 같은 결단이 가능했을까?"

칸자키의 문제 제기를 호시노미야도 충분히 이해했고 직접 말로 표현했다.

"그래도 누군가를 퇴학시킬 수는 없어요. 다음 특별시험에서 만회하도록 열심히──."

"다음이 없으면? 만약 이 특별시험이 졸업 전 마지막 시험이면? 지금 너희가 그토록 바라던 A반이 되었다고 치자. 그런데 B반과의 격차가 불과 수십 포인트야. 여기서 친구를 지키는 걸 우선하면 B반 확정인 거야. 자, 어떻게 할래? 물론 뒤에서 쫓아오는 B반도 다음이 없어. 그래서 누군가를 버려서라도 100포인트를 선택할 거야."

아무리 착한 사람들이 모인 반이라도 고민할 수밖에 없다.

친구를 지키면 B반으로 떨어지는 것이 확정된다.

"그래도 똑같이 반대할 거야? B반이 A반을 포기하고 퇴학자를 만들지 않는 선택지를 고르는 꿈같은 이야기에 도박을 걸어볼 거니?"

반론만 계속하던 반 아이들도 마침내 말수가 줄어들었다.

"짓궂은 질문이지. 실제로 지금은 그런 상황도 아니고. 하지만 딱 한 가지 확실한 게 있어. A반으로 올라갈 마음이 있다면 가위바위보를 하든 뭘 하든 해서 찬성을 선택해야만 하는 순간도 올 거라는 거. 시한 마감은 당치도 않지."

"선생님은…… 그때 어떤 선택을 하셨어요?"

"나? 나는…… 물론 필요 없는 사람을 버리는 선택을 했지. 친구다 하나뿐인 베프다 해도 결국 제일 소중한 건 자신 아니겠어? 지금 반대에 투표하고 있는 너희도 사실은 그렇지 않니? 본질적으로는 자기만 살면 된다고 생각하고 있을걸?"

모두 함께 A반으로 졸업하고 싶다. 그건 누구나 가진 생각.

하지만 이상론이라는 것도 속으로는 많은 학생이 이해하고 있다.

친구인가 자신의 안위인가. 그 질문에 학생들은 대답할 수 없었다.

"뒤에서 눈에 불을 켜고 지켜보고 있으니까 그만 말할게. 난 어느 쪽을 고르든 너희의 의견을 존중해. 하지만 애매한 판단만은 절대 하지 마. 겉으로만 친구인 거라면 개의치 말고 반 포인트를 우선하면 돼. 아직 너희가 알게 된 지 1년 반 조금 더 되는 정도잖아? 친구가 없어져서 받는 상처는 곧 아물게 되어 있어. 실제로 다른 반에서 퇴학당한 세 사람도 이제는 그저 과거가 되어버렸지 않니? 하지만 A반으로 못 올라가게 됐다고 하면 앞으로도 쭉 영향이 있을 거야. 그게 아니라 정말로 친구가 가장 소중하다면 친구를 우선하면 되고."

한쪽을 권하지는 않고, 감독의 날카로운 시선을 피하며 호시노미야가 이야기를 마쳤다. 교사의 입장에서 어느 쪽을 택하든 이점과 단점이 있다는 사실을 전달한 것에 불과했다. 이 이야기가 끝난 타이밍에 다음 투표 시간이 되었다. 모두가 찬성 반대 버튼에 이상한 위화감을 느꼈을 것이다. 그런 분위기 속에서 시간을 들여 치른 투표 결과는 찬성 1표와 반대 39표. 지금까지와 같이 1표가 이동하는 일은 일어나지 않았다.

호시노미야는 딱히 놀라지 않았고, 오히려 이 반의 형태를 볼 수 있었던 것 같기도 했다.

"칸자키. 이제 좀 적당히 하지?"

투표를 끝내고 인터벌에 들어가자마자, 질린다는 투로 히메노가 입을 열었다.

"칸자키가 말하고 싶은 것, 호시노미야 선생님의 이야기까지 들어보니 잘 알겠어. 하지만 그렇다고 우리가 여기서 찬성에 투표하는 일은 없다고 생각해. 시한이 지난다고 해도 분명 달라지지 않을 거야."

친구를 지킬 수 있다면 차라리 시한 마감을 택하겠다. 그것이 히메노 그리고 반의 다수가 가진 인식. 이어서 이치노세가 자기 생각을 밝혔다.

"칸자키의 이야기도 호시노미야 선생님의 이야기도, 그래. 잘 이해했어. 하지만 말이야, 지금 두 사람이 이야기한 건 그런 상황에 부닥쳤을 때 어떻게 할 것이냐 하는 거지. 모두의 마음이 흔들리는 것도 이해해. 그건 잘못이 아니야. 하지만―― 만약 내가 그런 상황에 부닥친다고 해도 친구를 퇴학시키고 얻은 A반에는 의미가 없다고 생각해. 그럼 어떻게 해야 할까. 그런 상황이 오지 않도록, 그런 부조리한 선택을 강요받지 않도록, 확실하게 A반을 거머쥐는 게 중요하지 않을까?"

"이상론……이구나. 아무도 퇴학당하지 않는 압도적인 A반이라. 그걸 실현하려면 얼마나 많은 반 포인트를 모아야 할지……."

"지금은 아직 실력이 부족할지도 모르지. 하지만 난 그런 반을 목표로 삼고 싶어."

지나치게 이상적인 그 이야기를 반 아이들은 긍정적으로 받아들이며 고개를 끄덕였다.

이제 칸자키의 저항은 무의미하겠지.

여기서 계속 찬성에 투표해봐야 히메노가 말했듯 시한만 지날 뿐.

"같이 힘내보자, 칸자키."

"——그렇군."

한 명의 반대 세력은 두려움 모르는 사람들에게 포식당했다.

"나 나름대로 억지를 부려서라도 우리 반을 바꿔보려고 했는데. 하지만 아무래도 나에겐 그럴 자격…… 아니 실력이 없는 것 같다."

이 반은 바뀌지 않는다. B반으로 끝날지 D반으로 끝날지는 모르겠지만, 절대 A반은 못 될 것이다. 그런 확신을 품기에는 충분한 시간이었다. 단념한 그 표정에 활력은 조금도 느껴지지 않았지만, 그것을 알아차린 학생은 거의 없었으리라. 그 후, 갈등 따위는 처음부터 없었다는 듯이 맞이한 투표 시간.

40명이 낸 답은…….

제10회 투표 결과 : 찬성 0표, 반대 40표

반 포인트를 포기하고 친구를 지키는 선택을 했다.

"이렇게 해서 마지막 과제도 만장일치가 되었으니 특별 시험을 종료합니다."

"이렇게 하면 된다니까, 칸자키. 보수로 50포인트도 받고 말이야."

소요 시간은 약 세 시간. 교내에 남는 것은 허락되지 않지만 이제 자유롭게 보낼 수 있었다.

"참고로 A반은 이미 특별시험을 끝낸 것 같더라."

"헐. 역시 사카야나기의 반이네."

"그럼 류엔이랑 호리키타네 반은 아직 시험 중이라는 건가."

"자, 애들아~. 잡담은 학교 밖에서 해. 다른 반은 아직 특별시험 중이니까 방해하면 안 돼. 선생님들이 지금부터 인솔할 테니까 조용히 자리에서 일어나."

특별시험에서 해방된 기쁨에 저마다 소감을 털어놓는 분위기 속에서 칸자키는 자리에서 일어났다.

○류엔 카케루의 선택

오후 1시부터 시작된 만장일치 특별시험. D반.

또 하나의 40명 정원인 이 반도 역시 무거운 공기에 휩싸이기 시작했다.

그건 물론, 도달한 마지막 과제 내용이 강렬했기 때문이다.

과제⑤

반 아이 중 한 명이 퇴학당하는 대신 반 포인트 100점 받기

(찬성으로 만장일치가 되었을 경우, 퇴학당할 학생 선정 및 투표를 진행한다)

제1회 투표 결과 : 찬성 14표, 반대 26표

투표 결과는 호리키타의 반, 이치노세의 반과 마찬가지로 반대표에 많이 집중되어 있었다. 하지만 두 반에 비해 퇴학자를 내는 쪽에 찬성하는 아이들도 적지 않았다.

즉, 퇴학자를 만들어서라도 반 포인트를 우선해야 한다고 생각한 학생이 3분의 1을 넘었다는 것.

"어, 어쩌죠, 류엔 씨?"

결과를 보고 제일 먼저 이시자키가 물어본 것은 반의 리

더 류엔 카케루였다.

이 과제 전까지의 흐름도 전부 이런 수순으로 시작했었다.

한 번에 만장일치가 될 확률은 낮기에 첫 인터벌 때 리더의 방침을 듣고 두 번째 이후의 투표로 만장일치를 만든다.

그러한 일련의 흐름은 다른 반도 비슷했지만, 이 반은 그 정밀도가 극히 높았다. 첫 과제였던 대결 반 선택, 세 번째 과제였던 프로젝트 포인트 관련, 네 번째 과제였던 자기 반이 앞으로 겪을 시련. 그 모든 과제가 첫 인터벌만으로, 류엔이 지시한 선택지에 따라 만장일치를 만들었었다.

유일하게 원하는 대로 투표할 수 있었던 것은 두 번째 과제였던 수학여행지 결정뿐. 반 아이들이 30분 동안 자유롭게 의논한 다음 최종적으로 투표수가 제일 많았던 여행지 쪽으로 만장일치를 만들었다.

이 다섯 번째 과제가 이질적인 내용이라는 건 누가 봐도 분명하지만, 결국 방식은 같다.

지시가 필요하다고 판단된 과제는 전부 류엔의 한마디에 결정된다.

류엔이 어디에 투표할지만을 강하게 의식하는 학생들.

만약 류엔이 찬성이면 누군가의 퇴학이 확정된다.

거스를 수 없는 결정. 그것은 독재로 학생들을 통합시키는 반의 특징이기도 하다.

결과를 보며 웃음을 띤 류엔이 의자에서 일어났다.

"지금까지는 시시하기만 했는데 역시 학교도 단순 놀이로 끝낼 생각은 없다는 건가. 안 그러면 재미없지."

반 아이들 모두 들을 수 있게 혼잣말을 중얼거리며 단상으로 향했다. 맡은 반의 행방을 지켜보던 사카가미는 류엔이 다가오는 것을 알고 거리를 벌렸다.

지금부터 류엔의 스탠드 플레이가 시작된다는 것을 잘 알았기 때문이다.

마치 지정석이라는 듯이 류엔이 단상 위에 걸터앉았다.

그리고 반 아이들을 둘러보며 첫 마디를 내뱉었다.

"찬성에 투표한 녀석, 손들어."

배려 따위 일절 없는 류엔의 명령에 찬성 반대를 불문하고 전체적으로 강한 긴장감이 감돌았다.

지금까지 치른 과제에서는 어디에 투표했는지 물어보지 않았기 때문이다.

몇 초간 망설이다가 하나둘 손을 들기 시작했다. 그중에는 의욕 없이 창밖을 응시하며 손드는 니시노와 카네다도 있었다.

"──다섯 명인가. 뭐, 그렇겠지. 처음치고는 괜찮아."

명령에 따르지 않고 찬성에 투표했음을 숨긴 학생이 아홉 명이나 되는 현실.

"야, 괜히 감춰봐야 득 될 것도 없잖아? 딱히 한 번 찬성에 투표했다고 해서 비난받을 일도 아닌데."

아직은 성가셔질 일 없다며 코미야가 입 다물고 있는 아이들에게 주장했다.

"딱히 지시받은 것도 아니니까. 찬성에 투표하든 반대에 투표하든 개인의 자유였던 거야, 그렇지?"

비난하지 않을 거라고 설명한 코미야는 혹시 몰라 류엔에게도 확인을 받았다.

하지만 류엔이 바로 대답하지 않자 순간 긴장했다.

해석에 차이가 있다면 질책당할 위험도 있기 때문이다.

"번거롭게 하지 말고 빨리 손들라고!"

분위기가 바뀌는 것을 염려한 이시자키가 성급히 연타를 날렸다.

그러자 뒤늦게 한 학생이 미안한 듯 손을 들었다. 이렇게 해서 총 여섯 명이 되었는데, 나머지 여덟 명은 여전히 손을 들지 않은 게 된다.

"됐어, 이시자키. 손들고 싶지 않은 녀석은 안 들어도 돼. 지금은 말이야."

"헉, 그, 그래도 되겠습니까?"

"코미야도 말했잖아, 찬성이든 반대든 개인의 자유라고. 그러니까 우선은 각자 자기가 어떻게 할지 생각하는 거야. 남은 시간은 이제 8분 조금 더 돼. 충분히 여유 있어."

당황하지 않고 시계를 확인한 류엔은 미소를 유지한 채 자세를 바꾸려고도 하지 않았다.

생각하라고만 막연하게 전달한 다음에는 아무것도 하지 않았다.

그리고 2분이나 계속 침묵을 유지했다.

"잘 들어, 이 시간을 그냥 버리지 마라. 자기가 어디 투표하는 게 옳을지 생각하라고."

그리고 다시 찾아온 침묵.

10초, 30초, 1분, 시간이 지나도 묵묵부답이었다.

지금까지 치른 과제는 전부 첫 인터벌 때 선택지를 강제로 정했었다.

그렇기에 왜 류엔이 지시를 내리지 않는가 하는 생각만이 학생들의 머릿속을 맴돌았다.

하지만 실제로 말하는 학생은 없었고 시간이 흐르면 흐를수록 입은 굳게 닫혀만 갔다.

『뭐라고 지시를 내려 주세요.』

처음에는 그렇게 말하려던 이시자키 무리도 점점 고개를 숙였다.

윗입술과 아랫입술이 딱 붙어 접착제로 고정된 듯 열리지 않았다.

시간이 지날수록 점점 발언하려는 생각조차 잃어버렸으리라.

결국 나서서 말하려던 사람은 조용해졌고, 나 말고 누가 발언하겠지 하고 남에게 의지하는 자세로 바뀌었다. 그조차도 지나가니, 이제는 아직 시간이 많이 남았음에도 불구하고 투표 시간이 다 되지 않았는지 기대하기 시작했다.

길게만 느껴졌던 첫 인터벌은 시간 대부분을 침묵한 채

끝을 맞이했다. 이건 사카가미도 예상 밖이었는지 예정된 시간이 몇 초 지나고도 진행하는 것을 깜박 잊었다.

"사카가미. 시간 다 된 것 아닌가?"

교단에서 일단 내려와 자기 자리로 돌아가려고 하는 류엔의 말에 정신이 돌아왔다.

"……그렇지. 지금부터 두 번째 투표에 들어간다. 60초 이내에 투표하도록."

그리고 모두의 두 번째 투표가 끝나자 바로 모니터에 결과가 떴다.

제2회 투표 결과 : 찬성 10표, 반대 30표

14표였던 찬성 중에 4표가 반대로 돌아섰다. 퇴학을 바라지 않는 다수에게 이 결과는 그리 나쁘지만은 않았다. 앞으로 한두 번 더 류엔이 무섭게 말하면 찬성표가 더 줄어들 것이다. 그리고 머지않아 '반대'로 만장일치가 되는 것도 눈에 선한 두 번째 투표 결과.

하지만 류엔은 그 결과를 보고 납득하지 않는 모습을 보였다.

"이게 너희가 생각한 답이냐? 난 아닌 것 같은데."

"찬성표가 별로 줄어들지 않아서인가요?"

카네다가 안경을 고쳐 쓰며 물었다. 그러자 류엔은 바로 부정했다.

"그럼······ 류엔 군은 찬성에 투표했다는 말인가요?"

그 지적도 부정한 류엔은 어이없다는 듯 코웃음 쳤다.

"그, 그럼 도대체 뭐가 걸리는 거죠, 류엔 씨. 하나도 모르겠어요."

"너희는 정말로 첫 번째와 두 번째 투표에 자기 의사를 반영했나? 이 마지막 과제는 분명히 이질적이고 평범하지 않아. 그래서 난 너희의 『진의』를 알고 싶은 거다. 내가 어디에 투표했는지 궁금해하지 말고 느끼는 감정 그대로 솔직하게 골라."

그렇게 말한 류엔은 자리에서 일어나 교실을 천천히 돌았다.

"이 10분 동안 철저하게 의논해. 찬성에 투표하고 싶은지 반대에 투표하고 싶은지."

그렇게 지시하니 학생들은 필사적으로 토론에 들어갈 수밖에 없었다.

갑자기 반이 소란스러워지면서 저마다 마음껏 얘기하기 시작했다.

류엔은 그 이야기를 듣다가 이따금 학생들의 귓가에 입을 가져가 조용히 속삭였다.

니시노와 시이나, 요시모토와 노무라 등 딱히 학생을 골라서 말하는 것 같지는 않았다.

그리고 이어서 스즈키에게 다가가더니 비슷한 식으로 조용히 말을 걸었다.

"찬성이든 반대든 자유야. 생각하는 쪽에 투표하는 거다."

그렇게 말하고 이번에는 스즈키의 두 칸 뒤에 앉은 토키토에게도 귓속말을 했다.

굳이 귓속말로 할 이야기도 아닌데 하고 이상하게 여기면서도 아이들은 시간이 허락하는 한 의논을 이어나갔다. 그리고 세 번째 투표 시간이 되었다.

제3회 투표 결과 : 찬성 9표, 반대 31표

두 번째 결과와 거의 다르지 않은 상황이 모니터에 표시되었다.

교단 위 책상에 앉아 있던 류엔은 세 번째 인터벌에서 생각을 이야기하기로 했다.

"찬성에 투표한 녀석 손들어."

결과를 본 다음 다시 거수를 요구했다. 손을 든 사람은 니시노와 카네다 둘뿐.

나머지 일곱 명은 존재를 감추고 나서지 않았다.

보이지 않는 찬성표에 이시자키가 짜증을 냈지만, 류엔은 개의치 않고 두 사람에게 주목했다.

"너희는 세 번 다 찬성에 투표했군. 카네다, 이유는?"

"이기기 위해서죠. 퇴학자를 만드는 것도 결코 좋은 일은 아니지만 반 포인트를 100점 받는 것은 중요하다고 생각합니다."

"그런데 손을 들면 네가 퇴학 후보가 될 거란 생각은 안 들던가?"

"질문이 이상하네요, 류엔 군. 류엔 군은 쓰임새 없는, 불필요한 사람은 버리지만, 반에 필요한 인재는 버리지 않잖아요. 적어도 이 반에서 저의 가치는 100포인트와 바꿀 수 없습니다."

자신의 가치를 저울에 달아 보고 버림받을 위험이 없다고 판단했다는 것이다.

"뭐, 하긴 네놈은 외모 빼고는 쓸 데가 많지."

"감사합니다."

카네다는 외모 지적을 한 귀로 흘리고 만족스러워하며 고개를 끄덕였다.

"니시노, 너도 카네다와 같은 의견이냐?"

"뭐? 설마. 난 그냥 반 포인트를 빨리 늘릴 방법에 찬성했을 뿐이야. 손든 건 단지 숨기기 싫어서였고. 찬성에 투표하는 게 잘못은 아니잖아."

잘못하면 류엔의 심기를 건들 수 있는 말투에 당사자보다 이시자키가 더 좌불안석이었다.

"슬슬 너희가 궁금해하는 걸 가르쳐주지. 내가 어디에 투표했는지 말이야."

"아, 알려주세요!"

류엔이 투표한 쪽, 그러니까 반의 방침부터 듣지 않으면 다음으로 넘어갈 수 없다.

이시자키가 앞으로 고꾸라질 듯하면서 알려 달라고 외쳤다.

"난 이 과제──세 번 중에 세 번 모두『찬성』에 투표했지."

즉 지금의 투표 결과, 찬성 9표 중 3표는 류엔, 니시노, 카네다라는 사실이 드러났다.

"그, 그러니까 반에서 누군가를 퇴학시키자……는 거네요?"

이시자키가 묻자 류엔은 기분 나쁜 미소를 지었다.

"지레짐작하지 마. 난 어디까지나 내가 어디에 투표했는지 알려줬을 뿐이야. 이 과제를 어떻게 하고 싶은지는 너희가 생각할 일이다."

"저, 저희……가요?"

"물론 난 세 번 모두 망설이지 않고 찬성에 투표했고."

세 번 모두 찬성이라면 반에서 퇴학자를 만드는 방침인 것이 틀림없다. 그런데 그렇다고 인정하지 않으니 이시자키는 영문을 몰라 말을 더듬었다.

"찬성에 투표한 이유는 심플해. 한 명을 버리면 100포인트가 들어오니까. 바꿔 말하면 필요 없는 걸 버리고 반 포인트까지 받을 수 있는 파격적인 선택지. 이득만 있지, 손해 볼 게 없는 최고의 선택인 거다. 하지만 세 번을 반복했는데도 찬성표보다 반대표가 많았어. 즉 반의 과반은 이 과제에『반대』를 들이민 거지. 그렇다면 난 그 의사를 존중해서 '반대'로 표를 몰 거다."

반 포인트를 포기하고 반 아이를 남기는 방침을 내세웠다.

"겨, 결정됐다! 너희들, 찬성 말고 반대에 투표해! 류엔 씨의 지시다!"

이해하기 쉬운 방침에 이시자키가 안심했다는 듯 아이들에게 소리쳤다.

"잠깐. 너답지 않은데?"

지금까지의 특별시험 내내 지루해 보이기만 하던 이부키가 불만스럽게 입을 열었다.

"무슨 의미지?"

"넌 찬성파라며? 그럼 평소처럼 네 멋대로 찬성으로 밀고 가면 되잖아. 지금 와서 갑자기 착한 척 친구를 지키겠다고?"

눈앞의 반 포인트를 챙기는 것이 류엔이잖아, 하는 뜻을 넌지시 드러내고 있었다.

"뭐야, 너도 찬성파였냐?"

"난 반대에 투표했어. 하지만 내 의사 따위는 상관없을 텐데."

"이게 익명이 아니면 무조건 찬성으로 만장일치를 만들지도 모르지. 내 의견에 반기를 드는 놈을 퇴학으로 몰기만 하면 이야기도 빠르고. 하지만 이번에는 공교롭게도 익명 투표로 하는 시험. 누가 어디에 투표했는지 확실하지 않은 이상 과반이 넘는 쪽으로 통일하는 게 빨라."

"그러니까 찬성으로 만장일치 시킬 자신이 없다는 거네?"

"크큭, 어떻게 생각하든 그건 네 자유고."

"쓰, 쓸데없는 소리 하지 마, 이부키. 류엔 씨가 반대에 투표하라고 했으니까 그렇게 하면 되잖아? 반 포인트가 줄어드는 것도 아니고, 이렇게 하면 다 해결되는데."

"딱히? 그냥 좀 답지 않다고 느꼈을 뿐이야. 마음대로 해."

방침이 결정된 이상 이 인터벌도 침묵의 비율이 늘어났다.

그리고 네 번째 투표.

그 결과는──

제4회 투표 결과 : 찬성 7표, 반대 33표

만장일치는 되지 않더라도 거의 반대에 모일 줄 알았던 투표가 의외로 찬성 쪽에 많이 남는 형태가 되었다. 줄어든 것은 고작 두 표뿐.

"카네다, 니시노. 너네 어디 투표했어?"

"물론 류엔의 지시대로 반대에."

"마음은 찬성파지만. 비협조적으로 나오면 안 될 분위기라서 반대에 투표했는데?"

찬성파에 손들었던 두 명이 반대로 돌아섰다.

그리고 류엔까지 반대에 투표했다고 치면 찬성표가 못해도 세 표 이상은 줄어들었어야 한다. 심지어 이번에는 자유 투표가 아니라 반대에 투표하라는 류엔의 지시가 있었다. 그런데 찬성이 7표나 남았다. 찬성자가 새로 늘어났거나 카네다와 니시노가 거짓말하고 있을 가능성도 완전히 배제할 수 없다. 류엔 본인은 100% 반대에 투표했지만, 주위에서 보기에는 그조차 정말인지 확인할 길이 없어서 새로운 불안이 조금씩 퍼지기 시작했다. 이 결과를 받은 류엔은 냉정하게 생각했다. 그저 표수를 보는 것이 아니라 표의 흐름과 익명성이라는 간판을 시험해보았다.

"누가 또 찬성에 투표했냐?!"

류엔의 명령은 『반대』에 투표하는 것.

명확한 지시가 있었음에도 그에 따르지 않은 학생이 일곱 명이나 된다는 사실에 이시자키는 차분하게 있을 수 없었다. 류엔이 찬성으로 마음을 바꾸면 퇴학자가 나온다.

"크큭, 악쓰지 마, 이시자키. 더 재미있어졌으니까. 이건 완전 익명이어서 어디 투표했는지 아무도 들키지 않지. 즉, 진심으로 『찬성』에 투표하는 놈이 적지 않다는 얘기 아닌가?"

"하, 하지만 류엔 씨의 지시에 따르지 않는 건 문제라고요!"

"꼭 그렇지도 않아. 반 아이를 내쳐서라도 반 포인트를 얻으려고 하는 건 잘못이 아니니까. 오히려 A반을 노리는 데 필요한 탐욕적인 애가 일곱 명이나 된다는 뜻이지, 안 그래?"

이 상황을 환영하기라도 하듯 류엔이 손뼉을 치며 기뻐

했다.

"그런데 퇴학자를 용인하게 되면『누구』를 퇴학시킬 건가 하는 문제가 따라붙어. 찬성에 투표한 일곱 명은 버려야 할 인간을 명확하게 정했다는 뜻이겠지."

"……서, 설마 그 사람이 저는?!"

자신이 제거 대상은 아닐까 싶어 당황하는 이시자키.

"뭐, 네가 필요 없다고 생각하는 녀석이 있을 수도 있겠지. 밝히고 나설 용기 있는 놈 없냐? 다른 누구도 아닌『바로 나』를 퇴학시켰으면 좋겠다 하는 놈 말이야."

나와 보라며 류엔이 도발했다.

하지만 교실은 당연하다는 듯 다시 정적에 휩싸였고, 소리 내는 학생은 아무도 없었다.

"핫, 뭐 쉽게 실토하지도 않으려나. 크큭, 천천히 상대해줄게."

이렇게 해서 다섯 번째 투표 시간이 찾아왔다.

즉 네 번의 인터벌을 마쳤다는 뜻.

이 과제가 시작되고 벌써 40분 가까이 시간을 소비한 셈이다.

그리고 그 결과는…….

제5회 투표 결과 : 찬성 8표, 반대 32표

줄이는 것이 목적인 류엔의 뜻과 달리 찬성표가 오히려

하나 더 늘어난 결과.

"어떡해, 류엔. 이제 곧 한 시간이 지나는데?"

여기서 니시노가 답답하다는 듯이 말했다.

"그렇게 당황할 거 없어. 아직 시간 많잖아?"

"그건 그렇지만, 너를 거스르고 찬성에 투표하는 애가 많다니. 이거 좀 위험한 거 아니야?"

류엔의 지배가 노골적으로 미치지 않고 있음을 상징하는 찬성표의 숫자.

"그렇군. 네가 찬성에 투표하고 있을 가능성도 배제할 수는 없고."

"……그럴지도."

한 방 맞은 니시노가 조금 놀라면서도 눈을 피하지 않고 강한 어조로 대답했다.

"뭐, 추궁해봐야 자백하지 않는 한에는 증거가 없으니까."

의심스러운 사람을 벌주기 힘든 시험이다.

"나한테 생각이 있는데 들어볼래?"

지금까지 상황을 지켜보던 야부 나나미가 나섰다.

"말해봐."

"차라리 찬성 쪽으로 만장일치 시킨 다음에 퇴학당해도 되는 애를 퇴학시키는 게 어때?"

"넌 찬성에 투표했다는 걸로 받아들여도 되겠나?"

"아니야. 난 지금까지 쭉 반대에 투표했어. 하지만 찬성 쪽이 요지부동이라면 그쪽으로 방침을 바꿔도 괜찮지 않나 하는 생각이 들기 시작했어. 예를 들면…… 이부키를 퇴학시키는 건 어때?"

그렇게 말한 야부가 이부키를 향해 싸늘한 시선을 보냈다.

"만약 이부키가 된다면 나도 찬성이랄까……. 아, 물론 지금까지는 쭉 반대에 투표했거든?"

야부에 이어서 모로후지 리카도 같은 의견이라며 손을 들었다.

"너희 말이야. 류엔 씨가 반대에 투표하라고 했으면 반대에 투표하는 거야."

"잠깐. 난 이 두 사람의 의견을 환영해."

"앗, 그, 그래요?"

"지금까지 반대에 투표했다는 말도 상황상 거짓말이 아닌 것 같고. 다음 투표에서 최소 두 표 이상 반드시 찬성 쪽으로 가지 않으면 모순이 발생하는데. 그런 황당한 실수는 안 할 거 아냐?"

야부도 모로후지도 그 질문에 힘껏 고개를 끄덕였다.

물론 찬성에 투표하고 있는 익명의 여덟 명이 다음 투표 때 반대로 돌아설 가능성도 없지는 않지만, 그건 또 별개의 문제라는 것을 류엔은 잘 알고 있었다.

"그리고 찬성 투표를 각오하고 지명까지 했지. 익명의 여덟 명과 달리 말이야. 봤을 때 야부와 모로후지 이외에도 몇 명은 그 제안을 받아들이는 듯한 표정이군."

야부, 모로후지와 친한 여자 그룹은 이 반에서 최상위

카스트에 있다.

표면적으로는 두 사람의 의견이지만, 실질적으로 그 그룹 멤버들 모두 같은 의견이라고 볼 수 있다.

"우리 이야기를 듣고 어떻게 생각했는지 말해줄래?"

"특정 인물을 퇴학시키려면 그 사람을 보호하는 표가 없어야 한다는 게 대전제다. 우리 반에서 자신의 퇴학을 걸고서라도 이부키를 지키고 싶은 녀석 있어?"

그렇게 반 전체에 물었다. 하지만 손은 바로 올라오지 않았다.

"그렇다는데, 이부키. 순순히 퇴학을 받아들일래?"

여기서 받아들이겠다거나 마음대로 하라는 대답이 돌아온다면 류엔은 망설임 없이 이부키를 퇴학시키기 위해 움직일 것이다. 그런 분위기가 교실을 가득 채웠다.

"미안하지만 난 퇴학당할 생각 없는데."

자신을 지목한 야부와 모로후지 쪽은 쳐다보지도 않고 이부키가 대답했다.

"어라? 이부키는 딱히 퇴학당해도 상관없는 것처럼 굴지 않았나?"

"학교 따위야 아무래도 상관없지만, 개인적으로 다시 도전하고 싶은 상대가 있거든. 그리고 이런 식의 퇴학을 누가 받아들이겠어? 싫은 녀석들의 사욕을 채우는 데 보기 좋게 이용당할 생각 전혀 없어."

"구실을 만들어서 퇴학당하고 싶지 않은 것뿐이잖아. 새침 떨지만 역시 무서운 거니?"

도발하듯이 야부가 웃었다.

"하. 너도 많이 컸네. 전에는 마나베 뒤꽁무니만 졸졸 따라다녔던 주제에. 마나베가 없어지자마자 여자애들 리더가 돼서 그렇게 좋냐?"

되받아치는 이부키를 본 류엔이 웃음을 지우고 눈빛으로 압박했다.

"야, 이부키. 지금 네 입장 파악을 해라. 야부에게는 퇴학을 반대할 편이 여럿 있어. 하지만 넌 한 사람도 없다고. 게다가 넌 학교에 별로 집착 같은 것도 없잖아?"

"……그래서 뭐."

"널 싫어하지 않지만 네가 깨끗이 물러나 반에 공헌한다면 이야기는 달라진다는 뜻이다. 네 의사와 상관없이 그 피와 살을 우리가 먹어줄게."

"가관이네, 이부키. 류엔이 잘 봐준다고 생각한 건 너뿐인가 봐."

"나를 원망하나? 이부키."

"딱히. 애초에 너랑 가까이 지낼 생각 따위 손톱만큼도 없었거든. 넌 이기기 위해서라면 무슨 짓이든 하잖아? 놀랄 일도 아니지. 그렇지만 난 퇴학당할 생각이 없어."

다시 거부 의사를 드러내자 류엔도 말투가 살짝 거칠어졌다.

"생각이 있는지 없는지는 상관없어. 그럼 다시 묻지. 이제 찬성 쪽으로 만장일치 할지 말지를 걸고 묻는다. 이부키를 위해 몸을 던질 수 있는 놈 있으면 손들어. 단, 1분 이내에 결정해라."

얼어붙은 공기 속에서 이시자키가 몸을 살짝 떨었다.

류엔에게 겁먹어서가 아니라 자신의 각오를 다지기 위한 것이었다.

"그만두지그래, 이시자키."

그를 말린 사람은 어느새 이시자키의 옆에 선 니시노였다.

"앗, 니시노……?"

"우린 이기기 위해 싸우고 있어. 네 그 어중간한 동료 의식은 혼란만 낳을 뿐이야."

"하지만, 하지만. 이부키도 우리——."

"——시간 다 됐다."

1분이 지나고, 결국 이부키를 지키겠다는 학생은 한 사람도 나타나지 않았다.

야부 일행의 냉소어린 시선과 불쌍해하는 시선, 그리고 자기가 대상이 아님에 안도하는 학생들. 다양한 생각들이 정적 속에서 교차했다.

"아, 그래? 그렇다면——."

반쯤 자포자기해서 대답하게 된 이부키가 말을 잠시 멈췄다.

제대로 된 친구 하나 없는 자신은 이 과제에서 불리하다는 사실을 잘 알고 있었다.

그렇기에 반대에 투표했다고 일찍부터 주위에 알렸던 것이다.

하지만 결국 일이 이렇게 되어버린 이상 자기 몸은 자기가 지키는 수밖에 없다.

"그렇다면, 뭐?"

그다음 말을 기다린다는 듯 류엔이 정적을 유지했다.

"······나에겐 아직 이 학교에서 해야 할 일이 있거든."

"뭐?"

"미안하지만 너희의 기대에 부응할 생각은 없어. 설령 모두가 찬성에 투표한다고 해도 난 계속 반대에 투표할 거야. 끝까지 만장일치가 나오지 않으면 이번 특별시험은 실패가 되겠네."

"뭐, 뭐라고? 자기를 위해 물귀신 작전을 쓰겠다고?"

"바로 그거야."

각오를 다진 이부키가 반대 선언을 하고 자세를 고쳐 앉았다.

"뭐, 당연히 그렇게 나오겠지. 야부, 찬성으로 바꾸자는 네 의견은 나쁘지 않았지만, 지목이 너무 빨랐어. 진심으로 이부키를 없애고 싶었다면 먼저 찬성 쪽으로 만장일치부터 만든 다음에 이부키를 지목했어야지."

"윽······!"

자신이 퇴학당할 걸 알게 되면 절대 찬성에 투표할 리 없다.

"모두 그냥 얌전히 반대에 투표해라."

그런 지시를 내리는 류엔을 보며 니시노는 묘한 위화감을 느꼈다.

"그렇게 뻔히 알고 있었으면서 왜 했어? 완전히 시간만 낭비한 거 아냐?"

개인의 이름이 나온 시점에서 찬성 쪽 만장일치가 어려운 게 명백해졌으니 좀 더 일찍 야부와 이부키의 언쟁을 막을 수 있었고, 의미 없는 거수도 할 필요 없지 않았냐고 니시노가 지적했다.

"그냥 시간 때우려고. 어차피 시간은 썩을 만큼 많으니까."

깊은 의미 따위 없다고 류엔은 말했지만, 다른 의도가 있다는 걸 반의 일부 학생은 눈치챘다. 통할 수 없는 야부의 제안을 받아들인 것은 이부키로부터 절대 찬성에 투표하지 않겠다는 언질을 끌어내려는 의도 때문이라고 말이다.

이렇게 함으로써 찬성 쪽으로 만장일치가 어렵다는 것을 간접적으로 못 박기 위해.

이는 류엔의 여유이자 훌륭한 처신이기도 하지만, 한편으로는 이 상황을 어떻게 손쓸 수 없다는 조바심에서 비롯한 고육지책처럼 보이기도 했다.

그 후 진행된 여섯 번째 투표에서는 찬성 7표, 반대 33표. 일곱 번째 투표에서는 찬성 6표, 반대 34표. 조금씩 찬성표가 줄어드는 것처럼 느껴졌지만 여덟 번째 투표에서는 다시 찬성 7표, 반대 33표로 되돌아가고 말았다. 그리고 맞이한 아홉 번째 투표 시간.

제9회 투표 결과 : 찬성 7표, 반대 33표

여전히 남아 있는 찬성표.

이는 현시점에서 류엔의 통솔력을 나타내는 수치이기도 했다.

여섯 번째부터 아홉 번째까지의 투표까지, 류엔은 교단에 10분씩 앉는 것을 반복할 뿐 한마디도 하지 않았다. 그저 꺼림칙한 미소를 지으며 계속 관찰만 했다.

그런데 그 상황도 열 번째 투표가 시작되기 전 인터벌에서 변화를 보이기 시작했다.

"어이."

지금까지 웃고만 있던 류엔이 갑자기 반 아이들을 짧게 불렀다.

의논, 이라기보다 잡담에 가까운 대화를 계속하던 학생들이 당황하며 자세를 바로 했다.

"너희는 내 지시가 없으면 혼자서는 반대에 투표하는 것조차 못하냐?"

확실히 달라진 분위기에 학생들이 일제히 입을 닫았다.

"찬성표가 어느 정도 뭉치면 무섭지 않다고 생각하나 본데 내가 아무 의미도 없이 투표를 보고 있는 것처럼 생각한다면 오산이야."

그는 발꿈치로 교단 뒤쪽을 쾅 쳤다.

"익명에 기대서 편하게 굴고 있지만, 표정에 다 드러나거든. 이미 대충 다 파악했다고. 계속 장난질 치면…… 알지?"

제10회 투표 결과 : 찬성 6표, 반대 34표

류엔의 강한 경고도 있어서 찬성 한 표가 반대로 넘어왔다.

다만 이미 일곱 번째 투표 때 찬성이 한 번 6표가 된 적 있었기 때문에 실질적으로는 협박에 효과가 없었다고 할 수 있는 결과였다.

그렇게 넉넉했던 시간이 물 쓰듯 낭비되어 사라져갔다.

"……."

어느새 류엔에게서 미소가 완전히 사라지고 험악한 표정으로 바뀌어 있었다.

"끈질긴 놈들이네. 이제 나도 상대해주기 귀찮아졌어."

네 시간 정도 남았던 시한이 마지막 과제 때문에 벌써 한 시간 반 넘게 지났다.

제11회 투표 결과 : 찬성 7표, 반대 33표

모처럼 줄어들었던 찬성표가 또 7표로 돌아왔다.

"이런 상황에서 어떻게 반대로 만들 건데?"

이제 니시노는 짜증을 감추지도 않고 류엔에게 방침을 물었다.

"그래. 슬슬 끝내볼까."

"……가능하다는 거야?"

"내가 여기서 아무 의미도 없이 너희를 보고 있었던 것 같냐? 여섯 번째부터 열 번째까지, 기묘한 한 표가 있다는 건 알고 있겠지? 찬성에 갔다가 반대에 갔다가 이랬다저 랬다 하는 멍청한 놈 말이야. 지금부터 그게 누구인지 맞혀볼까."

교실에 긴장감이 엄습했다.

완전한 익명성을 간파하는 것은 보통 불가능하다.

그런데——

"너지? 야지마."

"헉……?! 아, 아닌데?!"

지목당한 사람은 야지마 마리코.

부인하려고 허둥지둥 자리에서 일어났지만 누가 봐도 동요하고 있었고 행동이 불안했다.

"익명이라고 해서 아니라고 잡아떼면 내가 믿을 것 같 아? 내가 그렇게 느끼게 했다는 건 곧 네가 범인 확정이란 소리야. 내 말 무슨 뜻인지 알지?"

"그, 그런——. 나는——!"

"내가 범인이라고 하면 범인인 거야. 무죄라고 하면 무 죄가 되는 거고. 처음 걸린 사람이니까 딱 한 번 기회를 주지. 앞으로 너는 내 허락 없이는 찬성에 투표할 권리가 없어. 알겠냐? 그걸 지키지 않는다고 『내』가 판단하면 넌 보기 좋게 퇴학이다."

우격다짐 협박. 만약 이 과제에서 계속 반대로 투표해 특별시험이 실패로 돌아간다고 하더라도, 그리 멀지 않은 날에 어떠한 흉악한 수법을 써서 퇴학으로 내몰 것이다. 그런 상상을 하기에 많은 시간은 필요하지 않았다.

"전부라고는 말 안 하겠지만, 찬성에 투표한 놈들은 대충 파악했어. 야지마처럼 꼭 말로 해야 알아듣는 바보인지는…… 다음 투표로 판단하지."

그리고 맞이한 열두 번째 투표.

제12회 투표 결과 : 찬성 5표, 반대 35표

야지마가 완전히 반대로 의사를 굳혔기 때문에 찬성이 더 늘어나는 일은 일어나지 않았다.

하지만 마지막 경고에도 두 사람밖에 찬성이 줄어들지 않아 다섯 표가 남았다.

이제 협박 같은 방식으로는 통하지 않는 다섯 표라는 것을 아이들도 알 수 있었다.

"다섯 명이라……."

그렇게 중얼거리며 남은 시간을 확인한 류엔이 다시 자리에서 일어났다.

"뚝심 하나는 인정하지. 하지만 난 아무리 해도 불만을 거둘 수 없어. 오기로라도 꺾일 생각이 없다면 이제 슬슬 자백하는 게 어때? 이 익명의 다섯 명이 바라는 건 내 퇴학. 그럼 찬성 쪽으로 만장일치를 만드는 수밖에 없어. 시한이 지나 막을 내리면 시시하잖아? 그럼 움직여라. 그래야 대등하게 싸울 수 있는 것 아닌가?"

어느 쪽으로든 만장일치가 되지 않으면 이 특별시험은 통과할 수 없다.

찬성을 원하는 학생을 특정 짓지 못하는 한, 아까운 시간만 흘러갈 뿐.

이런 상황에서 모습을 드러낼 찬성자는 없을 것 같았는데――.

"아아, 좋아, 류엔. 그럼 나와 주지…… 찬성에 투표한 사람, 나다."

여기서 마침내, 찬성에 투표한 익명 중 한 명이 작심하고 자리에서 일어났다.

"토키토, 너 이 자식! 지금 네가 무슨 소릴 하고 있는지 알기나 해?!"

당장이라도 덤벼들 기세로 몰아세우는 이시자키의 팔을 카츠라기가 잡아 말렸다.

"하지 마, 이시자키. 지금은 특별시험 중이야. 여기서 주먹이라도 휘두르려고? 잘못했다간 사카가미 선생님이 봐주지 않고 시험 중단을 선언할걸, 그렇죠?"

"물론이다. 그렇게 되면 당연히 이 특별시험에서 너희는 실격으로 끝나겠지."

"윽······!"

"게다가 토키토가 자진신고 했어도 그게 진짜라는 보장도 없어."

99% 틀림없더라도 익명인 이상 100%라고 확인할 방법은 없다고 카츠라기가 말했다. 반대에 투표해놓고 찬성에 투표한 척하는 경우도 결코 배제할 수 없다.

"사실인데. 난 언젠가 이런 특별시험이 있지 않을까 늘 생각했었지. 평범한 특별시험이라면 어쩔 방법이 없지만, 이 과제가 나온 순간 느낌이 확 왔다고······ 류엔을 제거하려면 이 타이밍밖에 없다고."

"왜 지금 와서 이러는 거야, 토키토······."

"류엔과는 몇 번 눈이 마주쳤었지. 내가 찬성에 투표하고 있다는 걸 이미 눈치챘을걸. 더 일찍 공개해도 됐겠지만, 찬성이 줄어들지 않고 우왕좌왕하는 걸 보니까 통쾌해서."

"좋아, 토키토. 네 반항적인 태도야 어제오늘 일도 아니고. 오히려 찬성파였다는 사실이 순수하게 기쁘다."

"언제까지 그렇게 기고만장할 수 있을지? 그럴 여유도 없으면서."

"그래. 아무리 계속 투표해도 찬성표는 절대 없어지지 않아. 즉, 시한이 지나면 우리 반은 300포인트를 잃어. A반 경쟁에서 탈락한다고 말해도 과언이 아니겠지."

"맞아. 넌 그래도 우리 반 리더잖아. 특별시험이 실패로 끝나면 그 책임은 나한테 있는 게 아니야. 너한테 있는 거지. 애당초 이 특별시험에서도 넌 선택지를 멋대로 컨트롤해왔어. 이치노세의 반과 대결해야 한다는 목소리에 귀 기울이려고 하지 않았고, 사카야나기의 반을 대전 상대로 강행 지목했지. 당연히, 졌을 때의 책임은 네가 지겠지?"

"그렇군. 지금에 와서 반항하는 네가 그 전까지의 과제에서 순순히 따른 건 그런 이유에서였나."

"반 애들한테 이건 잘못됐다고 가르쳐주기 위해서야. 난 반을 곤란하게 만들려는 게 아니야. 네가 리더여서 불만인 거지."

"그런데 여기까지 오니까 특정 누군가를 퇴학시킬 기회가 생겼고. 넌 거기에 걸기로 했다는 건가. 그래서? 보란 듯이 반항한 너의 가장 큰 소망은?"

"내가, 아니 우리가 반대에 투표하길 바란다면 여기서 리더를 그만둬라. 그걸 모두의 앞에서 맹세한다면 분명히 반대표는 늘어날 거다."

아무리 류엔을 싫어한다지만 찬성 쪽으로 만장일치를 만드는 게 얼마나 어려운지는 토키토도 잘 알고 있었다. 그렇기에 이런 타협안을 제시한 것이다.

"미적지근한 소리 하지 마라, 토키토. 나를 퇴학시킬 자신이 없나?"

"웃기지 마. 만약 찬성 쪽으로 만장일치가 된다면 퇴학

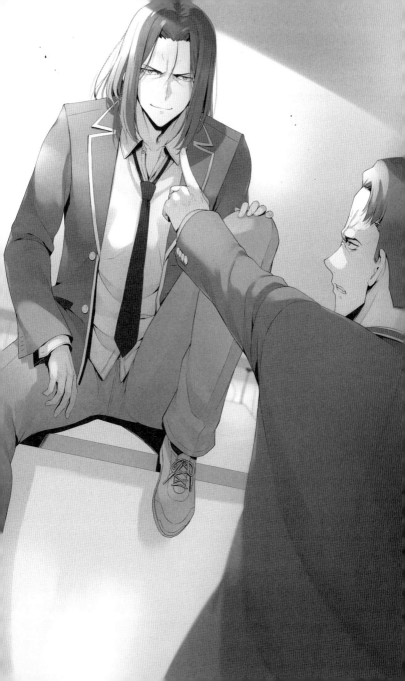

당할 사람은 너다, 류엔.”

“하나만 물어봐도 될까요, 토키토 군.”

안경의 위치를 고치며 카네다가 손을 들었다.

“물론 특별시험이 실패로 돌아가면 그 책임의 일부가 리더에게 있다는 건 논리적으로 수긍이 갑니다. 하지만 만약 찬성 쪽으로 만장일치가 되고 퇴학자 선정이 시작되면 퇴학당할 사람은 틀림없이 토키토 군인걸요? 지금 지시에 따라 많은 학생이 반대에 계속 투표하고 있으니까요.”

미래를 예상하는 카네다의 차분한 설명에도 토키토는 꿈쩍도 하지 않았다.

“지금의 반대표는 의미가 없어. 설마 반대표 전원이 류엔에게 굴복하고 있다고 생각하는 건 아니겠지? 물론 겉으로는 반항할 수 있는 녀석이 거의 없지. 하지만 말이야, 지금 내 한 표 말고도 찬성에 네 표가 더 있어. 녀석이 계속 반대에 투표하라고 말했는데도 네 표가 남아 있지. 그만큼 놈이 퇴학당하길 바라는 심지 굳은 애들이 있다는 뜻이야!”

“야부와 모로후지에 비하면 꽤 그럴싸한 논리야, 토키토.”

감탄하며 칭찬의 박수를 보낸 후 류엔이 말을 이었다.

“그럼 사양할 것 없지. 우리 둘이 일대일로 겨뤄볼까? 토키토.”

“뭐?”

“반대에 계속 투표한 나까지 포함해 35표, 그 전부를 찬성 쪽으로 바꾸지. 그렇게 하면 카네다의 말처럼 누구를 퇴학시킬지 투표가 시작되겠지. 그럼 그다음부터는 간단해. 우리 둘 중 한 사람에게 투표하는 난타전을 벌이는 거다."

다른 학생이 투표 대상이 아니라면 굳이 찬성 쪽 만장일치를 겁낼 필요가 없다.

"괜찮겠냐? 여기서 반대 선택지를 없애면 퇴학자가 나오는 건 피할 수 없어. 네가 살아남을 길이 없다고, 류엔."

반대의 만장일치 가능성을 남긴 것은 토키토가 나름대로 베풀어 준 자비였다.

"시한 마감만은 누구나 피하고 싶을걸. 그러니까 우리둘 중 한 명으로 만장일치를 시키는 거야. 그쪽이 애들도 재미있지 않겠어?"

토키토의 제안을 받아들일 리도 없이, 류엔은 찬성 쪽으로 만장일치를 재촉했다.

"인간은 원래 다 자기중심적이야. 퇴학 위험이 있으면 쉽게 나서지도 못하면서 이렇게 우리 둘 중 한 명이 퇴학당한다고 하면 눈빛이 달라지지. 100포인트 추가 보수가 약속된다면 기꺼이 투표할걸."

"지금 찬성에 투표하는 애가 내 퇴학에 동의할 거라고?"

"글쎄, 어떨까. 혹시 불안하면 반대에 투표해도 되고?"

"웃기시네! 퇴학당할 사람은 내가 아니라 너다, 류엔!"

"그래? 그럼 빨리 맞짱 떠보자고."

익명으로 계속 남은 네 표 그리고 류엔을 싫어하지만 어쩔 수 없이 반대에 계속 투표하는 학생들. 류엔 카케루의 퇴학을 걸고 계속 투표한다면 남은 시간이 줄어들수록 점점 찬성표가 늘어날 거라고 토키토는 자신했다.

"좋아, 그렇게까지 말한다면——."

도발당한 토키토가 그 신청을 받아들이려고 한 순간, 책상을 쾅 치는 소리가 울려 퍼졌다.

"잠깐, 류엔. 토키토에게 잠시만 시간을 줄 수 없을까."

그 목소리의 주인은 카츠라기. 급하게 일어나며 류엔에게 말했다.

"뭐? 무슨 꿍꿍이야, 카츠라기. 네놈한테 발언권을 준 기억은 없는데?"

"발언권을 빼앗긴 적도 없어."

입 다물고 있으라는 지시에도 카츠라기는 눈 하나 깜빡하지 않고 대답하며 토키토를 보았다.

"네가 말했듯이 류엔을 따르지 않는 사람이 없어지지 않는 한 안심할 수 있다는 생각은 틀리지 않았어. 하지만 류엔의 말 역시 사실이야. 류엔 또는 토키토, 둘 중 하나가 퇴학당할 때까지라는 제약을 붙이고 결전 투표를 벌인다면 남은 시간이 줄어들수록 학생들의 마음이 많이 흔들릴 거다. 그렇게 되면 다수의 표를 컨트롤 할 수 있는 사람, 즉 류엔 쪽이 압도적 우위에 서게 되지."

"말했잖아. 그것만 가지고 우위라고 단정 짓지 마라, 카츠라기. 사실은 반 애들 대부분이 류엔을 달갑게 생각하지 않아. 힘으로 제압당해서 불만이 있다고. 시간이 없어지면 녀석을 그만 감쌀 녀석이 반드시 늘어날 거야. 충견 이시자키라도 말이지."

"뭐라고!"

"너도 한 번은 류엔한테 반기를 든 적 있잖아. 그 반골 정신을 떠올리라고."

"그, 그건——."

작년 옥상 사건, 아야노코지와 싸우고 수습하는 단계에서 이시자키는 류엔을 잡고 일시적으로 반의 주도권을 쥔 적이 있었다. 그 이야기를 꺼내는 토키토.

"그때 일을 나는 잘 모르는데 마지막에 네가 이겼다면서?"

"어어, 그랬지."

"그럼 물어보자. 류엔이 퇴학당하고 나면 누가 우리 반을 이끌지."

"의논이든 뭐든 하면 되지. 그래도 밖에서 굴러들어온 너는 아니야, 카츠라기."

"물론 굴러들어온 나는 선택지에 없을지도 모르지. 하지만 명확한 다음 리더가 없으면 결정타가 부족한 것도 사실이다. 사카야나기를 따라잡고 추월하기란 불가능해."

대국적으로 상황을 보고 설득을 이어가는 카츠라기였지만 토키토는 멈추지 않았다.

"시끄러워. ……그래서 뭐? 놈과 서로를 찌를 각오가 없었으면 처음부터 나서지도 않았어."

"크크크, 처음부터? 그런 것치고는 꽤 상황을 지켜보는 느낌이던데."

"……시끄럽다고!"

"뭐, 너와 뜻을 같이하는 사람이 몇 명이라도 없었으면 이렇게 안 되는 거니까."

류엔을 따르지 않는 표가 여럿 있음을 확인했기에 토키토도 움직인 것이다.

"부탁이야, 류엔. 토키토에게 기회를 줘."

어디까지나 류엔을 유리하게 보는 카츠라기의 말에 류엔이 손가락을 튕겼다.

"좋아. 토키토, 너에게 기회를 줄게. 다음 투표는 네 한 표에 모든 것이 걸려 있다. 만약 네가 찬성에 투표한다면 그때는 너를 퇴학시킬 거다."

"핫…… 입만 살았군. 퇴학시킬 수 있을 것 같아?"

"그래. 다음 투표에서 네 표만 빼고 전부 반대로 표가 몰릴 거다. 찬성 1, 반대 39라는 상황이 되는 거지. 다시 말해서, 네가 반대에 투표하면 만장일치로 이 과제는 클리어야."

"야, 언제 나 말고 찬성 네 표가 빠졌는데?"

"크큭…… 이번 인터벌 동안 그 네 표를 돌아서게 했거든."

"웃기시네, 그게 가능할 리 없잖아."

지금까지 완강하게 찬성에 남아 있었던 데다가 인터벌 때는 거의 모든 시간을 류엔은 토키토와 대화하는 데 다 썼다. '반대'로 돌아서게 할 만한 행동은 하나도 하지 않앞다.

"그럼 시험해봐. 지금까지 했던 대로 찬성에 투표해, 그럼 답을 알 수 있으니."

지금도 계속 흘러가고 있는 인터벌 시간도 이제 1분 남았다.

냉방이 있어 실내는 쾌적한 온도를 유지하고 있었지만, 토키토의 등에는 식은땀이 흐르기 시작했다. 단순한 협박, 허풍. 이 인터벌로 뭐가 바뀌었다는 생각은 들지 않았다. 하지만 만약 정말로 자신 이외의 찬성표가 다 반대로 돌아섰다면. 그건 토키토 이외의 학생들이 류엔에게 붙었다는 뜻이다. 찬성 쪽으로 만장일치가 되기 전에 반대로 몸을 피해 이부키처럼 방위 수단을 취할 수도 있겠지만, 그러면 모습이 추해지므로 토키토는 차마 그 선택지를 고를 수 없었다. 결국은 류엔과의 결선 투표를 피할 수 없겠지.

그렇게 되면 토키토의 패배는 확정이다.

"퇴학당할 각오를 한 거잖아? 과감하게 찬성에 투표해."

"······네가 말 안 해도 그럴 거야."

이윽고 찾아온 투표 시간. 토키토는 앞뒤 생각 없이 찬성에 투표했다.

"그럼 투표 결과를 표시하겠다."

사카가미의 고지와 동시에 모니터에 화면이 떴다.

제13회 투표 결과 : 찬성 2표, 반대 38표

"윽!"

이 결과를 본 순간 토키토는 누구보다도 심장이 심하게 뛰었으리라.

류엔의 말대로, 남았던 네 표 중 한 표를 제외하고 전부 반대로 움직였기 때문이다.

"소, 솔직히 쫄긴 했지만……. 그래도 나처럼 강한 의지를 가진 학생이 또 한 명 있잖아! 이렇게까지 위협을 받았는데도 굴하지 않은 녀석이!"

그렇게 자신의 승리를 선언하듯 포효했다.

하지만 류엔은 토키토를 거들떠보지도 않고 다른 학생들에게로 시선을 돌렸다.

"무슨 꿍꿍이야? 네가 찬성에 투표했지? 카츠라기."

"뭐……?"

예상치 못한 인물의 이름이 나오자 토키토가 깜짝 놀랐다.

"그래. 만약 내가 반대에 투표하면 네가 선언한 대로 찬성 1표, 반대 39표라는 형태가 되고 결전 투표로 갔겠지. 그렇게 되면 둘 중 누군가를 퇴학시키는 것 이외에는 이 시험을 통과하기가 불가능해지고."

"그런 흐름이 됐겠지. 대답을 어떻게 하느냐에 따라 너도 무사하지 못할 수 있어."

"이유는 딱 하나. 토키토가 우리 반에 필요한 학생이라고 생각하기 때문이야. 아니, 토키토뿐만이 아니야. 나는

A반에서 여기로 넘어온 외부인. 그래서 더 객관적인 눈으로 이 반을 볼 수 있었지. 그 결과, 필요 없는 학생은 단 한 명도 없다는 걸 알았어."

"지시에 따르지 않는 토키토가 필요한 학생이라고?"

"그래. 오히려 귀한 전력이라고 생각해. 나처럼, 아니 나 이상으로 너에게 주저 없이 반대 의견을 말할 수 있는 존재다. 물론 이번 특별시험에서 취한 방식은 잘못됐지만. 그저 류엔을 끌어내리기 위해 반을 위험에 내모는 방식은 바람직하지 않아."

카츠라기는 류엔뿐 아니라 토키토도 쳐다보며 말했다.

"류엔이 리더라는 게 마음에 들지 않으면 아무도 끌어들이지 않는 형태로 정정당당하게 주장해라. 그 주장이 옳다면 난 망설임 없이 네 편이 될 테니."

"카츠라기……너……."

"여기서 류엔의 전략에 걸려들어 퇴학당하면 넌 아무것도 이루지 못하고 끝나는 거야. 토키토 히로야라는 학생의 존재를, 앞으로 류엔이 떠올릴 일도 없이 끝난다는 뜻이라고."

"하, 하지만 직전까지는 나와 뜻이 같은 네 표가──."

토키토를 여기까지 밀어붙이게 만든, 보이지 않는 원군.

그건 마음 기댈 곳이기도 했다.

"그런 건 애초부터 존재하지 않았어. 그냥 환상이야."

"환상이라니……?"

"정확하게 표현하자면 투표를 계속하면서 점점 도태되

었다고 할까. 야지마를 지목한 이후에도 계속 남아 있던 찬성 다섯 표. 그 표의 주인은 토키토 너랑……."

카츠라기는 천천히 시선을 돌리며 손가락으로 가리켰다.

"시이나, 야마다, 그리고 나랑……류엔까지 네 명이지."

그 대답을 들은 토키토 그리고 반 아이들 모두는 이해가 따라가지 않았다.

"……무슨, 말을 하는 거야……. 류엔도 찬성에 투표했다니……?"

"찬성이 다섯 표가 된 시점에서 남은 익명 투표는 한 명뿐. 하지만 그것도 네가 나서면서 전부 드러나게 되었지."

"그럼 이 인터벌 동안 류엔은 속으로 나를 비웃었다는 건가…… 한심하네."

"그건 아니야. 물론 찬성자를 부추기는 목적은 있었겠지만, 그건 네가 나선 시점에서 결정됐던 거야. 일부러 승부를 걸지 않고 입 다물고 투표로 가져갔을 수도 있었어. 그랬다면 자연스럽게 찬성 쪽으로 만장일치가 되었을 거고, 그다음 투표 때 너를 퇴학으로 내몰면 끝이었겠지."

"그러니까 나를 모욕하려고 말장난한 거 아냐!"

"그렇지 않아. 네가 퇴학당하지 않게 기회를 준 거야."

"뭐――엇……?!"

"하지만 넌 그 기회를 알아차리지 못하고 돌진하려고만 했지. 에두르긴 했어도 류엔이 너한테 기회를 주고 있었다는 건 생각지도 못했겠지만 말이야."

"나, 나는······!"

"하지만 아무리 설득해도 들으려고 하지 않는다면 거기까지. 시간을 좀 빼앗기게 되겠지만 토키토에게 마지막 기회를 줄 수 없을까? 모두를 찬성 쪽으로 보내기 전에 딱 한 번만 더 반대로 모아봤으면 좋겠어."

"기회를 한 번 더 주라고? 난 그렇게 쉬운 사람이 아닌데?"

"너한테도 잘못은 있어. 너무 심하게 도발하는 바람에 구원의 줄을 못 보게 된 거니까. 전모가 드러난 지금에야 겨우 토키토에게 줄 수 있게 됐어."

"그렇게 했는데도 안 들으면 퇴학에 이의 없는 거겠지?"

"그래, 이의 없어. 마음대로 해."

카츠라기가 눈을 감고 팔짱을 꼈다. 이제 토키토는 자신의 선택에 운명이 달리게 되었다.

자신이 찬성에 투표하면 100% 퇴학.

반대에 투표하면 만장일치가 되고 퇴학을 면할 수 있다.

하지만 반대에 투표한다는 것은 어떤 형태가 됐든 류엔에게 굴복한다는 뜻.

토키토의 자존심이 철저히 뭉개지는 일이었다.

"그럼 60초간의 투표 시간에 들어가겠다."

사카가미의 말과 함께 카운트가 시작되었다.

토키토를 제외한 39명이 제한 시간 내에 투표를 마쳤는데도 카운트는 멈추지 않았다.

사카가미가 고개를 들어 토키토 쪽을 한 번 쳐다보았다.

"미리 말하는데 60초가 지나면 페널티 시간이 누적된다."

고개를 숙이고, 태블릿에 뜬 찬성과 반대 글자를 번갈아 가며 바라보는 토키토.

"젠장…… 제기랄!"

만반의 준비를 했다고 생각하고 피워 올린 반격의 봉화. 그런데 중간부터 어느새 자기 혼자만 남아 있었다.

지금까지 전부 류엔의 손바닥 위에서 놀아났을 뿐.

분함, 창피함, 한심함.

온갖 부정적 감정들이 토키토의 마음을 에워싸고 놓아 주지 않았다.

여기서 류엔에게 굴복할까 보냐, 하는 자존심이 슬그머니 고개를 내밀었다.

바로 떨쳐냈다. 아니, 아니면 의도적으로 찬성에 투표해서 시간을 버는 방법도 있다. 39명이 반대에 계속 투표하면 이 과제를 실패로 끝낼 수 있을지도 모른다.

자신이 퇴학당하는 게 아니라 특별시험을 실패로 끝내면——.

그런 생각이 떠오르자 토키토는 고개를 마구 가로저었다.

류엔에게 대항하기 위해 그런 짓을 해봐야 얻을 수 있는 건 아무것도 없다.

반 아이들에게 큰 피해를 남기면 류엔보다 더 거북한 사람만 될 뿐.

토키토는 그런 상황을 바라는 게 아니었다.

"젠장──!"

과장된 몸짓으로 팔을 들어 올린 토키토가 마침내 투표 버튼을 눌렀다.

"──전원 투표가 끝났다. 그럼 결과를 발표하지."

사카가미가 숨을 한 번 고른 후 태블릿을 만지자 모니터에 결과가 떴다.

제14회 투표 결과 : 찬성 0표, 반대 40표

"만장일치가 되었으니 과제 내용은 부결된 것으로 한다. 이렇게 해서 특별시험이 종료되었다."

퇴학자가 나올 가능성이 짙었던 류엔의 반은 전원 생존이 확정되었다.

"토키토, 너──."

이시자키가 뒤돌아보며, 고개 숙인 토키토에게 말을 걸었다.

"……착각하지 마라, 류엔, 난 네 방식을 인정한 게 아니야. 우리 반이 A반으로 올라갈 수 없는 방식이라고 판단되면 난 몇 번이고 너를 배제할 거니까."

"언제든 덤벼. 그때는 봐주지 않고 상대해줄게."

"쳇……."

이 자리에 계속 남아 있으려니 마음이 심란해진 토키토는 서둘러 교실을 빠져나갔다.

그 모습을 지켜본 후, 카츠라기가 류엔의 옆으로 걸어왔다.

"괜한 짓을 했군, 카츠라기. 난 퇴학자를 내는 것도 환영인데?"

"반은 그랬겠지. 하지만 나머지 반은 그렇게 되지 않을 가능성도 모색했잖아?"

"웃기고 있네, 내가 그렇게 안이한 사람 같냐?"

"안이한지 어떤지는 모르겠지만 만약 완전히 표를 컨트롤하는 게 목적이었으면 괜한 짓 할 것 없이, 충성하는 학생들을 자기 편으로 끌어들이는 게 중요했겠지. 그런데 넌 두 번째 투표가 끝난 후에 적당한 학생들에게 귓속말하면서 진짜로는 시이나에게 지시를 내렸지. 특정 학생한테만 귓속말하면 뭔가 전략을 짠다고 생각할 수 있으니까 말이야. 그리고 시이나를 통해, 의논을 거듭하는 과정에서 가짜로 찬성에 투표할 멤버를 모았어. 그 멤버에 내가 속해 있었고. 나를 포함한 이유는 내가 토키토를 지킬 거라고 예상했기 때문이지?"

"네가 토키토를 지켜? 어디서 나온 정보야, 그건."

"시이나는 나와 토키토가 너에 대해 의논하는 걸 들었어. 보고받아서 알고 있어도 이상하지 않은데."

"난 가짜 찬성표에 혹해서 찬성에 투표할 놈을 찾아 엄선했을 뿐이야. 물론 그놈을 퇴학시키고 반 포인트를 얻으려고. 아깝게 됐다니까."

류엔이 느지막이 교실을 떠난 후, 카츠라기는 자신들을 보고 있던 시선으로 고개를 돌렸다.

그리고 다정하게 웃고 있는 시이나를 보고 탄복했다.

"나를 끌어들인 게 시이나의 독단이었을 가능성도 있나……."

하지만 어찌 됐든 류엔이 토키토를 위한 구원의 줄을 마련했고 기회를 줬다는 사실은 달라지지 않는다. 퇴학자가 나오지 않았음에 안도하는 학생들을 보며 카츠라기는 확신했다.

이 반이야말로 사카야나기를 무너뜨리고 A반이 될 수 있는 잠재력이 있다고.

그리고 이 반과 함께 그 길을 걸어가길 바라는 자신의 마음을.

○사카야나기 아리스의 선택

특별시험이 시작된 지 1시간 남짓. 사카야나기가 이끄는 A반은 몇 차례 투표와 휴식을 거듭하면서 순조롭게 과제를 해나갔다. 그리고 다다른 최종 과제.

과제⑤
반 아이 중 한 명이 퇴학당하는 대신 반 포인트 100점 받기 (찬성으로 만장일치가 되었을 경우, 퇴학당할 학생 선정 및 투표를 진행한다)

퇴학이라는 키워드에 놀라면서도 규칙에 따라 조용히 첫 투표를 치렀다.

예기치 못한 사고를 방지하고자, 호리키타가 그랬듯 사카야나기도 측근 멤버 네 명에게 표가 반드시 분산되도록 미리 지시를 내렸었다.

선택지가 두 개이기 때문에 찬성 두 표와 반대 두 표가 확정된 가운데 치러진 투표 결과는······.

제1회 투표 결과 : 찬성 2표, 반대 36표

이러한 결과로 끝났다.

컨트롤되었던 찬성 두 표를 제외하면 모든 학생이 반대를 표명한 결과였다.

"뭐, 이렇게 되겠지. 이제 어떻게 할 거야, 공주님? 다음 투표 때는 모두 반대에 투표하면 되나?"

선택지 1에 투표하는 역할이었던, 요컨대 찬성에 투표했을 하시모토가 인터벌에 들어간 직후 확인을 구했다.

"하시모토 군은 어떻게 생각해요?"

질문에 대해 오히려 대답을 요구할 줄 몰랐던 하시모토는 살짝 놀라면서도 머릿속으로 다시금 이 과제를 분석해 보았다.

"논스톱으로 결론을 내자면, 나는 반대야. 다만 냉정하게 생각했을 때 반 포인트 100점은 의외로 무시하기 힘들지."

"그러니까 반 아이를 퇴학시켜서라도 100포인트를 따야 한다는 건가요?"

"아니…… 그렇게까지 말하지는 않았어. 그저 경시해도 되나 하는 의문이 있달까."

"지금이 학교생활의 막바지에 하는 경쟁이면 저도 어쩔 수 없이 반 아이를 버리는 쪽으로 방침을 세웠겠지요. 하지만 우리 반은 현재 독주하고 있어요. 여기서 반 포인트 100점을 따기 위해 한 명을 퇴학시키는 선택을 하는 것이야말로 난센스라고 할 수 있지요."

"물론이지. 다만 앞으로 그 100포인트 때문에 눈물 빼는 건 사양하고 싶거든?"

"인원이 줄어드는 것도 마찬가지로 불리하답니다. 단순하게 생각해봐도 매달 받을 수 있는 프라이빗 포인트의 총량이 줄어들고, 반의 사기 저하와 불신감도 싹틀 거예요. 흥미로운 방법인데, 일부러 퇴학자를 만든 다음 2,000만 프라이빗 포인트를 긁어모아 구제. 희생자를 내지 않고 반 포인트를 얻을 수도 있습니다만, 코앞까지 다가온 체육대회와 문화제에도 자산이 영향을 줄 수 있으니까요. 100포인트의 차이가 난다지만 보이지 않는 요소를 더한다면 이 과제는 어디로 움직이든 손익 차이가 그리 크지 않다고 생각해요. 아니면 혹시 우리 반에서 자진해서 퇴학당해주실 분이 있나요?"

그렇게 말한 사카야나기는 반 전체를 한 번 둘러보았다.

사카야나기의 말대로 독주 상태에 있는 A반인 만큼, 자신이 퇴학당해도 좋다고 나서는 학생은 당연히 없었다.

"삼파전을 벌이는 중인 다른 반들은 고민에 고민을 거듭하고 있겠지요. 그리고 어렵게 퇴학자를 선정한다고 한들, 반이 꼭 올라간다는 보장은 없어요. 자기 편을 잃는다는 건 그렇게 단순한 일이 아니랍니다."

그 한마디에 A반의 방침이 결정되었다.

설령 A반이 퇴학자를 만드는 선택을 한다 해도 어이없게 만장일치로 그렇게 될 것이었다.

그리고 십중팔구, 사카야나기가 선택한 학생이 퇴학당하리라.

"지금은 없는 카츠라기 군과 토츠카 군, 그리고 지금 우리 반 학생들은 달라요. 저를 위해 움직여 주실 저의 사람을 버리는 짓은 하지 않습니다."

그건 사카야나기의 거짓말이었다.

만에 하나라도 A반이 궁지에 내몰리게 된다면 사카야나기는 주저 없이 퇴학자를 만드는 선택을 할 것이다. 하지만 위기 상황이 아닌데 괜히 퇴학자를 골랐다가는 불신감이 생길 수 있다. 지금은 그런 상황에 빠지면 잃는 것이 더 많다고 판단했을 뿐.

제2회 투표 결과 : 찬성 0표, 반대 38표

류엔의 반, 이치노세의 반이 고민하고 또 고민해서 겨우 이루어낸 반대 만장일치.

그것을 첫 인터벌, 그것도 반 이상이나 시간을 남기고 아이들의 투표 방향을 확실하게 잡았다.

"이상으로 만장일치 특별시험의 모든 과제가 종료되었다. 특별시험을 끝낸 시간은 우리 반이 가장 빨라. 다른 반은 아직 특별시험 중이니 선생님의 지시에 따라 퇴실하도록. 나머지 시간은 예정대로 기숙사에서 자습이다."

기숙사 밖으로 나가는 것은 허락되지 않지만, 실질적으로 남은 시간은 자유였다.

○호리키타 스즈네의 선택

"그럼 투표 결과를 발표한다."

제10회 투표 결과 : 찬성 1표, 반대 38표

이제는 질리는 광경의 무한 반복이었다.

누군지 나타나라고 호소해도 달라지지 않았다. 계속 의논해도 달라지지 않았다.

찬성표는 늘어나지도 않거니와 줄어들지도 않았다.

사실은 공정한 투표를 치르는 중이 아니라 그저 계속 같은 화면만 뜨는 것이 아닌가 하는 의심까지 솔솔 들기 시작하는 결과였다.

"만장일치가 되지 못했기 때문에 지금부터 인터벌에 들어간다."

정해진 말을 똑같이 읊는 차바시라에게서도 피곤한 기색이 역력했다.

과거를 털어놓은 지금, 그녀가 할 수 있는 일은 교사로서 이 과제의 결말을 지켜보는 것뿐.

"어째서야……. 찬성에 투표하는 녀석이 정말로 실존하긴 해?"

케세이가 그런 의문을 드러내는 것도 무리가 아니다.

이제는 이야기해보려 해도 이미 웬만한 형태로는 다 의논했다.

호리키타와 요스케가 지금까지 도대체 몇 번을 설득했던가.

"반대에 투표한 사람…… 부탁인데 손 좀 들어줄 수 있을까?"

찬성에 투표한 사람을 아무리 불러도 소용없다면, 하고 요스케가 반대에 투표한 학생에게 손을 들어달라고 요청했다.

의미 없는 역 패턴의 제안을 해서라도 돌파구를 찾으려고 애쓰는 자세를 유지했다.

위로 올라가는 왼손 또는 오른손. 물론 나도 손을 들었다.

이렇게 보니, 요스케를 포함한 38명이 주저 없이 반대에 투표했다는 것을 알 수 있었다.

유일하게 손을 들지 않은 사람은 코엔지였는데…….

"손은 안 들지만 난 반대에 투표했으니 걱정은 내려놔."

불안한 눈빛을 보내는 요스케에게 코엔지가 그렇게 말했다.

"믿어도 되냐? 코엔지. 사실은 찬성에 투표한 거……."

"벌써 몇 번째지, 그 설전? 너도 참 끈질기네."

하지만 스도도 코엔지를 찔러보는 것 말고는 달리 할 수 있는 방법이 없었다. 반에서 계속 거짓말 중인 사람이 있다는 믿기 어려운 상황이 이어지고 있으니 무리도 아니었다.

당당하게 반대에 투표하고 있다며 손을 들고서, 사실은 찬성에 투표하는 학생이 있다.

"방금 손을 든 사람 중에 거짓말하는 사람이 있다고 생각하고 싶진 않아. 그래도 지금부터 내가 다시 한번, 이번에는 한 명 한 명의 눈을 보면서 직접 물어볼 거야. 만약 찬성에 투표 중인 사람이 있다면 솔직하게 가르쳐…… 아니, 다음 투표 때는 반대에 표를 던져줬으면 좋겠어."

계속해서 애쓰는 10분간. 수고와 노력을 아끼지 않고 한 명씩 직접 상대해나가는 호리키타.

다른 학생들과 똑같이 피곤할 테지만 그렇게 말할 때도 아니겠지.

하루카도, 아이리도, 케세이도 아키토도. 이케도 스도도, 미짱도 마츠시타도. 쿠시다도 오노데라도 오키야도 모리도, 모든 학생이 호리키타의 눈을 똑바로 바라보며 대답했다.

나는 반대에 투표하고 있노라고.

이윽고 교실 입구 마지막 줄, 제일 뒷자리에 앉은 나에게 다가온 호리키타.

그 눈은 초조와 불안이 섞여 있으면서도 아직 열기를 띠고 있었다.

"넌 어때, 아야노코지."

"물론 반대에 투표하고 있지."

"……그렇구나."

이렇게 해서 한 사람 한 사람에게 하는 심문에 가까운 질문도 끝났다.

반 아이들 전원이 반대에 투표했다는 보고에 변화는 없었다.

이제는 마음에 남아 있는 양심의 가책에 호소하며 반대에 투표하도록 만드는 수밖에 없는데······.

"곧 10분이다. 자리로 돌아가, 호리키타. 투표를 시작한다."

이 방법 저 방법 다 쓰고 다시 찾아온 투표 시간. 그 답은.

제11회 투표 결과 : 찬성 1표, 반대 38표

결과는 하나도 바뀌지 않았다. 더는 할 말도 없으리라.

똑같고, 똑같고, 똑같고, 똑같은 결과만 표시되었다.

"아아, 진짜! 돌아버리겠네! 영문을 모르겠다, 정말!"

머리카락을 마구 헝클어트리면서 스도가 팔꿈치로 책상을 거칠게 쳤다.

"저기, 정말 어떻게 해? 남은 시간도 이제 별로 없는데?"

지금까지는, 끈질기게 구는 찬성자도 언젠가는 마음을 꺾어 줄 거라고 믿어왔던 학생들.

시한 마감을 선택할 리 없다고, 호리키타까지 포함해 모두 그렇게 생각했을 것이다.

100%, 거의, 분명, 필시, 아마도 찬성에 투표하던 아이

는 시한이 끝나는 게 두려워 결국 반대에 투표하리라고.

그래서 아슬아슬하게 반대로 만장일치가 되어 특별시험을 클리어.

다음 체육대회와 문화제 준비에 들어가는, 그런 그림을 그렸을 게 틀림없다.

하지만——

찬성표는 움직이지 않았다.

앞으로 10분, 30분, 1시간을 더 기다려도 그 답은 바뀌지 않겠지.

우리를 기다리고 있는 것은 『시한 마감』이라는 최악의 루트뿐.

다음 투표까지 남은 시간은 9분. 이제 이 9분은 단순한 9분이 아니다.

9분이 다 지나면 데드라인인 2시간이 끝나게 된다.

지금까지 3시간 동안, 호리키타는 마지막 과제를 잘 진행해왔다.

호리키타의 전략이 안일했던 게 아니다. 설령 내가 전력을 다해 '반대'로 만장일치를 노렸어도 『불가능』했을 것이다.

그건 왜인가? 그 근본적인 이유는 무엇인가?

설득이나 교섭, 할 수 있는 모든 행동에 의미가 없기 때문이다.

이 찬성자는 무조건 반대의 만장일치를 피하는 전술을

쓰고 있다.

무엇보다도 두려운 부분은 이 찬성자는 시한 마감이 가장 큰 마이너스가 된다고 생각하지 않는다는 것이다.

보통 그런 생각은 이 특별시험에서 말도 안 되는 일.

이 과제를 객관적으로 봤을 때, 세 가지 선택 중 우선순위는 고정적으로 정해져 있다.

반대 ≧ 찬성 > 시한 마감

이것은 네 반의 모든 학생에게 똑같이 적용되는 절대적 부등호다.

이 우선순위가 굳어져 있기에 특별시험이 성립한다는 것이 대전제로 깔려 있는데.

그러나── 유일하게, 단 한 사람만 부등호가 다른 학생이 있다면 어떨까.

찬성 > 시한 마감 > 반대

이렇게 엇나간 우선순위를 매겨버리면 이 과제는 성립할 수 없다.

그렇기에 학교 측이 철저하게 감독하고 규칙상으로 다른 반의 개입을 막는 것이다. 시한 마감으로 유도하면 자기 반에 넣어주겠다거나 대량의 프라이빗 포인트를 양도

하겠다고, 사카야나기나 류엔 같은 인물과 계약을 맺지 못하게 막으려고.

그런데 그것이 통하지 않는 학생이 섞여버리면서 특별시험이 문란해졌다.

계속 외고집으로 관철해 봐야 기다리고 있는 것은 시한마감뿐.

그럼 어떻게 해야 할까.

남은 두 시간 동안 내가 해야 할 일은 단 하나.

찬성으로 만장일치

그것이 가장 나은 답. 이것 이외에는 길을 열 방도가 없다.

이미 호리키타도 생각하고 있겠지.

하지만 주저하고 있다.

반 친구를 버리는 선택은 쉽게 할 수 없다.

한 명을 골라 퇴학시키는 것은 반대 만장일치를 만드는 것 이상으로 아주 험난한 여정이다.

한 발짝 내디뎌버리면 되돌아갈 수도 없다.

역시 퇴학자를 만들 수 없으니 반대로 돌아갈게요, 하는 말은 허락되지 않는다.

그런데도 나는 투표 시간이 되어도 계획을 실행시키길 주저했다.

왜일까. 이상적인 루트에서 벗어났고, 이미 계획 수행을 위한 필수 소요 시간도 임박해 있는데.

괜히 시간을 낭비하면 찬성의 만장일치, 그 후의 퇴학자 선정에도 지장을 미친다.

하지만 그렇더라도, 귀중한 시간을 할애해서라도 딱 한 번만 더 반대의 만장일치를 시도해보고 싶다.

이제껏 느껴보지 못했던 불합리한 감정이 내 머리를 채우고 있었다.

너라면 이럴 때 어떤 결단을 내렸을까? 마음속으로 호리키타 마나부에게 물었다.

대답 따위 돌아올 리도 없지만, 나는 계획을 수정하기로 했다. 전략의 출구를 변경하지 않고 마지막 기회에 걸었다.

"그럼 결과를……."

집계를 마친 차바시라가 순간 말을 멈췄다.

"……결과를 발표할게."

제12회 투표 결과 : 찬성 2표, 반대 37표

"거, 거짓말이지? 어째서?! 찬성이 왜 늘어난 거야?!"

지금까지 일관적이었던 반대 38명에서, 긴 시간을 거쳐 한 명이 찬성으로 움직였다.

단결되어 있던 반대파에 균열이 생긴 건 충분히 충격적이었으리라.

"악몽 꾸는 기분이야……."

이 한 표의 주인은 다른 사람이 아니라 바로 나다.

고작 한 표가 움직인 그런 의미가 아니다. 코엔지를 제외하고 단단히 결속되어 있던 37명 중 누군가가 찬성으로 움직인 강렬한 한 표다.

이제 그런 생각을 손톱만큼도 하지 않던 호리키타도 다시 생각 모드에 들어갔다.

찬성표를 0으로 만드는 게 불가능하다면 어떻게 해야 할까.

이 표가 시한 마감을 피하고자 넘어간 표라는 것을 호리키타는 바로 이해했다.

이 마지막 과제가 어느 쪽으로 만장일치가 되든, 그보다 더 최악인 선택지.

그것은 바로 시한 마감이다. 퇴학자가 나오지 않아도, 반 포인트는 마이너스 300. 다른 반이 전부 클리어했다고 가정하면 그 차이는 350. 또 마지막 과제를 찬성 쪽 만장일치로 통과한 반이 있다면 최대 450포인트까지 벌어진다.

이 정도로 큰 차이가 생기면 앞으로 학교생활이 1년 이상 남았다고 해도 따라잡는다는 보장이 없다. 아니, 절망적이라고 해도 좋겠지.

'퇴학은 면했지만, A반도 포기했다'는 웃을 일이 아니다.

그리고 한번 이런 생각이 퍼지면 반대에 계속 투표하는 의미에 의문이 생기는 것을 피할 수 없다. 요지부동인 찬성표보다 단결할 수 있는 반대표를 움직이는 편이 쉽지 않을까 하는 생각이 드는 것이다.

다음에 누가 퇴학당하는가 하는 최대 난관이 기다리고 있다 해도, 경직된 현재 상황에서 반걸음 앞으로 나아갈 수는 있다.

"야, 그냥 찬성에 투표하는 수밖에 없지 않나?"

"무슨 소리야. 그럼 누군가가 퇴학당하게 되는데?"

"그래도…… 시한이 지나면 모두 끝장나잖아?"

서서히 일어나는 찬성표로의 침식.

움직이기 시작할 필두 후보는 『나는 퇴학당할 일 없다』라고 자부하는 학생들이다.

반대로 반대에 계속 투표하려는 학생은 『내가 퇴학당할지도 몰라』라고 생각한다는 경향이 있다고 봐도 되겠지.

점점 늘어나는 찬성표.

하지만 찬성에 투표했다고 공개하는 학생은 한 명도 없으리라.

당연하다. 찬성으로 바꿨다는 사실이 알려지면 퇴학 대상이 될지도 모르니까.

찬성 쪽으로 만장일치가 되어야 비로소 대등하게 다음 퇴학자 선정으로 넘어갈 수 있다.

제13회 투표 결과 : 찬성 5표, 반대 34표

세 표가 찬성으로 넘어갔다.

누가 찬성에 투표한 거야, 하는 목소리는 아직 강하게 남아 있었지만, 그것도 여기까지.

제14회 : 찬성 12표, 반대 27표

확실하게 늘어나는 찬성표의 흐름은 멈출 줄 몰랐고, 점점 숫자가 커졌다.

그리고 마침내, 찬성표가 처음으로 두 자릿수가 되었고 3분의 1 가까이 늘어났다.

다음 투표 때는 찬성표가 더 늘어나겠지.

여기까지 오자, 이제 남은 시간은 한 시간 반 정도.

"자, 잠깐만 기다려줘. 여기서 찬성으로 기울어도 괜찮다고 생각하면 안 돼!"

위기 상황을 참지 못한 요스케가 찬성에 투표한 학생들에게 제동을 걸었다.

"시한 마감을 피해야 한다는 건 나도 잘 알아. 하지만 찬성 쪽으로 만장일치 한다고 해결되는 것도 아니잖아?"

"맞아……. 그다음에는 개인을 대상으로 한 39개의 선택지를 가지고 만장일치 시켜야 해. 그건 '반대'로 만장일치를 만들기보다 훨씬 어려워. 남은 시간은 1시간 반밖에 없어. 그걸 모르는 거야?"

이 과제를 찬성으로 완결 지으려면 퇴학자를 선정해야

한다.

"아직 늦지 않았어. 반대에 투표해야 한다고 나는 생각해."

"같은 의견이야. 휩쓸리면 안 돼."

마음이 계속 흔들리는 반 아이들.

찬성이 옳다, 반대가 옳다, 이런 정상적인 판단은 이제 불가능한 시점이리라.

"무엇보다도 찬성에 투표하면 안 된다는 건 너희들도 잘 알 거야. 열두 명이나 찬성에 투표했지만, 어느 한 사람도 자신을 드러내려고 하지 않잖아. 그렇지?"

앞으로 투표를 반복해서 찬성이 늘어난다고 해도, 크게 개입해 강제력을 휘두르지 않는 한 이상적인 만장일치는 이룰 수 없다. 원래라면 다음 투표에서 만장일치를 만들 계획이었던 나는 예비 시간을 앞당겨 지금 쓰기로 했다.

"──내가 의견을 내도 될까?"

"어······?"

호리키타의 예상에 없었던 일인지 내 말에 다소 당황했다.

"호리키타. 난 방금 14번째 투표에서 찬성에 표를 던졌어."

이건 거짓말이다. 나는 열두 번째부터 이미 찬성에 투표하고 있었다.

하지만 그걸 증명할 수 있는 사람은 아무도 없다.

"아야노코지, 네가 왜······."

"왜가 아니라, 이대로 반대만 고집하면 시한만 지나. 그럼 찬성으로 가는 것 말고 방법이 없잖아. 이미 다들 알고 있을 거야."

찬성이 늘어나게 하려면 이 역할을 누군가 맡아야만 한다.

옆에서 사토가 불안한 듯 내 얼굴을 응시했다.

아니, 사토뿐만이 아니다. 이 상황을 우려하는 사람들은 누구나 마찬가지일 것이다.

"근본적인 해결은 되지 못해. 결국 누굴 퇴학시키느냐 하는 문제로 갈등이 생길 거야."

"그렇지. 하지만 적어도 경직된 이 상황에서 벗어날 수는 있어. 지금 같은 상황에서 계속 찬성에 투표한 사람을 밝혀낸다고 해도 그는 반대에 투표하지 않을걸. 그러니까 결국 반대 만장일치는 불가능하겠지. 하지만 지금이라면 찬성 쪽 만장일치는 가능해. 그리고 유일한 이반자(離反者)를 나머지 38명이 심판할 수 있어. 강제이긴 하지만 만장일치를 만들 수 있다는 얘기야."

나와 호리키타는 동시에 같은 인물을 떠올리고 있었다.

물론 그 사람이라는 보장은 어디에도 없지만, 호리키타는 내 말뜻을 이해했겠지.

"그건——."

"심판? 그냥 찬성에 투표하는 것뿐인 학생을 심판할 권리가 우리한테 있을까?"

심판이라는 단어에 요스케가 반론했다.

"있어. 이대로 만장일치를 못 만들면 A반으로 올라갈 수 없어. 그걸 알면서도 계속 찬성에 투표하는 사람한테 죄가 없다고는 아무도 생각하지 않잖아."

"하, 하지만, 하지만…… 시한이 좀 더 가까워지면, 분명 반대로——."

"좀 더? 투표 기회는 이제 손에 꼽힐 정도밖에 안 남았어. 그 조그만 가능성에 반 아이들 모두를 휘말리게 하자고? 횟수가 줄어들면 줄어들수록 찬성으로 달아나는 길마저 잃어. 그건 만장일치의 싹을 완전히 뽑아버리는 짓이야."

굳이 말로 하지 않아도 요스케와 아이들 모두 잘 알고 있다. 알면서도 많은 학생이 한 걸음 앞으로 나오지 못하는 것은 찬성 쪽에 최대 장애물이 있기 때문이다.

"물론 찬성에 투표하길 주저하는 학생이 많겠지. 그러니까 찬성에 계속 투표하던 학생을 특정해서 그 사람만 퇴학 대상으로 삼는 방향으로 갔으면 해. 즉, 지금 반대에 투표하는 학생들의 안전을 보장하자는 거지."

누구보다 가까운 위치에서 내 이야기를 듣던 사토가 살짝 손을 들었다.

"그럼 좋지만…… 찬성에 계속 투표하는 사람이 누군지 모르는 이상 의미가 없잖아. 결국 시한이 임박해지면 그때는 되는 대로 퇴학 후보를 정할 수밖에 없고…… 그게 무서워."

"퇴학자를 좁힐 수 없으면 그때 가서 시한 마감 쪽을 선택하는 방법도 있어. 지금 일단 피해야 하는 건 클리어할 가능성이 있는데도 여기서 계속 정체되어 그 방법조차 쓰지 못하는 거야."

망설이는 학생의 등을 밀어주기 위해서, 결단에 도움이 위한 재료를 좀 더 던졌다.

"호리키타도 살짝 얘기했지만, 찬성에 투표하고 있는 사람이 누군지 나도 대충 짐작이 가."

"그럼 지금 말하면 되잖아. 그런데 호리키타는 이름을 밝히려고 하지 않아. 실은 확신이 없어서 그런 거 아니야? 뺑이랄까, 그렇게 협박하면 반대에 투표하리라 생각한 거지?"

미야모토의 추리는 틀렸지만, 그런 생각이 드는 것도 과연 무리는 아니다.

"만약 정말로 짚이는 사람이 있으면 다 함께 설득하자고."

"그게 불가능하니까 지금 이러고 있는 거지. 그 인물의 이름을 공개하면 찬성 한 표는 절대로 움직이지 않을 거야. 오히려 오기 부려서라도 끝까지 버틸걸. 그건 피하고 싶어."

이는 찬성 쪽으로 유도하는 것이기도 하면서 내가 정말 마지막으로 베푸는 자비이기도 했다.

이 정도까지 들으면 그 투표자도 내가 자신을 지목하고 있음을 분명히 자각할 테니까.

정체 폭로가 두렵다면 다음 투표에서 그 한 사람도 '반대'로 올지 모른다.

"마음을 정해, 호리키타. 상대는 너를 잡으려고 수작 부리고 있는 거야. 잡을지 잡힐지 싸우는 것 이외에 다른 길은 없어."

입을 꾹 다문 호리키타를 내버려 두고, 나는 또 한 사람을 쳐다보았다.

"그리고 요스케. 반에서 퇴학자가 나오지 않길 바라는 네 마음은 잘 알아. 하지만 퇴학자를 내고 싶지 않았으면 시한이 가까워지기 전에 결과를 냈어야 해. 무슨 말인지 알지?"

이 특별시험이 시작되기 전날, 내가 요스케에게 입이 닳도록 충고했던 거다.

열심히 노력하고 있다는 건 옆에서 봐도 잘 알 수 있었다.

계속 저항하고 싶은 마음도 모르는 바는 아니다.

"하지만 난——."

"다음 투표는 운명의 갈림길이 될 거야."

"……나는……."

고통스러운 결단이겠지만, 그래도 요스케는 예전과 다르다.

무인도 시험과 작년 반내 투표에서 정체되었을 때 이후로 많이 성장했다.

"그래, 그렇구나. 그래…… 내 생각만으로 반을 곤란하게 만들면 안 되지……."

고개를 푹 숙이면서도 자기 의지로 움직일 것을 결의했다.

"난 찬성에 투표하겠어. 그리고 아야노코지가 말했듯이

지금까지 쭉 찬성에 투표했던 그 사람을 퇴학시키는 방향으로 가야 한다고 생각해."

반의 중핵인 요스케의 결단은 상황을 더욱 크게 변화시킬 것이다.

"이제 호리키타, 너만 결정하면 돼. 시한 마감을 피하려면 각오를 굳혀."

다음 투표 시작까지 남은 시간이 거의 없다.

"부탁이야. 딱 한 번만, 딱 한 번만 더 '반대'로 만장일치를 만들 기회를 줘. 만약 다음 투표 때도 반대로 만장일치가 되지 않는다면…… 나도 마음을 정할게."

이제 다음은 없다. 그런 상황을 조성하는 데 성공했다.

반대 만장일치를 건 진짜 마지막 투표가 시작된다.

모두가 시간을 들이지 않고 몇 초 만에 투표를 완료했다.

하지만 삶은 때때로 이상과 현실 사이에 큰 괴리가 생기는 법.

제15회 투표 결과 : 찬성 1표, 반대 38표

"젠장! 역시 안 되네!"

찬성으로 움직이기 시작하던 표를 강제로, 일부러 다시 한번 반대로 오게 하는 위험한 방식.

시한이 계속 가까워지는 가운데, 만장일치가 될 수 있던 마지막 전략조차 불발로 그쳤다.

하지만 이제 모두 이해했겠지.

찬성에 계속 투표하는 이 학생은 시한 마감까지 각오하고 있다는 사실을.

"호리키타, 요스케. 이제 됐지?"

두 사람에게 결심을 굳혔는지 확인을 구해, 분명한 승낙을 받아내는 데 성공했다.

어쨌든 퇴학자를 만드는 싸움에 필요한 준비를 마쳤다.

호리키타, 요스케라는 주요 인물 두 사람의 의향이 분명해졌으니 다수의 표가 찬성 쪽으로 움직이겠지. 그래도 자기가 퇴학당할지도 모른다며 불안해하는 학생은 찬성에 투표하길 주저하리라는 것도 쉽게 상상이 간다.

그러니 반대에 투표할 생각인 사람도 각오를 굳힐 수 있게 만들어야 한다.

"만약 다음 투표 때 반대에 표가 남는다면 그 이유를 분명히 말해야 할 거야. 한 번 투표하는 데 들어가는 10분이 얼마나 타격이 큰지는 이미 잘 알겠지."

남은 시간에 여유가 있다면 아직 불만을 토로하는 학생이 있어도 이상하지 않다.

하지만 이제 조금 더 있으면 한 시간만 남는 만큼 퇴로는 완전히 닫혔다.

결단력 없는 학생들에게 반쯤은 강제로 결심을 굳히게 만드는 우격다짐 작업이다.

"이렇게 된 이상…… 누가 퇴학당할지 정하는 수밖에 없어."

"진짜로 할 거냐?"

"나도 반 친구를 잃고 싶지 않아. 하지만 여기서 누군가가 퇴학당하지 않으면 우리 반은 막대한 타격을 받게 돼. 그것만은 절대 피해야지."

지금까지의 반 포인트 추이를 보면 여기서 300에 가까운 반 포인트를 잃는 것이 얼마나 뼈아픈지 실감할 수 있다.

인터벌은 무조건 10분씩 들어간다.

반대표로 달아나고 싶은 충동을 자기 의지로 억눌러야 한다.

제16회 투표 결과 : 찬성 39표, 반대 0표

이렇게 해서 만장일치가 되었다. 그 결과와 함께 모두의 공포와 불안이 공기를 통해 전해졌다.

"찬성으로 만장일치라……."

차바시라는 모든 것을 각오했다는 듯 중얼거리며 진행을 이어나갔다.

이 선택을 한 시점에서, 남은 길은 퇴학자를 만들거나 시한 마감 둘 중 하나뿐.

물론 후자는 우리 반이 졸업할 때까지 계속 패배할 것임을 의미한다고 해도 좋다.

고로, 1시간 안에 39명 중 한 명의 퇴학자가 나올 거라는 뜻이다.

  물론 나는 퇴학당할 인물을 이미 정해놓았다.

  "개인 특정은 딱 한 번 인정받아 입후보하거나, 태블릿에 표시된 학생의 이름을 골라 추천하는 방식으로 하면 된다. 단, 입후보자가 없거나 인터벌 종료 시에 추천이 절반을 넘지 않으면 미리 설명한 대로 랜덤 선출해 투표를 진행한다."

  마침내 시작된 퇴학자 선정이라는 전개에 당연히 나와 호리키타를 주목하는 학생들이 많았다.

  빨리 이름을 말해, 그런 압박이 잇달아 날아왔다.

  지금까지와는 비교도 되지 않을 만큼 중요하고 귀중한 인터벌.

  똑같은 10분이지만, 누구를 추천할지 고르는 작업이 추가로 요구된다.

  "찬성 쪽 만장일치가 결정되었으니까…… 적어도, 이 한 번의 인터벌 때 그 사람이 스스로 고백할 때까지 기다려보고 싶어. 사정과 상황에 따라서는 시한 마감 쪽을 선택해 그 사람을 구할 수도 있어."

  물론 그렇게 제안해도 비판을 억제하지는 못하리라.

  반 포인트를 잃는 선택을 용인할 리 없으니까.

  그래도 호리키타는 그때부터 침묵으로 일관하며 불만을 한 귀로 흘리고 참아냈다.

나도 타이밍을 계산해야 했기 때문에 같이 입을 다물었다.

우리에게 쏟아내는 불만, 서로에 대한 견제 등 어둡고 힘든 시간이 흘러갔다.

특정 퇴학자를 뽑기란 당연히 불가능했고, 그렇게 인터벌 시간이 끝났다.

모니터에 뜬 자기 이름을 보면 심장이 꽉 조이는 듯한 느낌이 들겠지. 특히 첫 투표 때는 분위기에 휩쓸리는 만장일치도 있을 수 있다.

"선생님, 입후보도 가능하다고 말씀하셨죠?"

"물론이지."

"그럼 저에 대한 투표를 부탁드립니다."

그렇게 말한 요스케가 인터벌이 끝나기 직전 특정 학생으로 나섰다.

『히라타 요스케』를 퇴학시키기

선택지 : 찬성, 반대

이 투표는 조금 전까지 한 것과 무게가 전혀 다르다.

찬성에 투표하는 학생이 있다는 것은 곧 요스케가 사라져도 상관없다, 사라져줬으면 좋겠다는 의사를 직접 드러내는 일이기 때문이다.

제17회 투표 결과 : 찬성 6표, 반대 32표

학생들이 숨을 삼키는 소리, 숨을 토하는 소리까지 들리는 듯한 정적.

반대가 다수여서 안도하는 마음 그리고 찬성에 투표한 익명의 여섯 명이 있다는 사실은 앞으로 당분간 아이들의 머릿속을 어지럽히겠지. 다만 요스케에 한해서 말하자면 힘든 첫 고비를 자기가 입후보함으로써 무사히 넘었다는 것에 강한 안도를 느끼고 있을지도 모른다.

"어쩌냐…… 진짜로 이제부터 누구 한 명을 퇴학시켜야 하냐고……."

"이제 시간도 없어, 둘 다 말해주라. 계속 찬성에 투표한 애가 누구야?"

더는 못 기다리겠다는 듯이 케세이가 대답을 요구했다.

"물론 내가 짐작하는 학생의 이름은 말할 수 있어. 하지만 일은 그렇게 단순하지 않다고 생각해."

"단순하지 않다니? 이제 우리한테는 선택의 여지가 없어. 누군가를 퇴학시키기로 했으니까 1초라도 빨리 정체를 공개해야 한다고."

찬성을 선택한 것을 후회하며 불안해하는 학생이 아직 많다.

조금 전 10분을 그냥 버린 것도 정신적으로 힘들겠지.

그렇기에 찬성에 투표했음이 틀리지 않았다고 생각할

재료를 구하고 있었다.

"다음 투표, 이대로 시간이 지나면 누군가가 랜덤으로 선택된다며……?"

스도가 안절부절못하는 것도 무리는 아니다. 그 요스케조차 찬성이 여섯 표였으니.

"걱정하지 마, 켄. 내가 반대에 투표할 거니까…… 그, 그러니까 너도 꼭 나를 지켜야 해?"

"당연하지, 칸지. 그, 그래. 서로 지켜주면 우린 절대 위험하지 않아…… 안 그래?"

"윽……흑……흑……."

냉정을 잃기 시작하는 반 아이들. 그때 어렴풋이 울음소리가 들렸다.

입을 막고, 또 눈을 가리고 있지만, 울음의 주인은 누군지 뻔했다.

"키쿄 짱……괜, 괜찮아?"

당황하며 달려간 미짱이 쿠시다의 등에 손을 댔다.

"응, 미안……. 어쩌다가 일이 이렇게 된 걸까…… 그런 생각을 하니까 자꾸만 후회돼서……."

"그건 나도 마찬가지야. 하지만 누군가가 퇴학당하지 않으면…… 않으면……."

그런 실감은 대부분 없을 것이다.

어딘가 비현실적으로 느끼고 있겠지.

"나, 벌써 내 선택이 후회돼……. 무슨 일이 있어도 끝까지 반대에 계속 투표했어야 하는데……."

"그건 우리도 그래. 하지만 어쩌겠어. 시한이 지나 버리면 반 포인트가 마이너스 300이라고."

찬성에 투표한 것을 정당화하기 위해, 이건 어쩔 수 없는 일이었다고 케세이가 말했다.

"그렇다고 해도…… 시키는 대로 찬성에 투표해버렸다는 후회가 떠나지 않아……!"

찬성 쪽 만장일치, 거기에 일조해버린 것을 후회한다고 고백했다.

말로는 못 하지만 같은 기분을 느낀 학생들 사이에도 그런 기색이 점점 강하게 드러났다.

"자책하지 마, 쿠시다 짱. 다들 같은 마음이니까……. 그렇지?"

스도와 이케도 그런 쿠시다를 달랬다.

"분해…… 너무 분해, 나……."

볼을 타고 흘러내리는 눈물을 닦으며, 쿠시다는 떨리는 몸을 붙잡고 고개를 들었다.

"우리에게 사실은 반대로 만장일치를 만들 기회가 있지 않았을까? 끈질기게 계속 설득했더라면 찬성에 계속 투표하던 사람도 끝에 가서는 알아줬으리라 생각해……."

"그건── 하지만 시간이……."

"물론 호리키타와 아야노코지의 말도 이해해. 시한 마감만은 반드시 피해야 하니까. 그래, 그건 잘 알아……. 하지만 설령 페널티를 받는 한이 있어도, 아무도 빠지지 않는 반이어야 하지 않을까?"

지금까지 담아왔던 마음을 털어놓는 쿠시다.

"아니, 그래도 찬성에 투표한 녀석은 나쁘지. 확실히."

"퇴학당해도 되는 사람은 아무도 없어. 학력의 우열이고, 운동신경의 우열이고, 그런 건 별로 중요하지 않은 문제야. 그것만으로 퇴학당해도 되는 사람을 결정할 수는 없다고 봐."

이 상황까지 오게 만든 찬성자까지도 쿠시다는 감싸고 싶다는 마음을 드러냈다.

"하, 하지만. 그럼 어떻게 퇴학자를 정하자는 거야?"

"차라리…… 제, 제비뽑기는 어때?"

"안 돼. 그런 방법으로 퇴학자를 뽑는다면……분명 다들 받아들이지 못할 거야."

또다시 쏟아지는 눈물을 손가락으로 닦으며 계속 말을 이어나갔다.

"나, 비난받을 각오로 말할게."

쿠시다는 가슴에 손을 얹고 반에 호소했다.

"난── 이 특별시험의 리더였던 호리키타…… 아니면 찬성에 투표하게 부추겼던 아야노코지가 그 책임을 져야 한다고 생각해."

역시 그렇게 되는 건가. 쿠시다가 던진 첫 일수.

쿠시다의 입장에서는 여기서 이케와 스도 같은 학생이

퇴학당해봐야 아무 이득이 없다.

흔들리지 않고 계속 찬성에 투표한 익명의 인물이 말로 내뱉은 강력한 소망.

"두 사람의 이름을 언급한 것에 난 나에게 어마어마한 혐오감을 느껴. 하지만 시한이 지나는 것만은 절대 안 되잖아. 누군가가 이 무거운 짐을 짊어져야만 하니까……. 그러니까 악역을 내가……흑……."

아무도 퇴학당하게 하고 싶지 않다.

그래도 누군가 퇴학당해야만 하는 이상, 선정은 피할 수 없다.

해고당하는 사람과 마찬가지로 해고를 알리는 사람도 똑같이 고통스러운 법.

쿠시다가 그 역할을 자처했다는 것이다.

지목하려면 상당한 각오와 타당한 이유가 필요하다.

적절한 말로 둘러대서 자신이 익명의 찬성자였음을 알지 못하게 막으면서 목적이었던 우리의 이름을 반 아이들에게 인식시켰다.

생각했던 것보다도 쿠시다는 훨씬 영리했다. 원래 쿠시다의 입장에서는 끝까지 침묵으로 일관해도 퇴학당할 걱정이 없다. 신뢰가 두텁고 친구도 많아 반대에 투표해 줄 사람이 차고 넘치니까. 하지만 쿠시다가 익명의 찬성자라는 사실을 호리키타와 나는 이미 꿰뚫고 있었다. 혹시라도 둘 중 누군가가 주먹을 들어 올려 쿠시다의 풍문을 퍼트린다면 예기치 못한 사태가 일어날 수 있다. 그럴 바에는 차라리 자기가 먼저 나서서 치명상까지는 아닌 상처를 입고 방위책을 쓰는 것이 효과적이다.

자신이 선수 쳐서 나와 호리키타의 이름을 언급하면, 우리가 쿠시다를 깎아내리는 발언을 해도 퇴학자로 지목한 원한 때문이라고 유도할 수 있다.

"웃기지 마!"

그런 쿠시다의 제안에 가장 먼저 반기를 든 사람은 호리키타도 나도 아닌 케이였다.

"왜 키요타카가 퇴학당해야 하는데? 시한이 지나면 안 되니까 똑같이 어쩔 수 없는 마음으로 찬성에 투표하자고 말했을 뿐이잖아. 거기에 무슨 책임이 있다는 거야?"

"……그래. 그렇지. 카루이자와가 무슨 말이 하고 싶은 건지는 잘 알아. 방금 이름을 말한 것도 솔직히 잘못했다고 생각해. ……하지만 그렇게 하지 않으면 앞으로 나아갈 수 없는걸."

"난 키요타카의 퇴학에 투표 안 할 거야. 그 시점에서 절대 퇴학 대상이 될 수 없다는 건 잘 알지?"

"기다려, 카루이자와. 그건 너무 이기적인데."

"뭐? 혼도도 불과 조금 전에 오니즈카랑 서로 반대에 투표하자고 속닥거리지 않았어? 뭐가 달라?"

"으윽, 하, 하지만 난 찬성 쪽으로 만장일치 시키자고 말한 적 없는데……."

"너야말로 엄청 이기적이네. 자기는 의사 표명 안 했으니까 퇴학당하지 않고 끝난다는 건가? 시한이 지나면 A반에 못 가게 된다고? 그게 뭐? 나한테는 키요타카가 전부야. B반이고 D반이고 그딴 거 내 알 바 아니라고."

불같이 화내는 케이였는데, 이제 슬슬 말려야 한다.

"그만해, 케이. 쿠시다의 말도 틀리지 않았어."

"하, 하지만!"

화를 감추지 않고 불만스럽게 쿠시다를 노려본 케이를 진정시켰다.

"여기서 감정대로 계속 반기만 들었다가는 쿠시다가 말했던, 제일 책임져야 하는 사람이 나와 호리키타에게서 너로 대상이 바뀔지도 몰라. 그 정도는 너도 알잖아."

"……응……."

이성을 잃었다면 계속 달려들었겠지만, 그런 일은 일어나지 않았다.

내가 강하게 명령만 하면 참을 수 있을 만큼은 이성을 붙잡고 있었다.

결과적으로 반 아이들이 속마음을 드러내는 것도 나쁘지 않다.

"나도 말하지, 스즈네의 퇴학에 찬성할 일 없다고. 이상적인 만장일치에는 실패했을지도 모르지만, 그게 스즈네의 잘못은 아니잖아. 익명에 기대 모습을 드러내지 않는 찬성표 놈이 나쁜 거지. 아니 그리고 앞으로 스즈네 없이 우리가 A반으로 올라갈 수 있을 것 같아? 의지가 되니까 받아들이고 프로젝트 포인트도 준 거잖아. 안 그래? 유키무라."

"……물론 호리키타에게 프로젝트 포인트를 줘야 한다고 판단했지. 하지만 결국 이번 특별시험에 실패하면 그 행동 자체에 의미가 없어져. 350포인트를 잃는 것도 똑같지 않나?"

케세이가 안경을 누르며 대답했다.

"그딴 건 스즈네가 있으면 만회할 수 있다고!"

"그 정도로 이 학교가 안이할까? 무인도 시험 때 코엔지가 획득했던 300포인트는 기적이나 다름없었어. 그걸 제외하고, 우리가 지금의 반 포인트에 도달하기까지 얼마나 많은 시간이 걸렸어? 절대 현실적인 이야기가 아니잖아. 호리키타가 빠지면 구멍이야 커지겠지만 그래도 350포인트를 잃는 것보다는 나아."

호리키타와 같이 350포인트를 다시 채울 것인가, 아니면 호리키타 없이 대등한 대결을 펼칠 것인가.

단순한 가치로 나타내기는 어렵지만, 케세이의 말은 대체로 옳았다.

"난 키요뽕이랑 호리키타의 퇴학에 지금은 찬성할 수 없어. 개인적인 친분 같은 이유가 아니라, 일단은 두 사람의 이야기에 귀를 기울여야 한다고 생각하기 때문이야. 제일 나쁜 사람은 스도도 말했듯이 찬성에 계속 투표한 사람이잖아?"

웬일로 하루카가 끼어들자, 쿠시다도 흠칫하며 고개를 들었다.

친구여서 감싸는 것이 아니라 아직은 시기상조라고 주장했다.

"……그렇, 구나. 나도 좀 냉정함을, 잃었는지도 모르겠어……. 하지만 아야노코지가 찬성에 투표했다는 사람의 이름을 틀리면…… 아니, 틀리지 않아도 이름을 말해버리면 분명 사이가 전부 틀어질 거야……."

무슨 일이 있어도 내 이름을 말하지 마. 그런 압박을 느끼지 않을 수 없었다.

여하튼 여기서 다시 나에게 바통이 넘어왔다.

"이야기가 아직 정리되지 않았지만 거기까지 해. 이제 곧 10분이 다 된다. 누구를 퇴학 투표 대상으로 할지 정해야 해. 그게 안 되면 랜덤 투표가 된다."

"……됐어. 이제 투표까지 시간이 없어. 할 수밖에 없어. 나로 해줘."

"야, 야, 스즈네! 무슨 생각인 거야!"

"어차피 한 번은 투표해야 하니까 이 기회에 확인하고 싶어. 내가 퇴학당하길 바라는 학생이 얼마나 되는지."

자신을 시험하듯 호리키타가 손을 들고 투표 대상을 자처했다.

여기서 찬성으로 만장일치가 나오면 퇴학. 반대로 만장

일치가 되면 퇴학 면제. 그리고 어느 쪽으로든 만장일치가 되지 않으면 호리키타까지 포함해 다시 투표 대상을 정해야 한다.

"그럼 호리키타 스즈네를 대상으로 60초간 투표를 실시한다."

호리키타의 퇴학 찬반을 묻는 투표가 시작되었다.

과연 얼마나 되는 학생들이 호리키타의 퇴학에 찬성할까…… 30초 정도 만에 모든 투표가 끝났는지, 차바시라가 모니터에 결과를 띄웠다.

제18회 투표 결과 : 찬성 16표, 반대 22표

이 결과를 흥미롭게 받아들인 사람은 나뿐일까.

호리키타에게 확실한 반대표를 던졌을 것 같은 사람은 객관적으로 봤을 때 스도뿐.

그리고 유일한 자기편이라고도 할 수 있는 호리키타의 손을 놓고 싶지 않을 코엔지가 그다음일까.

뒤집어 생각하면 그 이외의 학생에게는 순수하게 호리키타가 없어지는 것에 찬성인지 반대인지를 묻는 투표였다. 보이지 않는 16명에게 호리키타는 그 정도로 중요하지 않다는 뜻.

혹은 자신만 퇴학당하지 않는다면 누구라도 상관없는 층도 있으려나.

"너희 미쳤냐?! 찬성에 투표한 놈 손들어, 죽여 버리게!"

찬성에 많아 봐야 몇 표밖에 없을 줄 알았는지 스도가 버럭 화내면서 일어났다.

"그만해, 스도."

"어떻게 그만하냐!"

"네가 난리를 친들 시간만 낭비할 뿐이야. 더 건설적인 이야기를 하자."

"호리키타 말이 맞아, 스도. 이 특별시험은 만장일치가 철칙. 설령 찬성이 37표 나온다고 해도 네가 계속 반대하면 호리키타가 퇴학당할 일은 없으니까."

그렇게 화낼 필요는 전혀 없다며 요스케가 설득에 나섰다.

정말 방금 말한 것처럼, 불만이 있더라도 누구 한 명만 계속 자기편이 되어주면 끝이다.

그것만으로도 100% 퇴학을 막을 수 있다는 점 역시 이 시험의 특징이다.

단 한 표. 흔들림 없이 지켜줄 반대표만 있으면 퇴학의 운명에서 멀어진다.

이는 반대로 말하면 그 마지막 한 표를 잃는 순간 퇴학을 막을 길은 사라진다는 뜻이다.

"이제 정말 시간이 없어. 찬성에 투표한 애의 이름을 알려줘."

"그래. 다만 대답하기 전에 한 가지 제안부터 하게 해주면 좋겠어."

"제안?"

"그래. 이제부터 이름을 밝힐 건데, 그건 단순한 발언으로 끝나지 않겠지. 혹시라도 다른 사람의 이름을 말해버린다면 근거 없는 소문이었다는 걸로 해결될 문제가 아니니까."

"그건…… 그렇지."

"그러니까 적당히 하는 발언이 아니라는 증거로, 만약 다른 인물을 말해버렸다는 사실이 드러난다면 그때는 내가 책임지고 학교를 그만둘게."

"잠깐, 키요타카?!"

책임지겠다. 그 말에 반이 소란스러워졌다.

"저, 정말로 그래도 괜찮겠어? 아야노코지……. 난 우리 반에서 그 누구도 퇴학당하는 걸 바라지 않아……. 아야노코지도 그중 한 사람인 건 다르지 않은데……?"

"걱정해줘서 고맙다, 쿠시다. 하지만 괜찮아."

"그만두겠다고 하지만, 카루이자와는 아야노코지의 투표에 반대할 거 아냐? 그럼 의미가——."

"그렇게 되진 않을 거야. 책임진다는 건 그런 반대표까지 막겠다는 뜻이기도 해. 만약 그때가 온다면 케이더러 찬성에 투표하라고 할게. 그렇게 할 거지?"

"……아, 알겠지만, 절대 그런 일은 없을 거라 믿어."

"난 쿠시다의 말을 듣고 일정 부분 납득했어. 찬성으로 유도한 내가 이 특별시험에 책임을 일부 져야 한다는 이야기 말이야. 다만, 완강하게 찬성에 투표했던 익명의 일인.

그 인물이야말로 책임을 져야 한다는 생각은 변함없어."

"맞아, 맞아. 익명을 기회로 삼아서 누군가를 퇴학시키고 몰래 이득 보려는 학생이 우리 반에 있다는 얘기잖아?"

여기서 케이가 가세해 내게 힘을 보탰다.

"저, 저도 그렇게 생각해요! 그 사람이 책임을 져야……한다고요."

"응, 맞아. 나쁜 건 찬성에 투표한 애야."

아이리와 하루카, 이어서 아키토까지 흐름에 동참했다.

"각오는…… 됐겠지?"

마지막 충고, 쿠시다의 불안한 눈동자가 나를 응시했다.

"지목당한 이상, 그에 상응하는 각오와 대가가 필요하지. 무엇보다도 한없이 100%에 가깝다고 확신하기 때문에 내 퇴학을 걸고 발언할 수 있는 거다."

"아, 알았어. 그럼 아야노코지를 믿을게."

믿는다, 그런 말과 함께 쿠시다의 강렬한 눈동자가 계속 내게서 떠나지 않았다.

고지에 시간을 끌자, 학생들의 관심이 한층 올라갔다.

실제로 정말 찬성에 투표한 한 명을 제외한 나머지 학생들은 불안하지 않기 마련이다.

그렇기에 귀를 기울이고, 찬성에 투표할 상대의 이름이 공개되기만을 기다렸다.

공격하기 위해 정당한 이유를 갈구하며, 바짝바짝 타들어 가는 목으로 비난을 외칠 순간이 오기만을 기다렸다.

"그 사람의 이름은——."

내가 앞으로 퇴학시켜야 할 인물, 퇴학시키기로 한 인물.

그 이름을 여기서 공개할 것이다.

"——쿠시다. 너다."

찾아온 정적. 이명조차 울리지 않는, 소리가 완전히 사라진 세계.

알고 있어, 호리키타. 네가 찬성으로 갈 수밖에 없다고 결론지었으면서도 차마 뛰어들지 못했던 이유는 뼈가 저릴 만큼 잘 알고 있다.

하지만 쿠시다는 한 걸음도 물러서지 않았어. 이 과제에서 호리키타 또는 나를 퇴학시키기 위해 앞뒤 가리지 않고 계속 찬성에 투표했지. 그것이 악수였다는 걸 아는지 모르는지는 이제 그리 중요하지 않아.

나는 쿠시다의 갱생이 무리라고 판단했지만, 넌 끝까지 노력했지.

반의 희생이라는 가능성까지 시야에 넣으면서, 잘도 여기까지 이름을 말하지 않았어.

너는 쿠시다를 구하지는 못했지만, 네 손으로 희생시킬 필요도 없어.

지금, 이 순간, 호리키타가 무슨 생각을 하고 있는지는 모르겠지만, 예상보다 냉정한 눈으로 나를 응시하고 있다는 것만은 분명히 알 수 있었다.

쿠시다는 너의 난적이 되어 앞을 가로막는 쪽을 선택했어.

그럼 싸우는 수밖에 없어. 그를 쓰러트리는 역할은 내가
맡는다.

"앗——?"

이해할 수 없다는 투로 새어 나온 목소리.

그것은 쿠시다만이 아니라 모든 학생이 동시에 품은 단
어였으리라.

"나, 라고?"

잘못 들었다는 듯 자신을 손가락으로 가리키는 쿠시다.

어쩌면 이름을 불릴지도 모른다는 상상은 이미 했을지
도 모른다.

대비하듯 먼저 움직이기도 했으니까.

하지만 그렇더라도 내가 정말로 쿠시다를 팔 거라는 확
신은 없지 않았을까. 나의 몇 가지 약점도 쥐고 있다고 생
각하고 있을 테니.

"그래. 반대에 투표해달라고 그렇게 호소했는데도 완고
하게 계속 찬성에 투표한 사람은 바로 너야."

공격하려고 준비했던 반 아이들도 할 말을 잃었다.

"호, 혹시…… 내가 호리키타랑 아야노코지가 책임져야
한다고 말해서 그러는 거야?"

슬픔에 눈물을 글썽이는 쿠시다를 보고, 혼도가 허둥지
둥 감쌌다.

"아, 아무리 그래도 그렇지, 아야노코지. 쿠시다 짱은 아니잖아……! 앙심을 품는 것도 정도가 있지."

"그런 것과는 무관해. 쿠시다에게 지목당하기 전부터 아니, 다섯 번째 과제의 첫 투표 때부터 계속 생각했던 거야."

"자, 잠깐만. 난 정말 마지막까지 반대에 투표했는걸? 어째서 그런……."

"트집 잡는 거라고? 뭐, 이런 상황에서는 당연히 그렇게 보이기도 하겠지."

퇴학당할 처지에 놓여서 분풀이로, 아무렇게나 대충 헛소리로.

누구에게나 그런 식으로 보일 게 뻔했다.

"반대에 계속 투표했다는 증거는 어디에도 없어. 당연하지, 이건 익명 투표니까. 그래도 난 지금부터 네가 찬성에 계속 투표한 범인이라는 근거를 제시해나갈 거야. 이의 없지?"

"너무해……라고도 말 못 하겠어. 애초에 내가 두 사람의 이름을 말해버렸으니까……. 하지만 각오했던 일이야. 아무리 거짓말로 모함당하더라도 나, 반을 지키기 위해 희생하기로 했으니까."

지금부터 내가 말하는 내용이 무엇이든 전부 거짓말.

그렇게 방어막을 침으로써, 자신을 지지하는 사람들이 떠나지 못하게 붙잡았다.

"우선 왜 쿠시다가 찬성에 계속 투표한 인물이라고 생각했는지 이유를 말할게. 그건 쿠시다에게는 우리 반에서 반드시 퇴학시켜야만 하는 학생이 있기 때문이야. 물론 믿기지 않겠지만 끝까지 들어줘. 쿠시다가 퇴학시키고 싶어 하는 사람은 쿠시다 본인이 이름을 말했듯이 호리키타 그리고 나야."

도대체 어떻게 알고 그런 이야기를 하는 거지, 하고 많은 학생이 혼란에 빠졌다.

그 와중에 누구보다도 평정심을 잃어야 할 쿠시다는 역시 당황한 듯 굴면서도 신중하게 말을 골랐다. 단 하나의 실수도 용납되지 않는 논쟁이니까.

"내가 두 사람의 이름을 말해버렸는걸, 그래서 이렇게 되어버린 거지……."

"아니, 그게 아니지. 쿠시다는 이 학교에 입학하고 초반부터 호리키타를 걸리적거리는 존재로 인식해왔어."

여기까지 오면 쿠시다 역시 싫어도 이해할 터.

내가 쿠시다에 대해 아는 모든 정보를 여기서 공개할 생각이라는 것을.

하지만 그만하라고 명령할 수도 없다.

가련한 소녀를 계속 연기하는 이상, 멈추게 할 방법이 없다.

"쿠시다. 넌 반의 다른 애들에게는 없는 공통점을 호리키타와 가지고 있지?"

"뭐? 고, 공통점……?"

다 알면서도 영문을 모르겠다는 태도를 한 번은 취할 필요가 있겠지.

그 연기를 그만두게 만들 수도 있지만, 굳이 그렇게는 하지 않았다.

자신을 지키는 방어 본능은 지금부터 더 쿠시다 본인을 괴롭게 만들 테니까.

"으음…… 아, 혹시 같은 중학교 출신인 걸, 말하는 거야?"

그런 이야기는 지금까지 아무도 듣지 못했으리라.

처음 듣는 정보에 반 아이들이 놀라움을 드러냈다.

계속 숨겨온 카드를 내가 내밀 것도 없이, 스스로 공개할 수밖에 없다.

"그래. 여기에 그 사실을 알았던 사람은 한 명도 없지 않나?"

당사자인 호리키타는 지금 교단을 보고 있어서 표정은 보이지 않았다.

반면 반 아이들의 시선은 너무도 쉽게 읽혔다.

"자, 잠깐만? 네 말대로 아무한테도 그 이야기를 하지 않은 건 사실이지만, 그냥 말할 기회가 없었을 뿐이야. 나름대로 큰 학교였고, 같은 반이었던 적도 없었으니까…… . 호리키타한테도 같은 학교였다는 걸 확인하기까지 꽤 시간이 걸렸고…… ."

초반부터 퇴학시키고 싶다고 생각할 수가 없다고 쿠시다가 말했다.

그리고 여기서, 쿠시다의 상황을 보다 못한 학생들이 움직이기 시작했다.

"적당히 해, 아야노코지. 찬성에 투표한 녀석이 누군지 안다고 하니까 조용히 듣고 있었는데 그게 키쿄 짱이라고? 말이 되냐?"

그렇게 말한 사람은 이케였다. 그리고 그 목소리가 곧 넓게 퍼졌다.

"맞아. 아야노코지, 말이 너무 심해."

"찬성으로 유도해놓고 결국은 엄한 데 화풀이하는 식으로 쿠시다의 이름을 대다니, 뭐 하는 짓이야."

"애당초 같은 중학교 출신인 게 왜 퇴학 이야기로 이어지는데? 그리고 이야기의 흐름대로라면 아야노코지도 두 사람이랑 같은 중학교 출신이라는 거야?"

당연한 질문들이 아이들로부터 쏟아졌다.

터져 나온 불평불만은 하나에서 둘, 둘에서 셋으로 점점 증식되어 갔다.

속속 등장하는 든든한 우군.

이것이 쿠시다 키쿄가 가진 강력한 무기라는 것은 의심할 여지가 없다.

"그나저나 너 원래 그런 캐릭터였었나? 뭔가 아까부터 좀 이상해, 아야노코지."

"저, 정말이네. 뭔가 무서워졌달까…… 원래는 조용한 이미지였는데……."

감싸기만 하는 것이 아니라 평소 내 모습과 다른 행동에 불신감을 품기 시작하는 사람도 있었다.

"……비난하지 마, 얘들아. 아야노코지도 그렇게 말하고 싶어서 하는 건 아닐 거야. 이런 상황이 되면 누군가의 탓으로 돌리고 싶어지는 거, 난 아니까……."

아이들의 말을 절묘하게 받아 나를 감싸는 척하면서 함정을 팠다.

"너무 착하다니까, 키쿄 짱은. 저렇게 자기 멋대로 말하는데 봐주면 안 돼."

자동으로 쿠시다의 대변인들이 폭주하면서 나는 발언권을 박탈당할 지경에 놓였다.

하지만 나에게도 대항할 무기는 있다.

"지금 중요한 이야기를 하는 중인 사람은 아야노코지야. 다른 사람이 어중간하게 끼어들어서는 안 돼."

그렇게 말하며 요스케가 나를 방해하려는 학생들에게 주의를 주었다.

"나서지 마, 히라타. 아야노코지의 거짓말을 계속 들어봐야 헛수고라고."

"진실인지 거짓인지 따지는 건 판단 근거가 다 갖춰지고 나서 하면 돼. 물론 거짓인 게 드러나면 나도 용서하지 않을 거야."

"정말로 들을 가치가 있는 거냐고."

"그래, 꼭 들어야 하는 얘기야. 이름이 호명된 쿠시다뿐 아니라 아야노코지 자신의 진퇴에도 큰 영향을 미치니까.

그렇지?"

　시간이 더는 남아 있지 않을 때, 내가 상황을 컨트롤할지도 모른다는 이야기는 요스케에게 미리 해두었다.

　하지만 과제 내용을 미리 알 수도 없었고, 쿠시다에 관한 이야기는 당연히 아닌 밤중에 홍두깨.

　순수한 중립으로써 판단에 착오가 생기지 않게 중재해야 한다.

　"난 두 사람의 출신과는 무관해. 그리고 같은 중학교 출신이라는 건 별로 큰 의미가 없어. 다만 쿠시다는 중학교 시절에 큰 비밀이 있다는 것도 사실이야."

　"이제 그만해, 아야노코지…… 더는 거짓말 하지 말아줘……."

　쿠시다의 뺨을 타고 눈물이 줄줄 흘러내리더니, 이내 그 자리에서 펑펑 울기 시작했다.

　"야, 키요뽕. 난 키요뽕 편이지만…… 그렇지만 그건 쿄 짱도 마찬가지야. 뭐랄까, 정말 계속해야만 하는 이야기야?"

　원래 아야노코지 그룹에 속한 하루카는 방금 말했듯이 내 편이 되어준다.

　다만 하루카는 친구가 그리 많지 않은 편이지만, 쿠시다와는 그룹 없이 가깝게 지내고 있다.

　두 사람 다 소중하다면 이 언쟁을 말리려고 하는 것도 당연한가.

　"하루카. 너도 찬성에 투표한 익명의 학생이 누군지 밝혀지기를 기다렸잖아? 그럼 이 이야기를 끝까지 꼭 다 들어야 해."

"하지만, 쿄 짱은……."

"아니라고? 그렇게 생각하고 싶은 마음은 이해하지만, 쿠시다는 네가 생각하는 그런 사람이 아니야. 미안한데 이야기를 계속하게 해줘. 쿠시다의 비밀, 그건 숨기고 있는 본성에 있어."

"쿄 짱의…… 본성……?"

"그래. 쿠시다는 겉으로 보면 누구의 눈에도 착한 사람이지. 친절하고 배려심 넘치고 공부도 운동도 잘하는 완벽한 우등생이야. 하지만 사실은 누구보다도 질투심 많고 자기가 제일이 아니면 납득하지 못하는 성격이라면? 그래서 중학교 때 자신의 본성을 알아버렸다는 이유로 자기 반을 무너지게 만든 과거까지 있다면?"

"……솔직히 믿기 어려운 이야기야. 만약에 진짜라고 해도 앞뒤가 안 맞는걸. 같은 중학교 출신인 호리키타야 과거를 알고 있을 수도 있지. 그런데 아야노코지는 어떻게 알아? 호리키타가 말해준 것 같지도 않은데."

"입학하고 얼마 지나지 않아서 쿠시다의 본성을 목격할 우연한 기회가 있었기 때문이야. 평소 따뜻한 모습과는 전혀 다른, 부정적인 감정을 마구 쏟아내는 쿠시다를 목격했지."

여기까지 말했는데도 쿠시다는 나를 전혀 노려보려고

하지 않았다.

거짓말을 늘어놓는 불쌍한 학생을 바라보는, 그저 마음
씨 착한 소녀를 계속 연기하고 있었다.

그렇게만 하면 반드시 괜찮을 거라는 강한 자신감 때문
이었다.

물론 그게 진실이든 거짓이든 자신에 대한 나쁜 평판은
앞으로의 학교생활에 그늘을 드리우는 부정적인 요소다.
그렇지만 호리키타 또는 나를 퇴학시키기 위해 어느 정도
의 희생도 감수하겠다는 강한 의지가 엿보였다.

"착한 사람으로 여겨지고 싶은 쿠시다로서는 본성이 알
려지는 것만은 피하고 싶었을 거야. 그렇다고 해서 그 약
점을 호리키타와 내가 계속 쥐고 있는 상황도 참을 수 없
었겠지. 왜냐하면 자신은 늘 우위에 있어야 하니까."

"……1분 뒤에 인터벌 종료다."

이야기가 다 끝나지 않았지만, 혹시 모른다며 차바시라
가 시간을 알려주었다.

"어, 어떡하냐, 다음 투표."

"그럼…… 일단은 아야노코지로 투표하는 수밖에 없지
않아?"

지금 같은 상황에서 다음 희생양은 당연히 내가 되겠지.

"그만해——."

하지만 그것을 멈추게 한 사람은 케이도 하루카도 아닌
쿠시다였다.

"이제 됐어…… 나, 더는 못 견디겠어……."

"쿠, 쿠시다?"

"진심만 가지고 계속 말하면 하나도 달라지지 않을 거야……. 난 호리키타도 아야노코지도 퇴학당하는 걸 바라지 않아. 내가 두 사람의 이름을 말하는 바람에 아야노코지가 거짓말까지 하게 만들었네……. 이렇게 괴롭고 마음 아픈 논쟁, 이젠 하기 싫어. 그러니까…… 그러니까 내가 그만둘게……. 그렇게 하면 다들 다시 원래대로 돌아가 줄 거지?"

자신이 퇴학 후보가 되겠다고 나오는 쿠시다.

이 특별시험, 개인이 선정되는 기준 중에는 앞서 호리키타와 요스케가 보여준 것처럼 투표 없이 자발적으로 입후보해서 그게 한 사람이면 인정된다.

"괜찮은 거지, 쿠시다? 한번 시작하면 취소할 수 없다."

"네, 괜찮아요……. 모두 내 퇴학에 찬성해줘. 부탁이야."

그 말과 함께 쿠시다의 이름이 선택되어, 태블릿 상에 과제가 떴다.

예상하지 못했던 입후보에 동요하는 반 아이들.

제19회 투표 결과 : 찬성 5표, 반대 33표

시간이 지나 쿠시다의 투표를 치른 결과, 반대의 압도적 지지.

"다, 다들…… 어째서?"

"어째서는 무슨, 쿠시다 짱을 퇴학시키는 건 말도 안 되지. 그렇지, 얘들아?"

반대에 투표한 33명의 학생은 강한 단결력을 보여주겠다는 듯 고개를 끄덕이며 호응했다.

"아야노코지. 자기가 퇴학당하지 않으려고 쿠시다 짱한테 그러는 거 솔직히 별로야."

내 한 표를 제외하면 쿠시다의 퇴학에 찬성한 사람은 네 명뿐.

고작 네 표라고 말할 수도 있겠지만, 오히려 잘도 다섯 표나 모였구나 싶다.

"다음 차례는 아야노코지야."

역시 흐름상 이번에는 내 퇴학을 건 투표가 시작되겠지.

현재 상황에서는 이번 투표가 찬성 쪽 만장일치가 될 가능성이 가장 크다.

다만, 10분 후에도 그런 결정이 가능하다면 말이지만.

"아야노코지, 쿠시다의 본성은 다르다고 말했지만 바로 믿기는 힘들어."

"맞아. 애당초 지금까지 쿠시다가 호리키타를 퇴학시키려고 한 적이 있었어? 정말로 퇴학시키려고 했다면 벌써 옛날에 하지 않았을까?"

때를 기다리면 자연스레 내가 하고 싶은 말을 요구하는 목소리도 나오게 된다.

"같은 반을 퇴학시키는 건 쉬운 일이 아니니까. 하지만 적어도 나는 한 번 쿠시다의 표적이 된 적 있어. 이 만장일치 특별시험과 유사한 형태였던 특별시험에서 말이야."

직접적인 표현을 피함으로써 아이들이 스스로 기억을 상기하게 했다.

"아, 반내 투표……. 그러고 보니 야마우치랑 쿠시다가……."

그렇다. 작년에 우리 반에서 처음으로 퇴학자가 나왔던 반내 투표.

그때는 결과적으로 야마우치가 퇴학당했지만, 그 야마우치를 이용해 나를 퇴학시키려고 유도했던 인물 중에 쿠시다가 있었다. 지금도 기억이 생생한 사건이리라.

"우연일까? 두 번의 비슷한 시험에서 두 번 모두 내가 퇴학 대상이 되고, 심지어 거기 관여한 사람은 그때나 지금이나 쿠시다. 너무 딱 들어맞는 이야기 아닌가?"

당시를 떠올리면 과연 쿠시다치고는 이상했다고 생각하겠지.

"하긴 우연이라기엔, 하는 생각도 들어. 하지만 아야노코지. 만약에 키쿄 짱이 의도적으로 아야노코지를 퇴학시키려고 하는 거라면, 그렇게 똑같은 타이밍에 시도할까?"

더 치밀하게 나오지 않았을까 하는 이야기인데, 그건 그리 단순한 이야기가 아니다.

"쿠시다는 나를 자기편이라고 생각하고 있기 때문이야. 이런 식으로 모든 속사정을 폭로할 줄은 예상하지 못했을걸?"

"……자기 편?"

"그래. 내 말이 틀렸어? 쿠시다."

"……나야말로 어떻게 해야 해, 아야노코지……? 뭐라고 대답하는 게 정답이야?"

기본적으로 쿠시다는 부인하거나 그냥 듣고 넘기는 것밖에 할 수 있는 일이 없다.

긍정할 수 없는 이상 주도권은 항상 나에게 있다.

"증거를 대, 아야노코지. 계속해서 쿠시다 짱을 비난하려면 증거가 반드시 있어야 한다고."

강한 말투로 전면에 나선 것은 혼도. 아무래도 쿠시다에게 특별한 감정을 품고 있는 모양이었다.

"그래. 네 말대로 증거도 없이 이런 이야기를 계속해봐야 제자리걸음만 될지도 모르겠군. 그럼 지금부터 쿠시다가 나를 신뢰하는 이유를 말할게."

당황하지 않고, 확실하게, 물이 스며들듯이.

"꽤 오래된 얘기인데. 난 쿠시다에게 협박당해서 퇴학에 내몰리는 대신 매달 입금 받는 프라이빗 포인트의 절반을 주기로 약속했어."

누구도 상상하지 못했던 이야기를 듣자 과연 쿠시다 원호파들도 놀랄 수밖에 없었다.

"그렇지? 쿠시다."

"뭐……?"

이 이야기가 나올 줄 몰랐을까, 아니면 짐작은 했지만 뭐라고 대답할지 아직 정하지 못했을까. 어쨌든 쿠시다는 대답하지 못했다.

프라이빗 포인트를 받았다고 순순히 인정할 수는 없을 것이다.

그렇다고 해서 받지 않았다고 부정하기도 어렵다.

이 자리에서는 받지 않았다고 얼버무릴 수 있어도 나중에 확인하면 진실이 드러난다.

누가 어디에 얼마 입금했는지 이력으로 모두 남기 때문이다.

"어때? 단 1포인트도 안 받았다고 말할 수 있어?"

"그건——."

시간을 계속 잡아먹게 할 생각은 없다.

차바시라 쪽을 쳐다보려고 하자마자 쿠시다가 입술을 떨며 대답했다.

"……실제로…… 나, 아야노코지한테 매달, 프라이빗 포인트를 받고 있긴 해……."

내 발언, 그 대부분을 부정해왔던 쿠시다지만 지금은 인정할 수밖에 없었다.

만약 차바시라에게 확인을 구해 이 자리에서 포인트의 흐름을 파악하고 있다는 말이라도 나오면 형세가 단번에 나빠질 테니.

교사인 차바시라가 개인 간의 포인트 이동을 수시로 파

악하고 있는지 또 개인 정보를 발설할지는 회의적이지만, 쿠시다의 입장에서는 그 리스크에 도박을 걸 수 없다.

"하, 하지만…… 이유는 전혀 달라! 아야노코지가 맡기고 싶다고 부탁해서…… 무, 물론 1포인트도 쓰지 않았고!"

반 친구로부터 매달 절반이나 되는 프라이빗 포인트를 받고 있다. 그 사실을 정당화하는 방법은 기껏해야 한두 개. 지금 쿠시다가 말한 것처럼 맡아달라고 부탁받았다거나 무상으로 양도받았다는 이유 정도밖에 들 수 없다.

후자와 같이 일방적으로 양도받았다고 하려면 더 자세한 해명이 필요한 만큼, 맡아달라고 부탁받았다는 흐름으로 가겠지.

"난 맡긴 기억 없는데. 퇴학으로 내몰지 않는 조건, 그 대가로 준 거지."

"거짓말이야……."

프라이빗 포인트의 절반을 바치는 이 계약은 내가 먼저 제안한 것. 그건 쿠시다도 잘 기억하고 있으리라. 야무지게 녹음까지 해서 그날의 기록을 남겼으니. 하지만 그런 건 상황에 따라 못 쓰게 봉할 수 있다.

아니, 오히려 그 반대. 자기 자신을 찌르는 흉기로 돌아올 것이다.

"거짓말? 하지만 쿠시다. 넌 나와 이 계약을 맺을 때 보험이라면서 녹음했다고 했잖아? 스마트폰 같은 데서 그 녹음이 나오면 더는 변명도 못 할 텐데."

"노, 녹음? 그런 거 몰라, 나는…….'

압도되면서도 일단 부정했다. 녹음은 어딘가에 보관하
고 있겠지만 아무래도 스마트폰에는 이미 남아 있지 않나
보다. 위험한 녹음 기록을 직접 가지고 돌아다니는 짓은
하지 않는다는 건가. 그 방법이 제일 빠르긴 했는데, 딱히
상관은 없다.

"쿠시다가 어디 아무도 모르는 곳에 녹음 파일을 숨기고
있든 말든 어차피 똑같아. 이 계약을 맺은 건 올해 2월이
었는데, 그때 대화 내용을 나도 녹음했으니까. 무슨 일이
생기면 나도 무기로 쓸 수 있도록."

나를 보는 쿠시다의 눈이 커다래졌다. 그건 상상도 하지
못했겠지.

"녹음을 여러 번 반복해서 들었기 때문에 한 글자도 빠
짐없이 기억하고 있어. 『앞으로 나한테 들어올 프라이빗
포인트. 그 절반을 너한테 양도할게』 그런 식으로 이야기
가 시작됐었지."

"……몰라."

"뭣하면 지금 차바시라 선생님께 내 스마트폰을 가져다
달라고 말씀드릴까?"

"난 그래도 상관없어. 하지만 불가능할걸, 지금은 특별
시험 도중이잖아?"

"스마트폰을 쓰면 부정행위로 이어질 수 있으니까 제출
한 건 어쩔 수 없지. 하지만 스마트폰 조작을 전부 차바시

라 선생님께 맡겨서 녹음 기록을 재생시키기만 하면 돼. 이렇게 하면 부정행위를 저지를 여지가 없으니."

물론 특별시험 중에 그런 특례를 아무 조건 없이 받아줄 거라고는 나도 생각하지 않는다.

하지만 불안해진 쿠시다는 참지 못하고 앞에 있는 차바시라에게 시선을 보냈다.

"스마트폰을 가지고 올 수 있으면 네가 곤란해지겠지. 여기까지 필사적으로 둘러댔던 그 노력도 다 물거품이 되고. 그런데 이제 너도 알았겠지? 난 멈출 생각이 없다는 걸."

말수가 적어진 쿠시다는 지금 무슨 생각을 하고 있을까.

나에게 등을 올린 채 굳어서 가만히 앞만 응시했다.

쿠시다도 당연히 그날 일을 기억하고 있고, 신중한 성격상 녹음이 정상적으로 되고 있는지 확인도 했을 터. 요컨대 반복해서 들었을 것이다. 내가 대화 내용을 읊었을 때 특정 단어들이 기억 속의 음성 데이터와 일치했으리라.

『용돈으로 쓰기에는 좀 부족해도 비상시에 있어서 곤란할 건 없지.』

피해자로 일관하던 쿠시다에게서 틀림없이 큰 변화가 일어나고 있었다.

넌 이제 반에서 계속 천사를 연기할 수 없는 지경까지 왔어.

"그만, 시끄러워……."

학생들이 침을 삼켰다. 방금 누구의 것인지 이해되지 않는 목소리를 들었다.

더 이상 말하지 못하게 하려면 본성을 드러내는 수밖에 없다.

하지만 본성을 드러내면 모든 것이 무너진다.

"『차바시라 선생님도 말했잖아. 프라이빗 포인트는 자신을 지키기 위해서라도──』"

"시끄러워, 시끄러워, 시끄러워……."

거절, 방해하는 말이 들려도 나는 개의치 않고 끝까지 계속했다.

"『그 제안. 아무리 생각해도 아야노코지가 불리한데? 이 일 때문에 아야노코지가 퇴학당할 위기라면 그나마 이해하겠어』. 이게 나와 쿠시다의 거래 전에 나눈 대화야. 이 자리에서 방금 말한 것과 똑같은 음성을 모두의 앞에서 들려주면 전부 해결되지."

정말 내가 녹음 기록을 가졌는지 어떤지는 그리 중요하지 않다.

실제 대화 내용과 내 말이 일치한다는 사실만이 필요하고 중요하다.

"이제 그만하라고!"

그렇게 소리친 후 침묵한 쿠시다는 당시의 일을 열심히 떠올리려 하고 있었다.

그때는 내가 1학년의 약점을 원했고 쿠시다라면 얼마든지 동급생의 약점을 쥐고 있겠다는 생각에 시도한 접촉이 계기가 되었다. 협력의 대가를 요구받았을 때, 나는 프라이빗 포인트를 양도하겠다고 제안했다. 일단은 제안 이전에 나눈 대화, 호리키타와 나의 퇴학을 원하는 쿠시다의 목소리가 틀림없이 그대로 남아 있으리라.

운 좋게 비장의 카드를 손에 넣었다고 여겼겠지만, 그건 크나큰 착각이야.

넌 네 목을 조를 증거를 스스로 남긴 거야.

"방금 대화의 어디에, 맡아주길 바란다는 뉘앙스가 있는지 구체적으로 알려줘. 나 그리고 반의 모두가 알 수 있도록."

뭔가 착오가 있길 바라는 친구들이 쿠시다를 불안한 눈빛으로 지켜보았다.

"……미안."

쿠시다가 짧게, 중얼거리듯이 사과했다.

"뭐가 미안하다는 거지?"

"정말로 난 프라이빗 포인트의 절반을 받는 대신 아야노코지와 싸우지 않기로 약속했어. 그건……사실, 이니까……."

나에게 하는 사과가 아니라, 거짓말을 인정하고 반 아이들에게 하는 사과.

"하, 하지만…… 지금은 아무 생각도 없어! 호리키타, 아야노코지와도 친하게 지내고 싶어, 진심으로! 난 찬성에는 한 번도——!"

완전한 익명이라는 부분에 매달리며 소리치다가 도중에 말을 멈췄다.

지금까지와 달리, 아이들이 쿠시다를 보는 눈빛에서 따뜻함을 찾아볼 수 없었다.

만약 정말로 찬성에 투표한 학생이 아니라고 해도, 이제는 지금까지와 같은 일상을 보내기란 불가능해졌다. 그것을 완전히 이해한 듯했다.

하지만 나를 보는 쿠시다의 눈빛은 아직 죽지 않았다.

"사실은 아야노코지가…… 찬성에 계속 투표했던 것 아니야?"

"그게 무슨 소리야?"

"아야노코지는 나를 퇴학시키고 싶어 했어. 그래서 일부러 찬성 쪽으로 만장일치가 되도록 움직인 거야. 아니면 이상하잖아…… 늘 조용하고 자기주장이라고는 하지 않으면서 퇴학자를 만들려고 자발적으로 움직이다니……."

한없이 범인에 가까운 쿠시다는 그 소재를 자신에게서 나로 바꾸려고 시도했다.

미안한데 네가 그 전략으로 나올 거라는 건 이미 예상했어.

"저기, 카루이자와."

머리카락을 쓸어 올리며, 쿠시다가 시선을 케이에게로 옮겼다.

"뭐야."

"아야노코지랑 사귀는 것 같던데, 입학 초기에 아야노코지가 나랑 사귀고 싶어서 졸졸 따라다녔던 건 알아?"

"……뭐래, 뭔 소리야?"

다른 보통 사람들보다 냉정하고 객관적으로 상황을 볼 줄 아는 케이지만, 그런 케이에게도 약점은 있다.

바로, 연애 문제가 얽히면 감정을 억누르지 못하고 폭발한다는 것이다.

아까 내가 퇴학 후보로 지목되었을 때도 위험을 알고 적극적으로 변호했다.

그 모습에 쿠시다도 케이의 심리적 빈틈을 포착했을 것이다.

"으슥한 데서, 내가 싫다는데 가슴까지 만졌는걸?"

"으앗……가, 가슴? 무, 무슨 소리야, 키요타카?!"

"역시 몰랐구나? 입학 초기에 나 그런 심한 짓을 당했다니까."

쿠시다에게 호감을 가진 남학생들은 물론, 여학생들 사이에도 혐오감이 번지기 시작했다.

"난 그 자리에서 말리려고 좋은 말로 설득했지만…… 무서워서 어쩔 수 없더라고……."

"말도 안 되는 소리를 하고 있는데, 난 가슴 만진 사실이 없어."

"키, 키요타카가 그렇다는데?!"

"그래, 그렇게 말할 수밖에 없겠지. 하지만 아야노코지가 가슴을 만진 건 사실이야."

"쿠시다. 이렇게까지 말하고 싶진 않지만, 너무 꼴사납

게 구는 것 아닌가?"

"아까 녹음이랑은 다르지만 나도 증거를 가지고 있어. 아야노코지의 지문이 묻은 교복, 당시 그대로 보관하고 있 거든. 그걸 제출하면 어떻게 될지…… 알지?"

내게 스마트폰 녹음이 있다고 한 것과 같은 수법으로 응수했다.

이게 정말이라고 나중에 증명되면 이번에는 궁지에 몰릴 사람이 나라는 것이다.

"어떻게 된 건지 설명해줘."

객관적으로 이야기를 들은 케이의 입장에서는 설명을 요구하고 싶어지는 것도 무리가 아니다.

"그런 사실 전혀 없어. 그리고 진짜냐 가짜냐 이전의 문제로 말이야. 지문이 묻은 옷이라고 했는데 보존 상태는? 입학 직후에 있었던 일이라고 치면 벌써 1년 반도 지났어. 가뜩이나 옷에서 채취하기도 쉽지 않은데 보존 상태가 나쁘면 당연히 정상적인 상태가 아니지. 지문 채취가 가능하다는 생각이 도저히 들지 않는데."

옷은 가뜩이나 그물코 때문에 표면이 울퉁불퉁해서 지문선을 알아보기 어렵다. 자외선, 습기, 건조 등의 요소까지 감안하면 100% 불가능하다고 단언할 수 있다.

"……윽."

녹음 기록이 그랬듯 네가 가진 비장의 카드는 하나도 쓸모가 없어.

다른 카드가 몇 장이고 더 있다 해도 마찬가지야.

누구든 떠올릴 수 있는 변명 같은 건 불가능해. 용납하지 않을 거다.

"그리고 애당초, 정말로 그런 피해를 당했으면 바로 학교에 알렸어야 해."

"어째서……어째서……어째서……어째서……!"

가까이 다가온 쿠시다가 내 멱살을 잡고 무섭게 노려보았다.

격앙된 쿠시다를 나는 어디까지나 사무적으로 대하며 이야기를 이어나갔다.

"한때는 류엔과 손잡고 나와 호리키타의 퇴학을 꾀한 적도 있었지. 안 그래?"

쉴 새 없이 만천하에 공개되는 쿠시다의 소행. 이쯤 되면 잘못된 정보가 일부 섞여도 별로 큰 영향도 없으리라.

"어째서, 어째서냐고!"

교복을 움켜쥔 손에 더욱 힘이 들어갔다.

"어째서 배신하는 거야!!! 적대하지 않기로 약속한 거 잊었어?!"

"물론 적대할 생각 없었어. 네가 겉과 속이 다른 성격인 것에 별 관심도 없었고. 나도 호리키타도 끝까지 네 이름을 발설하지 않고 반대 만장일치를 만들고 싶었어. 하지만 이제 누군가의 퇴학이 걸린 이상 어쩔 수 없지. 반 아이들을 지키기 위해서다."

지금까지 1년 반 동안 쿠시다가 꾸준히 쌓아 올린 친구들과의 거짓 인연.

그것이 지금 소리를 내며 단숨에 무너져 내렸다.

아무도 입을 열지 않자, 쿠시다도 서서히 목소리가 가라앉았다.

"아…… 아…… 안 되겠네. 이제."

전부 깨달았다는 듯 포기하는 표정을 지은 쿠시다는 자신의 추한 모습에 인상을 찌푸렸다.

그러다가 곧 냉정을 되찾고는 미소가 사라진 얼굴로 내 멱살을 놓았다.

"하아……. ──내가 바보였네. 그 거래가 실수……였어."

화내던 모습은 온데간데없이 사라지고, 쿠시다의 입에서 담백한 말이 새어 나왔다.

"아야노코지가 만만치 않은 상대라는 건 알고 있었지만, 그래도 설마 여기서 배신할 줄은 몰랐지. 예상 밖이야, 예상 밖."

"거, 거짓말이지, 키쿄 짱…… 지금 아야노코지가 한 말…… 거짓말, 이지?"

"거짓말? 미안한데 전부 사실."

"그런…… 왜……?"

"어떤 희생을 감수해서라도 지켜야 하는 것도 있는 거야. 모르겠니? 아니, 알 리가 없지. 아아, 이제 다 끝났어."

어깨를 으쓱하며, 궁지에 몰린 느낌도 없이 당당하게 굴었다.

"맞아. 난 호리키타와 아야노코지의 존재가 참을 수 없었어. 숨겨야 하는 내 비밀을 알아버린 두 사람이 도저히 용납되지 않았어. 계속 퇴학시킬 기회만 노렸지."

"마지막 과제 내용에는 놀란 게 사실이지만, 그래도 쉽게 궁지로 몰기 어렵다는 걸 너도 알지 않았어? 억지로 수작 부렸다가 어떻게 될지 너라면 이미 알았을 텐데."

미워하는 감정이 있어도 막 돌진하지 않고 얼마든지 몸을 사릴 시간이 있었을 터. 그런데도 쿠시다는 한결같이 찬성에 계속 투표했고, 반쯤은 폭주라고도 할 수 있는 행동을 반복했다. 이런 부분은 쿠시다답지 않다고, 시험 내내 느끼고 있었다. 그 순간, 쿠시다의 눈동자가 흔들리며 동요하는 것 같다가 곧 원래대로 돌아왔다. 특별시험이 시작되기 전에 쿠시다는 호리키타에게 리더를 맡아 달라고 제안했었다. 마치 이런 과제가 나올 거라고 미리 알았던 것처럼……

"딱히……. 과거가 알려진 채로 지속되는 그 상황이 견딜 수 없었어. 호리키타를 퇴학시키기가 몹시 어렵다는 건 알았지만, 충동을 억누를 수 없었지."

계속 싸고돌던 학생들도 이제 뭐라고 말해야 할지 알 수 없게 되었으리라. 호리키타를 퇴학시키려고 획책했다는 사실이 있다지만 친구들은 심하게 비난할 수도 없을 터.

물론 찬성에 계속 투표해서 반이 퇴학자를 만드는 루트

를 선택하게 만든 죄는 무겁지만, 그런데도 쿠시다 퇴학을 만장일치로 만들기는 어려웠겠지. 확실하게 퇴학시키려면 쿠시다가 이 반에 더 큰 피해를 줘야 한다.

"넌 나도 호리키타도 퇴학시키지 못했어. 유감이군."

"이제 다음 투표로 내 퇴학이 결정되겠네. 이 반은 내 희생으로 반 포인트를 얻게 되나? 좋겠다, 얘들아, 이제 B반까지 올라갈 수 있는 거 아니야?"

오늘 낮까지만 해도 친하게 지냈던 친구들에게 하는 말이라고는 생각할 수 없을 정도로 남 일처럼 얘기했다.

"이제 너한테 역전의 기회는 없어."

"아하하, 그렇겠지, 정말. 그래도⋯⋯."

내 목 가까이 얼굴을 가져온 쿠시다가 싸늘한 목소리로 중얼거렸다.

"조금의 저항은 가능한걸?"

작지만 반 아이들의 귀에 들어가기에는 충분하다 못해 남는 목소리였다. 내가 부추길 필요도 없이 쿠시다는 그 준비를 속으로 하고 있다고 봐도 되겠지.

"무리야. 이제 너한테는 반대표를 던져줄 친구가 없어."

"그게 아니라. 어차피 퇴학당할 거라면⋯⋯ 전부 망가뜨려야지."

중학교 때 모든 것을 끝내버리기 위해 학급 전체를 무너뜨렸던 그 본성이 고개를 내밀기 시작했다.

"⋯⋯무슨 말이지?"

"모르겠어? 나만 가지고 있는 이 반의 비밀. 아직 인터벌 종료까지 시간도 남았고, 전부 말해줄까 싶은데 어때?"

"그런 짓을 해도 네가 얻는 건 없어…… 아니야?"

"손해도 없지. 아야노코지도 당혹스러워할 것 같으니까 슬슬 시작해볼까."

그래, 그거면 된다. 네가 쌓고 또 쌓아왔던 진실과 스트레스를 전부 발산해라.

그렇게 하면 다들 너의 비뚤어진 면모에 놀라고 두려워하게 되겠지.

그때 비로소 동정의 여지가 사라지고 만장일치가 완성된다.

"조금 전의 카루이자와 말고—— 그렇지, 시노하라도 나한테 이것저것 고민을 털어놨었지?"

많은 여학생을 겨누던 창끝이 제일 먼저 선택한 표적은 시노하라 사츠키.

"뭐, 뭐, 뭐야?!"

"시노하라는 특별히 귀여운 것도 아니랄까, 굳이 따지자면 못생긴 편 아닌가? 그래서인지 이케라든지 코미야같이 못생긴 남자애들만 말을 걸어와서 좀 웃긴다. 이런 이야기를 카루이자와랑 마츠시타, 모리가 재미있다는 식으로 자기들끼리 얘기하던데?"

하나의 창이 순간 무수하게 분열되더니 하나둘 이름이 호명된 표적을 향해 날아갔다.

"그, 그만해! 나 그런 말 한 적 없어! 거짓말하지 마!"

모리가 바로 부인했지만, 쿠시다는 창을 거둘 생각 따위, 조금도 없을 거다.

"호오? 천생연분이라면서 제일 비웃지 않았어? 괜찮아, 씁쓸하게 웃으면서 『그만해~』하고 나도 말했었지만, 사실은 같은 생각이었으니까."

"그런 거야…… 네네 짱……?"

"아, 아니야…… 나, 난 그저, 그러니까……."

"시노하라도 말이야, 배 위에서 이케한테 고백받고 사귀게 된 것 같던데, 그 바로 직전에 코미야와의 사이에서 저울질해놓고 잘도 바로 받아줬네. 아니면 일단 시험 삼아 이케랑 사귄 다음에 진짜로 마음이 기울었던 코미야한테 갈 생각이었다거나?"

"야, 야, 사츠키?!"

쿠시다의 입장에서는 반 곳곳에 불태울 소재가 굴러다니고 있을 터.

한 곳에 붙인 불이 활활 타오르기 시작하면 또 다른 소재를 향해 말을 던진다.

"연애 얘기가 나와서 말인데 왕, 너도 상담했었잖아?"

"하, 하지 말아요!"

"하지 말라고? 하지 말라는 건, 왕이 너무너무 좋아서 참을 수 없는 히라타 이야기를 가리키는 거야?"

"윽?!"

뜬금없이 강제적으로, 호감을 느끼는 사람의 이름이 반에 공개되어버린 미짱.

얼굴이 금세 새빨갛게 달아오르더니, 자신을 쳐다보는 요스케를 보며 울음을 터트리고 말았다.

"왜 울고 그래. 이제 겨우 시작인데? 내가 들은 모두의 비밀은 이런 게 아니니까. 이번에는 좀 무거운 이야기를 해볼까? 그렇지, 제일 먼저 하세베라든지."

"……쿄 짱……."

"아, 그 친한 척 부르는 거, 그만둬. 친구도 잘 못 만드는 주제에 다른 사람이랑 거리를 좁힌 기분이 든다면서 별명으로 부르기나 하고. 그렇게 불리는 쪽도 민폐거든."

쿠시다가 하루카로 표적을 바꾸는 와중에도 시노하라와 모리 그룹, 이케 등은 한데 뒤섞여서 진실과 거짓의 밀고 당기기를 이어가고 있었다.

인터벌도 이제 곧 끝나가니, 쿠시다 퇴학 만장일치가 가까워지고 있다.

여기서 괜히 시간을 더 끌었다가는 쿠시다의 정보 폭로가 이어질 뿐.

1

고작 몇 분간, 아야노코지의 이야기를 들은 것만으로 쿠시다에 대한 주변 평가가 180도 달라졌다. 아야노코지 그룹에도 지지 않을 만큼 강한 결속력을 가졌을 그녀의 친구들. 지금은 왠지 굉장히 헐거운 관계처럼 느껴져도 어쩔 수 없다.

쿠시다의 배경을 누구보다도 일찍 알고 있던 나조차 그가 쿠시다 키쿄를 추천하라고 말하면 그렇게 해버릴 것 같을 정도로 어마어마한 파급력을 가진 이야기였다.

아야노코지의 능력 중 한 조각을 누구보다도 빨리 목격했는지도 모르겠다.

지옥도 같은 교실. 인터벌이 끝나면 몰표를 받게 될, 쿠시다를 대상으로 한 투표가 시작된다.

그리고 이 특별시험은 아마도 종료. 우리 반은 희생자를 만들고 100포인트를 확보하겠지. 그것은 A반을 목표로 할 때 귀중한 재산이 된다.

하지만——. 그래, 우선은 내가 처한 상황을 정리할 필요가 있다.

시간은 틀림없이 모두 똑같이 흘러가고 있을 텐데, 1초, 1초 새기는 내 시간은 조금씩이지만 분명히 느려지고 있었다. 교실에는 썩 어울리지 않는 아날로그시계의 초침이 금방이라도 멈출 듯 느리게 느리게 가고 있었다.

그와는 반대로, 점점 날카로워지는 감정.

내 목적은 뭐지? 그렇게 자문해본다.

답은 물론 A반 졸업. 그러니까 반 포인트는 몹시 중요

하다.

다 알고 있는 일. 그렇다면 쿠시다의 가치는 얼마나 될까.

학생 한 명 한 명을 명확하게 평가하기란 어렵다.

하지만 적어도 반 포인트 100점과 맞바꿀 수 있는지 묻는다면 아니라고 즉답할 수 있다.

그럼 다르게 생각하면 어떨까.

특별시험에 실패하면 350 반 포인트를 잃는다.

그 대신 쿠시다를 지킨다고 가정할 때, 만회 가능한 전력으로 계산할 수 있을까?

……절대 무리라고는 생각하지 않지만 어려울 것이다.

그건 꼭 그녀에 한해서만이 아니라 나라도 마찬가지.

350포인트에 견줄 수 없으니 쿠시다를 퇴학시킨다. 이는 일반적인 생각.

그럼 나, 호리키타 스즈네는 어떻게 하고 싶지? 쿠시다 키쿄라는 학생을 어떻게 하고 싶지?

그저 가벼운 마음으로 도와주고 싶어? 아니면 그저 가벼운 마음으로 버리고 싶나?

나는 의식을 집중시켜, 시간을 초월하고 쓸데없는 소리라는 개념마저 지워버렸다.

이대로 아야노코지에게 전부 떠넘겨버려도 되는 것일까. 될 리가 없다. 그럼 생각해. 무엇이 옳고, 무엇이 그르며, 나만 할 수 있는 일이 없는지를.

아야노코지라는 사람의 실력을 인정하고, 존경하고, 그

리고 다시 생각하는 거야.

눈꺼풀 너머 암흑의 끝에서 한 줄기 빛이 내려왔다.

——아아, 그렇구나.

이윽고 나는 단 한 가지 확실한 답에 도달했다.

쿠시다가 지금 여기서 퇴학당하는 것.

그것은 『정답이 아니다』라고.

그리고 지금 여기서 쿠시다를 구할 수 있는 사람은 분명
나뿐이라고.

얼어붙었던 시간이 녹고 초침이 다시 움직이기 시작했다.

2

잇달아 쿠시다의 퇴학에 찬성하기 시작하는 가운데, 한
학생이 자리에서 일어났다.

"더 나가면 안 돼, 쿠시다. 그럼 돌이킬 수 없어."

"뭐? 이제 막 재미있어지려는데. 방해하지 마, 호리키타."

"그럴 수는 없어. 더는 그 꼴사나운 이야기를 들어줄 수
없는걸."

"내 진실이 그렇게 꼴사나워?"

칭찬으로 받아들였는지, 쿠시다는 오늘 중 제일 생기 넘치는 얼굴로 호리키타를 응시했다.

"그래. 적어도 이런 폭로는 보기 좋지 않아. 하지만 내가 꼴사납다고 생각한 건 너만이 아니야. 너에게 비밀을 폭로 당하고 네 퇴학을 주장하는 사람들도 똑같이 꼴불견이야."

예상치 못한 질책에 아이들이 참지 못하고 언성을 높였다.

"우리가 왜?! 우리는 잘못한 게 없잖아!"

"너희는 아무에게도 들키고 싶지 않은 비밀을 쿠시다에게는 얘기했어. 왜 그랬던 거야?"

"그, 그건 쿠시다를 믿었으니까! 그런데……."

"그래. 쿠시다는 반의 그 누구보다도 많은 신뢰를 받았어. 보통 남의 신뢰를 받기란 쉽지 않아. 심지어 아무에게도 말할 수 없는 비밀까지 기꺼이 공유할 수 있는 존재라니, 분명 인생을 통틀어도 손꼽힐 정도일걸. 물론 우리가 몰랐던 다른 얼굴에 놀라는 것도 무리는 아니지. 하지만 크든 작든 누구나 겉과 속이 다른 부분은 있지 않아?"

자신에게 솔직하고 조금의 가식도 없이 살아가는 사람이 있다면 그야말로 희소성이 높겠지.

"하, 하지만 찬성에 계속 투표했던 건 문제지. 그건 용서할 수 없는 일이야."

"그렇지. 나와 아야노코지를 퇴학시키려고 한 짓이라기엔 너무 말도 안 되는 선택을 했어. 중대한 책임감을 느끼지 않으면 안 될 거야. 하지만 그건 퇴학으로 청산하게 만드는 게 아니라, 그녀의 능력을 살려서 앞으로 몇 배로 갚게 하면 돼."

여기서 호리키타가 하고 싶은 말이 무엇인지 아이들도 알아차렸으리라.

"설마 쿠시다를 퇴학시키지 말자는 얘기야?"

"그래. 나는── 쿠시다를 반에 남기고 싶어."

"뭐? 왜 맥을 끊나 했더니, 무슨 헛소리를 하는 거야?"

쿠시다를 퇴학시키지 않겠다는 선택. 그에 제일 먼저 반기를 든 사람은 쿠시다 본인이었다.

"왜 나를 감싸? 여기까지 와서 다른 애한테 투표가 될 리도 없잖아? 아니면 나를 서서히 피 말려 죽이면서 즐기겠다는 건가? 센스 끝내주네, 정말로."

"유감이지만 농담은 별로 좋아하지 않아. 진지하게 말하는 거야."

"만약 정말 진심으로 하는 말이라면 그 생각을 바꾸게 해줄게. 다시 지옥을 보여줄까?"

"난 조금 전의 광경이 『지옥』으로는 전혀 안 보였는데."

"……호오? 그럼 어떻게 보였는데? 말해줘."

"얼빠지고, 우스꽝스럽고, 그냥 추태만 부리는 것처럼 보였을 뿐. 그냥 어리석은 사람처럼 보였어."

"뭐?"

"물론 넌 다른 일반적인 학생들보다 공부를 잘해. 하지만 근본적인 부분에서 머리가 치명적일 정도로 나빠. 애당

327

초 중학교 때 동급생에게 자기 본성을 들켜버렸다고 해서 비밀을 폭로하고 학급을 무너뜨렸잖아? 만회해보려고 이 학교에 왔는데, 재수 없게 같은 중학교 출신인 나를 맞닥뜨렸고. 또 입학하자마자 아야노코지에게 너의 다른 얼굴을 들켰다며? 웃음이 절로 나네. 그것뿐만이 아니야. 네 과거에 별로 관심도 없었는데, 자기 마음대로 내 존재를 참을 수 없다면서 자세한 얘기까지 하고 내 퇴학에 계속 집착했지. 급기야 아야노코지와 거래해서 유리해졌다고 생각했는데 도리어 이용만 당하고. 그 결과가 이거잖아? 퇴학자를 만들 수 있는 찬성에 지나치게 집착하다가 오히려 발목 잡혔다고."

모욕을 아낌없이 담아 한숨을 푹 내쉬는 호리키타.

비열한 미소를 머금고 있던 쿠시다의 표정이 어느새 살벌하게 바뀌어 있었다.

"내가 어떤 기분인지도 모르는 주제에 함부로 지껄이지 마! 난 최고가 되고 싶어! 개떡같은 스트레스가 잔뜩 쌓이더라도 유열에 젖고 싶다고! 그러기 위해 걸리적거리는 너를 없애려고 하는 게 뭐가 나빠!"

"어떤 기분인지도 모른다고? 그래, 내가 어떻게 알겠어. 넌 남의 고민을 듣고 수집하는 것에만 몰두했지. 자기감정을 솔직하게 털어놓을 상대는 찾지 못했잖아."

쿠시다가 두 주먹을 꽉 움켜쥐었다. 혈관이 드러날 만큼 힘이 실려 있었다.

"성격에 문제도 있지만 그건 나도 마찬가지야. 그래도 넌 나보다 훨씬 노력파지."

"웃기네, 거짓말하지 마. 한마디 한마디 사람 열받는 말만 골라서 하네, 너."

"거짓말이고 뭐고, 네가 제일 좋아하는 진실을 얘기하고 있을 뿐이야. 남녀 가리지 않고 많은 사람과 친하게 지낼 수 있는 네 그 노력과 재능을 솔직히 대단하다고, 그리고 부럽다고 생각해."

그 말을 듣자, 쿠시다에게 당한 학생들이 반론을 펼쳤다.

"지금 우리가 쿠시다한테 괴롭힘당하고 있는데 대단하다니 뭐라는 거야?!"

"거짓으로 친절하게 대했다. 친절을 연기했다. 그래서 너무하다는 거야? 그거야말로 너무 경박하지 않니? 다정하게 대하는 행동 자체가 얼마나 어려운 일인지 다시 한번 생각해보길 바라. 너희는 누구에게나 웃으면서 대하고, 누구에게나 손 내밀고, 누구에게나 고민 상담을 들어주는 그런 재능을 가지고 있니?"

그녀가 평소 얼마나 심한 스트레스를 받으며 친구들을 대해왔는가.

많은 사람이 쿠시다처럼 되고 싶다고 생각하면서도 그렇게 될 수 없다는 것을 잘 알고 있었다.

별로 상관도 없는 남의 이야기를 들어주기, 이것만 해도 보통 사람은 지속할 수 없는 일이다.

그런데 그녀는 언제나 다정한 미소로 많은 사람을 어둠 속에서 붙잡아주었다.

"그만. 이제 그만해. 너한테 그런 엿 같은 소리 더는 듣고 싶지 않아."

"왜? 남의 마음을 들여다보는 게 특기인 너라면 알 거 아니야? 놀리려는 것도 모욕을 주려는 것도 아니고, 진심으로 널 높이 평가하고 있다는 거."

호리키타가 먼저 나서서, 이 이야기에 반론하려는 학생들의 입을 막았다.

"다른 사람에게는 없는 재능을 가진 저 애를 퇴학시키는 건 우리 반에 큰 손실이야."

"그만하라고!"

"그래서 난 쿠시다의 퇴학에 찬성할 수 없어. 나를 걸고, 저 애의 장점을 살리기 위해 최선을 다하고 싶어. 아니, 반드시 살릴게."

"그만하라고 말했잖아!"

"모르는구나. 너의 모든 것을 알고 나서야 비로소 큰 호감을 느끼게 되었다는 걸."

생각해보면 쿠시다는 무슨 의도였는지, 봉인하고 싶은 과거를 자기 입으로 자세하게 숨김없이 이야기했다.

그건 퇴학시키기 위한 행동이 아니라 전부 털어놓고 싶다는 속마음이었으며, 사실은 공유하고 싶었던 건지도 모른다.

쿠시다의 눈에 눈물이 그렁그렁 맺혔다.

그리고 말을 잇지 못하더니, 분한 감정을 감추려고도 하지 않고 어린애처럼 엉엉 울기 시작했다.

분해, 분해, 분해, 분해. 그 말만 마구 쏟아냈다.

그것도 무리는 아니리라. 쿠시다의 본성을 안 사람은 모두 멀어졌다. 멀어져갔다.

그런데 지금까지 거리를 두었던 호리키타는 무슨 영문인지 그런 쿠시다에게 거리를 좁혀왔다.

쿠시다는 그런 생각 따위, 해본 적도 없을 것이다.

미워죽는 호리키타야말로 자신을 처음으로 이해하는 사람이 되었다. 그 사실을 받아들일 수 있을지는 잘 모르겠지만, 쿠시다의 내면에 변화를 불러일으킨 건 틀림없다.

나는 쿠시다를 회유하는 것이 불가능하다고 판단해서 배제하는 전략을 세웠다.

반면 호리키타는 배제하지 않고 지키는 쪽을 택했다.

하지만 그렇게 되면 그다음 문제가 튀어나오는 것을 피할 수 없다.

"이야기가 아직 끝나지 않았지만, 곧 인터벌이 끝날 시간이다. 어떻게 할래?"

어떻게 할 것이냐는 물음은 입후보할지 아니면 누군가를 대상으로 투표할지를 가리켰다.

"시간이 부족하네. 지금 쿠시다를 추천하는 사람도 일단은 나를 선택해줘. 이따가 다시 설명할 테니까."

이미 기회가 한 번뿐이었던 입후보는 끝났기 때문에, 자신을 추천해달라고 아이들에게 호소했다.

"자, 장난치지 마! 내가 퇴학당해야지! 빨리 날 올려서 투표하라고!"

"장난 아닌데. 말해두지만, 넌 이 상황을 만든 장본인으로서 끝까지 책임을 다해야 해. 그리고 페널티로 인한 퇴학은 인정 못 해. 그랬다간 평생 너를 바보로 여길 거야. 영원히 비웃을 거라고."

최종적으로 어느 쪽에 투표할지 망설인 학생도 있었겠지만, 그건 중요하지 않다.

"시간 다 됐다. 추천이 절반을 넘은 호리키타를 대상으로 투표를 시작한다."

설령 쿠시다가 추천으로 선택된다고 해도 호리키타가 반대에 투표하는 한 의미도 없다. 호리키타를 대상으로 한 퇴학 찬반이 진행되는데, 물론 찬성 쪽 만장일치는 될 일이 없다. 값싼 도발은 쿠시다에게 충분히 먹혔으리라. 60초 이내에 모두 투표를 마쳤다.

제20회 투표 결과 : 찬성 1표, 반대 37표

"인터벌에 들어갔으니까 다시 설명할게. 난 쿠시다의 퇴학에 반대해."

쿠시다가 알아들을 수 없는 소리를 내며 악을 썼지만 이

제 호리키타는 눈길도 주지 않았다.

그것이 쿠시다의 자존심을 또 한 번 짓밟으며 도리어 입을 다물게 만드는 데 성공했다.

여기서 다시 퇴학 대상이 되면 호리키타에게 대항할 수단이 아예 사라지니까.

그나저나 예상 밖의 일이다. 상대가 누구든 꺾어버리려고 했는데.

머리가 뜨거워졌다.

단순히 쿠시다를 지키고 싶어서라는 웃기지도 않은 이유가 아니다.

큰 단점을 넘어서는 장점을 잘 살릴 자신이 있다고 단언했다.

호리키타가 내 예상보다도 빨리 한 단계 위로 올라갔다는 것인가.

물론 반론할 재료가 다 떨어진 것은 아니다.

현재 절대 악까지 올라가게 만든 쿠시다가 퇴학당해도 상관없다고 생각하는 학생은 많다.

억지로 밀어붙이는 것도 불가능하지는 않지만, 호리키타가 손을 든 이상 쉽게 내릴 거라고 보기는 어렵다. 상황에 따라서는 시한이 지나더라도 퇴학자를 0으로 만드는 선택을 강행할 가능성도 있다. 미안하지만 그건 용납할 수 없는 일.

"하지만 호리키타. 쿠시다를 지키겠다는 건 시한 마감을 택하겠다는 얘기야?"

지금 당장 확인해야 하는 부분을 요스케가 물었다.

"쿠시다를 지키면 거기서 끝이 아니라는 건 나도 잘 알아. 그래서 나 나름대로 답을 냈어."

설마── 아니, 그런 거냐, 호리키타.

"이 특별시험은 실패하면 안 돼. 그러니까 퇴학자를 만드는 건 절대 조건이야."

쿠시다를 구할 뿐 아니라 누군가를 버릴 각오도 동시에 했다는 뜻이다.

호리키타의 분명한 성장을 느끼면서 나는 그녀가 말하기 전에 먼저 움직였다.

여기서 호리키타에게 『방출』을 선고하는 잔인한 역할을 맡길 필요는 없다.

"잠깐만."

나는 호리키타의 말을 강제로 끊었다.

아무리 정당성을 주장해도 여기서 내리는 심판에는 정신적으로 강한 부담이 있다.

그 또한 경험이라고 한마디로 넘어가면 빠르겠지만, 지금의 호리키타에게는 너무 무거운 짐이다.

무엇보다 한 번이라도 실수를 저지른다면 싫어도 시한마감이라는 결말을 맞이하게 된다.

만장일치로 퇴학자를 만들 수 있는 사람은 나밖에 없다.

잠깐만, 안 돼. 그런 눈빛으로 나를 응시했다. 그래서 깨달았다.

나와 호리키타가 생각하는 사람이 동일 인물이라는 게 분명해졌다.

"유일하게 계속 찬성에 투표했던 쿠시다는 퇴학자로 적합한 학생이야. 하지만 호리키타의 말처럼 유능한 학생인 것도 분명하지. 그렇다면 다른 식으로 접근해보는 수밖에 없어."

"자, 잠깐만, 아야노코지. 반 애들은 찬성에 투표했는데? 지금 와서 모두 없던 걸로 하고 다시 퇴학자를 뽑자는 거야? 받아들일 수 없어!"

"불만이 있는 건 이케뿐만이 아니겠지. 분명 모두 다 그럴 거야. 하지만 그렇더라도 결의를 굳히는 수밖에 없어. 최대한 공평한 방법을 쓰는 수밖에."

"공평…… 그런 방법이 있겠냐고."

"누군가를 퇴학시키고 반 포인트를 얻는 선택지. 퇴학이라는 부분이 선행되어서 부정적인 이미지가 생기기 쉽지만, 찬성에 투표했던 배신자에게는 대부분 찬성했듯이 어떤 조건을 충족시키면 긍정적인 방향으로 돌아서게 되어 있어. 퇴학당할 학생보다 얻는 반 포인트 쪽의 가치가 크다면 선택에 충분히 의미가 있다는 뜻이야. 다시 말해서 퇴학자로 적합한 사람은 지금 시점에서 우리 반에 필요 없는 학생이야. 그럼 그 판단 기준은 무엇인가. 바로 종합 능력이야. 학력, 신체 능력 또는 그 둘에 해당하지 않는 다른 능력을 가진 사람. 이해하기 쉽게 말하면 호리키타처럼 리더로서의 능력, 요스케와 케이처럼 그룹을 하나로 뭉치게 할 수 있는 능력. 그런 능력을 지닌 학생들은 필연적으로 제외되겠지. 물론 내가 편애하는 것 같다고 생각한다면 얼마든지 반론해도 좋아."

시한이 임박해서인지 괜한 딴지는 날아오지 않았다.

"그리고 이 이야기에는 장래성, 잠재력 같은 건 포함하지 않는 게 좋아. 실제로 누가 얼마나 성장할지 객관적으로 예상하기도 어려운 데다가 억측이 섞일 수 있으니까. 최종 결론을 말하자면, 그 공평한 판단 기준은 OAA에 있어."

학생들의 감정을 배제하고, 학교 측이 수치화해 학생의 실력을 나타낸 것.

9월 1일 시점에 우리 반의 최하위는 종합 점수 36점을 기록했다.

자신의 순위와 점수는 확인해도 누가 최하위인지 그때그때 알아보는 학생은 그리 많지 않다.

"우리 반에서 현재 OAA가 최하위인 학생은—— 사쿠라 아이리야."

나는 아이리를 특별히 보지 않고, 전체를 둘러보며 그렇게 말했다.

"…………뭐? ……지금 뭐라고 했어? 이 상황에 장난치지 마."

격노한 하루카가 일어서서 나를 노려보았다.

"나는 객관적인 의견을 말했을 뿐이야. 납득할지 말지는 반에서 결정하면 돼."

나는 개인의 의견 따위 한 귀로 흘리고 이야기를 이어나 갔다.

"객관적? 객관적이라니, 뭐가! OAA 순위가 뭐? 그걸로 아이리를 퇴학시켜도 된다는 거니? 심지어 그걸 왜⋯⋯ 하필이면 키요뽕이 말하는데?!"

"그럼 넌 누가 퇴학당해야 한다고 생각해?"

"그, 그건──."

"직접 지목할 각오도 없는 사람한테는 퇴학자를 선택할 권리도 자격도 없어." ˙

"이, 이케도 있고! 학력이랑 신체 능력도 아이리랑 별반 다르지 않잖아?!"

과연 OAA 상에서는 아이리와 같이 최하위였던 적이 있다.

하지만 지금은 1점 높아서 37점. 딱 한 발짝 앞선 상태.

"그럼 지금 물어보자. 아이리가 퇴학당하는 데 반대하는 사람 손들어봐."

곧바로 손을 든 사람은 하루카. 그와 거의 동시에 아키 토와 케세이도 손을 들었다.

물론 아야노코지 그룹으로서 당연하겠지.

"세 명인가. 그럼 이번에는 이케가 퇴학당하는 데 반대 하는 사람 손들어봐."

스도 무리를 비롯한 남자 몇 명, 여자 중에서는 시노하라와 그런 시노하라에게 빚이 있는 모리 일행 등 몇 명이 손을 들어서 명확하게 반대를 표명한 사람은 총 열한 명.

"어째서——!"

"교우 관계를 쌓는 것도 엄연한 능력이야. 그런 점에서도 이케한테 뒤졌다고 말할 수밖에."

"그 말, 아이리 눈을 보고도 할 수 있어?!"

"그렇게 하면 돼?"

"으윽! 하지 마!"

겁에 질린 아이리의 눈을 보려고 하자 하루카가 말렸다.

"혼도나 오키야, 다른 학생으로 다시 손을 들어봐도 되지만 아이리의 세 표보다 적진 않을 거야."

"뭐야…… 진짜 웃기지 마! 그야 우린 친구가 별로 없는 게 사실이야. 하지만 그렇다고 해서 이런 식으로 아이리를 퇴학시키다니, 이건 말도 안 된다고!"

다른 선택지가 있다면 나 역시 그렇게 할 것이다. 하지만 지금은 그 단계를 이미 지났다.

"……하지만 솔직히 말하면…… 300포인트를 잃는 건 치명적이야."

아야노코지 그룹의 한 명이자 아이리의 친구이기도 한 케세이가 조용히 중얼거렸다.

"유키무, 진심으로 하는 말이야?! 설마 아이리의 퇴학에 찬성한다고……?!"

"아, 아니야! 난 아직 찬성하지 않았어!"

"아직? 아직이라는 건 앞으로는 찬성하겠다는 얘기야?! 하아?! 진짜 웃기네!"

"아니 그러니까……!"

모든 것을 깨달았다는 듯 하루카가 입술을 질끈 깨물며 결단을 내렸다.

"기분 나빠. 말도 안 돼. 이게 뭐야, 우리 친구 아니었어?"

차가워진 목소리는 나에게도 그리고 진심을 흘린 케세이에게도 향해 있었다.

"그리고 다른 애들도 그래. 아무도 지켜주려고 하지 않네. 그렇겠지, 너희는 자기만 안전하면 그만이니까. 친하지도 않은 아이리가 어떻게 되든 관심 없겠지. 좀 쓰임새가 있다고 해서 쿄 짱을 우선하는 거야? 반에 피해 주지 않고 열심히 따라오려고 애쓰는 애를 버리고? 아 그래그래, 최고의 반이네."

부주의한 발언은 하루카의 반감만 살 뿐이라는 것은 케세이의 경솔한 한마디로도 충분히 증명되었다.

모두 시선을 피하며, 휘말리지 않겠다는 듯 몸을 사렸다.

"이제 됐어. 아이리가 퇴학당하게 놔두지 않을 거야. 도저히 안 되겠으면 차라리 나한테 투표해. 기꺼이 퇴학당해 줄 테니."

쿠시다가 썼던 전략과는 또 다르게, 자진 퇴학 카드를 꺼내 아이리를 지키려 하고 있었다.

하지만 그것까지 이미 계산했어, 하루카. 오히려 그 발언은 자기 목만 조를 뿐이야.

"자, 잠깐만, 하루카 쨩! 나도 하루카 쨩이 퇴학당하는 건 못 봐!"

"괜찮아, 아이리. 넌 이 학교에 남아야지. 나야 어차피 이 반 별로 안 좋아했어. 그래도 너랑 키요뽕, 유키무, 미쨩이랑 친하게 지낸 뒤부터는 하루하루 즐거웠었지. 야마우치는 퇴학당하고 말았지만, 더는 그런 일이 일어나지 않을 거라고 믿고, 여기에 있는 모두와 함께라면 잘 될 리라 생각했는데…….."

차바시라를 응시한 하루카가 정식으로 표명했다.

"제가 퇴학 후보가 될게요. 이제 시간 다 됐죠?"

내가 미리 읽은 대로 그 선언은 우선되었고 자동으로 하루카가 단두대에 올랐다.

"내 말 잘 들어. 아이리 넌 반드시 찬성에 투표해야 해. 다른 사람도 불만 없지? 자기 몸은 지켰으니까 반대에 투표할 이유도 없잖아."

"무슨…… 난 못 해……!"

아이리는 찬성에 투표할 수 없다며 하루카에게 소리쳤다.

"괜찮아, 너를 지키고 퇴학당하는 거면 아무 후회도 없으니까."

"하지만——!"

"사적 대화는 거기까지. 지금부터 투표에 들어간다."

하루카의 강한 의지를 바탕으로 찬반 투표가 시작되었다.
모니터에 비친 집계 결과는——

제21회 투표 결과 : 찬성 35표, 반대 3표

거의 모든 학생에게서 찬성표를 받았지만 세 사람은 반
대에 투표했다.

그 세 사람이 누구인지는 하루카도 쉽게 추측이 가리라.

"아이리!"

물론 그중 한 표는 틀림없이 아이리의 것.

"못 해, 나는! 하루카 짱을 퇴학시키는 건…… 못 해!"

"너를 지키기 위해서라니까! 그리고 미짱도 유키무도 이
러지 마!"

퇴학을 각오한 하루카지만 그것을 바라지 않는 학생도
있다.

"나는, 네가 퇴학당하는 걸 원하지 않아…… 찬성에 투
표할 수 없어."

고통스러운 표정을 지으면서도 아키토는 똑똑히 눈을
보며 대답했다.

"아이리는 당해도 되고?!"

"그런 말은 안 했어……. 하지만 만약 둘 중 누군가를 뽑
아야 한다면…… 나는…….."

"……미안하다!"

그때 갑자기 소리치며 두 사람의 대화를 끊는 케세이. 자리에서 일어나 머리를 깊이 숙였다.

"나는…… 찬성에 투표했어…… 이대로라면 반이…… A반에 못 가게 되니까……."

가만히 있으면 들키지 않는 한 표의 행방을 솔직히 고백했다.

"뭐라고? 그럼 나머지 한 명은 누구야?! 이런 상황에서 반대에 투표한 사람!"

"그건 나야."

"윽! 키요뽕, 뭐야……! 키요뽕이 나를 감쌀 필요가 어디 있어?!"

"말했잖아. 새로 세운 방침으로, 이 반에서 제일 능력이 떨어지는 학생을 배제해야 한다고. 자진해서 퇴학당하겠다는 너도, 한번은 퇴학시키려고 했었던 쿠시다도, 다른 어떤 학생이 새로 나서도 방침은 바뀌지 않아. 바꿀 수 없어."

여기서 한발 물러나면 찬성 쪽 만장일치는 이룰 수 없다.

"하세베…… OAA에서 사쿠라가 꼴찌인 건 사실이고…… 반에 제일 공헌할 수 없는 학생을 배제하는 건, 그리 나쁜 일이, 아니지 않을까……?"

이 상황에서 발언하는 것의 위험성을 감수하고 마츠시타가 의견을 냈다.

"웃기시네. 자기 주변 일이라고 생각해보라고! 만약 소중한 친구가 퇴학당하면 그 후에도 아무렇지 않게 웃으며 지낼 수 있어? 난 무리야. 절대로 무리야!"

"퇴학당해야 할 사람은 아이리야. 그것 이외의 선택지는 이제 없어."

"안 돼…… 안 된다고, 키요뽕! 설령 다른 사람은 찬성한다고 해도 키요뽕 너만은…… 키요뽕 너만은 아이리의 편이 되어줘야 한다고!"

나도 알아. 아니까 더 내가 말하는 거다, 하루카.

"내 생각은 달라지지 않아. 하루카가 이대로 아이리의 퇴학에 찬성하지 못한다면 우리 반은 여기서 끝나는 수밖에 없겠지."

"그럼 그렇게 하든지? 난 끝까지 아이리의 퇴학에 반대할 거니까!"

단 한 사람. 끝까지 반대에 투표한다면 퇴학은 불가능하다.

그 법칙은 절대적이다. 그 법칙을 무너뜨릴 가장 효율적인 방법, 그것은——

"고마워, 하루카 짱…… 이제, 됐어."

떨리는 목소리로, 모든 것을 깨달았다는 듯 아이리가 웃었다.

"아이……리……?"

"반에서 제일 필요 없는 사람이 있다면…… 아마도, 내가 아닐까……. 키요타카 군이 한 말은 하나도 틀리지 않았어, 하루카 짱."

"아이리!"

"전부 맞는 말이야. 누가 퇴학당할 수밖에 없다면 반에 제일 걸림돌이 되는 내가 사라지는 게 맞아."

——퇴학 대상에게 반대표를 계속 던지는 것을 직접 막는 방법.

"못 해! 난 아이리를 퇴학시키는 건 절대로! 절대로! 이 반이 A반에 못 올라가도 좋으니까, 이대로 모두 아이리랑 같이 졸업하게 할 거야!"

"그러면 안 돼. 나, 그렇게 해서 구제받아봐야 분명 많이 후회할 거야. 나 때문에 A반에 올라가지 못했다고, 계속 후회할 거야."

"아니야! 넌 하나도 잘못한 거 없으니까! 그냥 내가 억지 부려서 너를 지킨 것뿐이니까!"

"고마워……. 하지만 그런 책임을 하루카 짱에게 짊어지게 할 수는 없어."

"뭐야, 뭐야…… 이건 말도 안 돼……!"

퇴학을 막는 것이 꼭 그 사람을 위하는 길은 아니다.

이렇게 되면 반대에 계속 투표해봐야 아이리를 괴롭게 할 뿐이다.

"자기희생이란 단어, 참 좋은 단어야. 듣기에 정말 좋지. 반 아이들은 하루카 같은 존재가 있어서 다행이라고 진심으로 안도할 거야. 만약 그렇게 해서 반이 정말 순탄하게 잘 나아간다면, 그런 선택을 하는 것도 좋을지 몰라. 그렇

345

지, 스도. 넌 반을 위해 너를 희생할 수 있어?"

"아, 아니…… 나는…… 그게……."

"사토, 넌?"

"나, 나? 난, 그런 거, 잘……."

"오노데라는 어때?"

"……아마도, 무리일 것 같아……."

"다른 사람한테 더 물어봐도 대답은 같겠지. 기본적으로 아무도 자신을 희생하려고 하지 않아."

"난 진심으로 퇴학당해도 괜찮다고 생각해. 그럼 문제없는 거잖아……."

"자진해서 희생하겠다는 학생한테 기대는 것. 한번 그렇게 편한 방법을 맛보면 앞으로 또 똑같은 상황에 직면했을 때, 자발적 지원자를 구하는 식이 반복될 거야. 공평한 판단을 하기에는 이미 늦겠지."

"몰라……! 그딴 논리 난 모른다고! 난 아이리를 지키고 싶어! 그냥 그뿐이야!"

"하루카가 퇴학을 걸고 지킨다 해도 이튿날 다시 아이리가 퇴학당할 수도 있어."

"불확실한 미래는 얘기하지 마."

"확실한 미래 따윈 어디에도 없어. 그러니까 최선을 취하는 거다."

아무리 말을 늘어놓아도 하루카의 귀에는 닿을 듯 닿지 않는다.

하지만 아이리의 귀에는 확실하게 닿고 있다. 그게 중요하다.

"괜찮아, 괜찮으니까, 아이리. 내가 반드시 계속 반대에 투표할 거야. 다른 누가 찬성에 투표한다 해도——!"

"모두…… 나한테—— 투표해줘……."

꺼질 듯한 목소리로, 그러나 모두의 귀에 다 들리는 목소리로 아이리가 말했다.

그런 아이리의 두 팔을 잡고 필사적으로 저항하는 하루카.

"싫어. 싫다고……! 어제까지 그렇게, 그렇게 즐거웠는데……! 오늘 아침까지만 해도 평소와 똑같았잖아! 아이리와 약속해 만나서 같이 학교에 오고. 쉴 새 없이 수다 떨고, 문화제도 의논하고……. 오늘도 방과 후에 키요뽕을 불러내서 서프라이즈로 보여줄 계획도 있었잖아! 그걸 빼앗다니!"

남은 시간은 이제 10분. 즉, 실질적으로 이것이 마지막 투표가 되는 셈이다. 누가 퇴학당하든 쉽게 반대에 투표할 수 있는 사람은 없다. 그것이 최종 투표의 무게다.

고개를 가로저으며 하루카가 내미는 구원의 손을 잡지 않는 아이리.

"싫어, 싫어, 싫어, 싫어!"

아이처럼 거부하고 부정하고 악을 썼다.

그때마다 아이리는 하루카에게 고맙다고 말하면서, 그렇지만 받아들여 달라고 설득했다.

이제는 바뀌지 않는다.

모든 것을 깨달은 하루카는 무너지듯 그 자리에 주저앉았다.

"능력 없는 사람이 그 사실을 받아들이고 한 걸음 앞으로 내디뎠어. 우린 그 의사를 존중해 줄 의무가 있어. 다음 투표에서 네가 반대에 투표하는 건 간단해. 하지만 반대에 투표해도 아이리는 이 학교에 남지 않겠지. 반 아이들을 휘말리게 했다는 심한 자책감에 휩싸여서 앞으로 나아가지 못하고 그대로 퇴학. 친한 친구 아이리를 진정으로 구하는 길은 하루카 네 손으로 직접 찬성에 투표해서 앞으로 나아갈 수 있게 도와주는 것뿐이야."

"나, 나는──!"

무너진 하루카를 아이리가 앞에서 껴안았다.

"고마워, 하루카 짱……. 지금까지 많이, 아주 많이 도와줘서 정말 고마워. 하나도 다 갚지 못했지만…… 내 마지막 억지를 받아줘."

"싫어, 아이리…… 이런……."

"찬성에 투표해줘."

고마운 마음을 전하며, 엉엉 우는 하루카의 머리칼을 다정하게 쓰다듬은 아이리는 차바시라를 향해 말했다.

"입후보할게요. 투표 부탁드립니다."

하루카를 일으켜 세워 자리에 앉힌 아이리는 모든 것을 받아들이기 위해 자기 자리로 돌아갔다.

하지만 투표가 선언된 후에도 투표 시간은 끝나지 않았다.

60초가 지나고 70초가 지나도 투표는 이어졌다.

학생들이 투표할 수 있는 제한 시간은 총 90초. 이제 70초가 더 지나면 하루카의 퇴학도 확정된다.

절친 아이리가 사라진다면 자신도 사라지겠다.

그런 생각이 머리를 스치고 지나도 무리는 아니겠지.

여기서 그렇게 약한 선택을 한다면, 그건 어쩔 수 없는 일이다.

반 입장에서는 한 명이 빠지면 그만큼 타격을 받겠지만, 하루카의 표가 사라지기만 하면 문제없이 만장일치가 성립하게 된다. 100초가 지나가고 이제 남은 시간은 40초까지 줄어들었다.

하루카는 계속 울기만 할 뿐 태블릿에 손댈 기색은 조금도 없었다.

"하루카 짱——."

그것은 이제껏 들어본 적 없는, 아이리의 화난 목소리. 지금까지 들어본 것 중 가장 큰 목소리.

등을 맞기라도 한 듯 깜짝 놀라 고개를 든 하루카의 우는 얼굴을 보며, 아이리가 미소와 함께 고개를 끄덕였다.

여기서 결단을 내리고 투표하지 않으면 아이리의 모든 것을 부정하게 된다.

"──투표가 종료되었다. 결과를 발표하마."

제22회 투표 결과 : 찬성 38표, 반대 0표

그 장절한 대화를 지켜본 차바시라는 시험 종료를 선언하는 것도 잊고 그저 아이리와 하루카를 바라보았다.

퇴학이 결정된 아이리는 모든 것을 수용한 듯 허리를 곧게 세우고 앞을 응시했다.

한편 그런 그녀를 지켜내지 못한 하루카는 오열을 참으려고 필사적으로 참았지만, 모두가 할 말을 잃어버린 교실 안에서는 그것을 감출 수가 없었다.

"아…… 아, 차바시라 선생님. 흐흠, 진행을 부탁드립니다."

지금까지 최소한으로 필요한 주의와 경고 이외에는 조용하고 냉정하게 있었던 감독 교사도 특별시험 종료 선언을 재촉하는 것을 잊어버렸던 모양이다.

"……사쿠라 아이리의 퇴학에 대해 찬성 쪽 만장일치가 이루어지면서 마지막 과제가 종료되었어. 선택지는 유효하고 반 포인트 100점이 부여된다. 노파심에 확인하는데, 이 퇴학을 취소할 방법은 하나뿐이야. 현시점에서 2,000

만 프라이빗 포인트를 가지고 있고 그걸 사용하는 경우에
한 해──."

의무적으로 설명하던 차바시라가 도중에 말을 멈추었다.

"더 이상의 설명은 필요 없겠지."

설령 반 전원의 프라이빗 포인트를 다 끌어모은다고 해
도 2,000만 포인트에는 한참 못 미칠 것이다.

"다른 세 반은 이미 특별시험을 마쳤지만, 너희도 오늘
은 바로 귀가하도록 해. 사쿠라는 나와 함께 교무실로 가
야 하니 교실에 남고."

"네."

조금 전과 달리 다시 목소리가 작아지기는 했지만, 주눅
들지 않고 차바시라에게 대답하는 아이리였다.

"이상. 모두 자리에서 일어나. 지시에 따라 퇴실하도록."

그렇게 통보받은 우리는 제각각 타이밍은 달라도 자리
에서 일어났다.

교실에 남아 있으라고 지시받은 아이리. 그리고 제대로
몸을 가누지도 못하는 하루카는 떨리는 무릎을 열심히 일
으켜 세우려고 노력했지만, 뜻대로 되지 않는 듯 보였다.

호흡도 거칠어져서 과호흡에 가까운 증상이 나타나기
시작했다.

그 모습을 보다 못한 아키토가 달려가 하루카를 끌어안
듯 억지로 일으켜 세웠다.

여기에 남아 있어 봐야 좋을 것 하나 없으니까.

나는 한발 앞서 복도로 나가 곧바로 스마트폰을 돌려받았다.

케세이도 바로 뒤따라 나왔다.

"……키요타카 나는, 내가 한 일이 옳았다고 말할 수 있을까. 아니, 이런 걸 물어봐야 의미 없겠지. ……그냥 잊어주라."

털어놓고 싶은 마음을 품고서도, 케세이는 내게서 등 돌려 복도를 걷기 시작했다.

여기서 하루카와 아키토를 기다려봐야 의미는 없겠지.

정당성 같은 것은 상관없다. 주도해서 소중한 그룹 멤버를 방출시킨 것에 대해 아무 생각도 없을 리는 없으니. 케이가 내게 다가왔다. 그녀가 흥분했다는 것을 몸짓으로 알아차렸지만, 눈빛으로 제지해두었다.

오늘은 케이도 애도하는 마음으로 얌전히 있게 하는 편이 좋겠지.

괜히 미움을 살 필요는 없다.

그러고 보니 차바시라가 특별시험이 끝나면 만나자고 했었지.

스마트폰을 확인하자 메시지가 들어와 있었는데, 약속 시간은 오후 6시였다. 시간이 좀 남는군.

일단 여기에 계속 머무르지 않는 게 좋다고 판단한 나는 이만 자리를 뜨기로 했다.

곧장 현관으로 나갔다간 케세이나 다른 학생들과 마주

칠 것이다.

어차피 차바시라와의 약속도 있으니 사람이 별로 없는 교내나 대충 어슬렁거리기로 할까.

"아야노코지."

내 뒤를 따라오고 있는 건 알고 있었는데, 아무도 보이지 않게 되어서야 그 인물이 말을 걸어왔다.

"왜? 쿠시다랑 얘기하고 있지 않았어?"

"아니야. 지금 그 애는 아무 대답도 안 해. 그저 자폭하지 말라고 주의만 줬어."

주위에 친구가 많은 쿠시다지만, 시험 종료 후에는 아무도 말을 걸지 않았다.

강렬한 본성을 보인 직후인 만큼 다가가기 어려워하는 것도 무리는 아니다.

"미안해."

예전보다 조금 길어진 머리카락을 늘어뜨리며, 호리키타가 깊이 머리를 숙였다.

"이번 특별시험…… 내가…… 내 실력이 부족했어……."

"부족했다니. 넌 최선을 다했잖아? 이번에는 작년 반내 투표와는 비교도 안 될 정도로 힘든 싸움이었어."

"아무리 힘든 싸움이었다고 해도 너한테 너무 큰 짐을 짊어지게 하고 말았어……. 같이 졌어야 할 책임을, 전부 너한테 떠넘겨 버렸잖아."

퇴학자가 나오는 것은 피할 수 없는 상황이었다.

그렇기에 호리키타는 자신의 의사를 표현하고 싶었으리라.

"말하지 말라고 한 건 나였어. 그러니까 됐어."

"그렇지 않아. 네 소중한 그룹에 큰 상처가 생겼는걸. 도저히…… 앞으로 회복될 것 같지 않은데……."

"괜찮아. 오히려 시의적절했다고 여길 날이 올지도 모르고."

휘말리게 놔두었다면 물론 책임 소재를 둘이서 똑같이 졌겠지.

하지만 나는 그것을 바라지 않았다.

"시의적절……? 그게 무슨 말이야?"

"아니야, 신경 쓰지 마. 별로 중요한 것도 아니니까."

물론 바로 생각을 바꾸고 받아들이진 않겠지만 이번 특별시험을 계속 질질 끌고 가고 싶지는 않다.

"긍정적으로 받아들여. 우리는 A반으로 올라가기 위해 귀중한 100 반 포인트를 획득했어. 이 포인트는 무시할 수 없는 거야."

"하지만…… 사쿠라를 잃었잖아."

"그 결과 반의 평균치가 쑥 올라가 좋게 작용했지. 완벽한 종착점이야."

"그만해. 무리해서, 냉혹한 사람처럼 굴 필요는 없어."

"무리?"

나는 아니라고 부정하려다가 일부러 그 말을 받아들이

기로 했다.

"그렇군. 괴로운 마음을 억누르려고 했던 건지도 모르겠네."

"키요타카 군!"

복도 끝에서 많이 듣던 다정한 목소리가 들려왔다.

그 목소리에 호리키타가 흠칫하며 뒤돌아보더니, 그 모습을 확인하고는 깜짝 놀랐다.

"……사쿠라……?"

체력 약한 아이리가 숨을 헐떡이며 우리에게 다가왔다.

"……난 이만 가볼게……."

"그래, 그게 좋겠다."

호리키타는 아이리와 스칠 때 말을 걸까 망설였지만 결국 그대로 지나갔다.

떠나는 사람에게 건네줄 말이 떠오르지 않았으리라.

"키요타카 군에게 꼭, 마지막으로 보여주고 싶었어. ……어때?"

투표 직전에 하루카가 보여주겠다고 했던 게 이거였나.

"몰라봤어. 호리키타가 순간 못 알아본 것도 무리가 아니야."

"좀…… 용기 내는 게 늦어버렸지만 말이야…… 헤헤."

안경을 벗고 머리를 화려하게 꾸민 아이리가 수줍게 웃었다.

"나 같은 게 할 말은 아니지만…… 하루카 짱을 부탁할게."

"그래."

"바이바이—— 키요타카 군."

지금까지 본 적 없을 만큼 눈부신 미소를 지어 보인 아이리는 그렇게 인사한 다음 등을 돌렸다.

그리고 걷기 시작했지만, 점점 걸음이 느려져 이제는 금방이라도 멈출 것만 같았다.

그러나 열심히 한 발 한 발 앞으로 내디디며, 뒤돌아보려고 하지 않았다.

아무도 없는 복도에 울려 퍼지는 그녀의 음성.

코를 훌쩍이는 소리, 참으려고 애쓰는 울음.

그 모습에 나는 예전에 자주 보았던 어떤 광경을 떠올렸다.

패배자는 늘, 뒤늦게 자신의 참상을 돌아보며 후회한다.

그것은 화이트 룸이나 이 학교나 다르지 않군.

○과거와의 결별

대략 다섯 시간이나 소요되었던 만장일치 특별시험이 끝을 맞이했다. 얼마 지나지 않아 전체 네 반 중에서 유일하게 퇴학자가 나왔다는 사실도 전해 들었다. 그것을 몹시 못마땅하게 여기는 학생도 적지는 않겠지. 하지만 세 반이 50포인트밖에 늘리지 못했던 이번 특별시험에서 반 포인트를 150점 획득한 것은 틀림없이 앞으로의 싸움에 장점으로 작용할 터.

또 이대로 9월이 끝나면 우리는 B반으로 올라가게 되겠지.

방과 후, 나는 약속한 대로 옥상으로 이어진 계단에서 어떤 인물을 기다리고 있었다.

그 사람은 예정했던 시간보다 10분 정도 늦게 모습을 드러냈다.

"많이 기다렸지. 뒷정리를 좀 하느라."

"괜찮습니다. 그런데 원하던 결말이 되었나요? 아니면 반대였습니까?"

"어려운 질문이네. 그 시험에 정답 같은 건 없어……. 난 그렇게 생각해. 여기는 누가 볼 수도 있으니 장소를 바꿀까."

"그게 현명하겠네요."

입꼬리를 살짝 올린 차바시라는 옥상으로 향하는 계단을 올라갔다.

그리고 심플한 파란색 태그가 달린 열쇠를 꺼냈다.

"해가 지날수록 학교의 옥상 사용에 대한 비난이 강해지고 있어. 어쩌면 머지않은 미래에는 이 학교도 다른 학교처럼 옥상 출입이 금지될지도 몰라."

펜스가 설치되어 있다지만, 추락 위험이 있어서겠지.

게다가 류엔이 예전에 이용했듯 살짝 악용할 수도 있는 것은 옥상의 단점이다. 조용히 옥상으로 나간 차바시라는 난간에 기대 한숨을 푹 내쉬었다.

"긴 하루였어…… 정말로."

특별시험에 관한 순수한 느낌을 독백처럼 중얼거렸다.

"시험 중에도 말했었지만…… 나도 고등학교 3학년 때 똑같은 시험을 쳤었지."

"그러셨다고 했죠."

어디를 바라보는지, 차바시라가 석양에 물든 바깥을 똑바로 응시했다.

"만약 네가 허락한다면…… 내 고해를 들어줄래?"

"고해 성사인가요. 종교에 대해 잘은 모르지만 그래도 괜찮다면."

그녀가 학창 시절에 도전했다는 만장일치 특별시험. 똑같은 과제도 있었다지만, 반의 상황에 따라 흘러가는 전개가 크게 달라졌겠지.

"그날 일은 바로 어제처럼 생생해. 우리 3학년 B반은 졸업 시험을 앞두고 마침내 A반의 등이 보이는 위치까지 도

달해 있었어. 반 포인트의 차이는 불과 73포인트. 얼마 남지 않은 일상생활 중에는 뒤집을 수 없어도, 특별시험 하나면 역전할 수 있는 위치까지 간 거야."

그야말로 대접전이었겠군. A반도 그 정도 차이로는 우위에 있다고 생각하지 않았을 것이다.

"그러다가 만장일치 특별시험이 시작되었어. 과제는 다섯 개. 너희처럼 우리도 네 번째 과제까지는 의견이 조금 갈리더라도 막힘없이 나아갔지."

"마지막 과제는 똑같았다고 하셨죠."

"그랬나……. 그래. 아무래도 오늘 시험, 기억이 좀 흐릿한 것 같아."

과거와 겹쳐져, 자신이 뭐라고 발언하고 무슨 생각을 했는지 시간순서가 혼란스러운 건지도 모르겠다.

"당연히 첫 투표에서는 찬성이 적고 반대가 다수였어. 하지만 의논을 거듭할수록 상황이 크게 달라지기 시작했어. 만약 A반이 찬성 쪽으로 만장일치가 정해지면 차이가 173포인트까지 벌어지게 되니까."

"졸업 시험의 내용은 그 시점에서는 모르지 않았나요?"

"그래. 너도 눈치챘겠지만, 특별시험은 이긴다고 해서 반드시 많은 반 포인트가 이동하는 것도 아니야. 설령 B반이 1위를 차지한다고 해도 A반이 2위를 하면 반 포인트는 크게 차이가 나지 않을 수도 있지."

1위와 2위의 보수 차이는 100 또는 150. 물론 200포인트 이상일 때도 있겠지만 확실한 보장은 없다.

"시간이 지나면서 토론은 점점 더 과열되어 갔어. A반이 퇴학자를 고를 리가 없으니까 똑같이 다 함께 '반대'로 표를 모아 만장일치 특별시험을 끝내자, 그리고 졸업 시험에서 이겨서 A반이 되어야 한다, 그렇게 주장하는 사람. A반이 퇴학자를 선택하지 않을 때야말로 역전할 기회라고 큰소리치는 사람. 있을 수 있는 온갖 경우에 관해 이야기를 나누었어."

같은 과제라도 나오는 이야기의 내용은 역시 반의 상황에 따라 완전히 다르다. 고작 두 개의 선택지. 하지만 다다를 곳은 구불구불한 여러 갈래의 길을 거쳐 고를 수밖에 없다.

"많은 시간 동안 계속 의논했는데도 올바른 답을 찾을 수 없었어. 희생을 감수하고서라도 A반을 잡을 것인지, 친구를 선택하고 힘든 싸움에 몸을 내던질 것인지……."

지금 과거의 자신을 떠올리고 있는지도 모르겠다.

옆에서 훔쳐본 차바시라의 눈동자는 저녁놀에 비쳐 촉촉하게 젖어 있는 듯 보이기도 했다.

"마침내 아이들의 의사가 조금씩 기울기 시작했어. B반과 근소한 차이밖에 나지 않는 A반이니까 차라리 희생을 감수하고서라도 100포인트를 얻는 게 어떻냐고. 그런 전제를 바탕으로 이야기가 진행되니까 반대파가 조금씩 찬성파로 넘어가기 시작했지."

"그래도 누군가가 빠지는 일인 이상 쉽게 찬성으로 만장일치 되긴 어렵지 않나요? 늘 그렇듯 실력이 떨어지는 학생이나 소통 능력이 부족한 학생. 아니면 성격 안 좋은 학생이 제일 먼저 퇴학 대상이 되어버리는 건 피할 수 없으니까요."

"그렇지. 한번 찬성 쪽으로 만장일치가 되면 취소는 불가능하니까. 간단히 모두 찬성에 투표하긴 힘들지, 네 말대로."

그 상황을 바꿀 만한 무슨 일이 일어났다는 뜻이다. 이번 특별시험으로 말하자면 내가 배신자만을 퇴학시키기로 약속하고 찬성으로 유도했던 것처럼.

"우리 반에 어떤 남학생이 있었어. 그는…… 그래, 너희 반에서 예를 들자면 히라타와 이케를 합친 것 같다는 표현이 제일 비슷할지도 모르겠다."

"요스케와 이케를 합쳤다고요……. 잘 상상이 가지 않는 인물상이네요."

"성실하지만 어딘지 어리바리한 구석도 있고. 친구를 잘 배려하고 머리도 좋지만, 눈치가 좀 없는. 반의 리더 같은 존재이면서 동시에 분위기 메이커기도 한……."

그렇군, 대충 요스케의 장점과 이케의 장점(그리고 단점)을 합한 학생이었다는 이야기다.

"그 학생은 마지막 과제가 나온 후로 쭉 힘들어했어. 끝에 가서는 찬성을 고르는 흐름이 될 거라고. 그래서 자기 손으로 누군가를 체념시켜야만 한다고."

난간을 잡은 차바시라의 손에 힘이 들어갔다.

"그래서── 그 학생은 하나의 답에 도달했어. 찬성 쪽으로 만장일치를 유도했을 때 우리한테 말했지. 자기가 퇴학 대상이 되겠다고 말이야. 3년간 함께 싸워온 친구를 버리는 짓은 도저히 할 수 없다고 판단해서 내린 결정이었겠지."

"남은 특별시험은 마지막 졸업 시험뿐. 리더의 부재는 타격이 크지만, 그것도 한 가지 선택지로── 꼭 불가능한 것도 아니네요."

물론 현명한 선택이라고 말하기는 어렵다.

하지만 만약 반 아이들 전원이 거의 대등한 입장이라면 한 명을 고르기란 몹시 어렵다.

차라리 운에 맡겨 버리는 방법도 있지만, 그래서는 받아들이지 않는 학생도 많이 나올 터.

"하지만 그 후로도 만장일치는 되지 않았어."

"어째서요? 그 리더가 퇴학당하기로 이야기는 정리된 거죠?"

"아니야……. 한 사람이 끝까지 그 학생의 퇴학에 반대했거든. 반대 한 표가 계속 찬성으로 넘어가지 않았고, 남은 시간을 깎아 먹었어. 그 반대 한 표를 계속 던진 사람은, 바로 나야."

이야기의 흐름으로는 그렇지 않을까 짐작은 했지만…….
그렇다는 건…….

"차바시라 선생님에게 그 리더 학생은 단순한 리더가 아니었다는?"

눈을 감은 차바시라는 자조하듯 웃은 후 천천히 눈을 떴다.

그리고 저녁놀이 번지는 하늘을 올려다보며 고개를 끄덕였다.

"그래——. 나한테 그 학생은…… 리더였고 친구였고…… 그리고…… 그리고 누구보다도 소중한 연인…… 이제 막 시작하는 연인이었어. 특별시험이 시작되기 전날 사귀기 시작했다는 얄궂은 덤도 함께."

수많은 고난을 함께 극복해온 두 사람. 남은 학교생활 동안 최대한의 행복을 누리며 A반을 꿈꾸는 미래. 그것을 차바시라는 놓을 수 없었다는 것이다.

"내가 계속 반대에 투표하니까 당연히 아이들은 곤혹스러워하고 화냈지. 그 창끝을 나에게로 돌리려는 사람도 나왔어. 뭐, 당연한 흐름이지."

"하지만 차바시라 선생님이 퇴학당하지 않았다는 건……."

"그래. 내가 그를 지켰고, 그는 나를 지켰어. 그런 교착상태가 계속 이어졌지. 특별시험을 시간 내에 종료하지 못해서 우리 반은 마이너스 300점. 게다가 A반은 퇴학자를 만드는 선택을 했기 때문에 그 차이는 450포인트. 합해서 523포인트의 차이. 곧 따라잡을 수 있었던 A반과의 거리가 한순간 절망적일 정도로 벌어졌어."

아무리 기회가 큰 졸업 특별시험이 준비된다고 해도 뒤집기 어려운 점수 차이로군.

"위로는 안 되겠지만, 그래도 연인은 퇴학당하지 않았잖아요?"

"뭘 위해 지켰는지 모르겠는데, 만장일치 특별시험이 끝났을 때 우리 사이도 자연스럽게 끝났어. 고작 하루……아니, 24시간조차 다 채우지 못했나……. 그 후에 기다리고 있던 최종 시험의 직접 대결에서도 져서 우리의 3년은 허무하게 끝났어."

"그 후 그 사람과는?"

"한 번도 만나지 않았어. 지금 어디에서 뭘 하고 사는지도 몰라. 고등학교 때 나한테는 이 학교가 전부였고 그가 전부였어. 훗…… 지금 생각하면 참 어이없는 이야기지. 긴 인생에서 보면 고등학교 3년은 극히 일부에 불과한데. 설령 A반은 되지 못했더라도 후회 없는 싸움을 끝까지 펼쳤어야 했어."

차바시라는 11년이나 되는 세월 동안 자신의 잘못된 선택을 계속 후회해왔다는 건가.

아니, 이런 경우는 잘못이라기보다도 그 선택이 옳았는지 아닌지 계속 고민하고 있다는 표현이 적절할까.

"난 A반으로 졸업할 자격을 갖추지 못했었다는 얘기다. 하지만 그럼 어떻게 했어야 좋았을까. 내가 퇴학당하겠다고 그를 강하게 설득했어야 했을까. 아니면 퇴학당하겠다는 그의 말에 따라 버렸어야 했을까…….”

“이 특별시험은 정답이 없어요. 정말 완벽하게 만장일치로 만드는 건 아마도 불가능할 겁니다. 철저하게 실력 없고 모두가 필요로 하지 않는 학생이 있다면 이야기는 달라지겠지만…….”

하지만 결코 활로가 없었던 건 아니다.

“굳이 따지자면 그의 전략을 간파하지 못했던 것이 패배 요인이에요. 차바시라 선생님의 반이 A반으로 갈 방법이 딱 하나 남아 있었다고 저는 생각합니다.”

“간파하지 못했던 게, 패배 요인……?”

“처음에 모두를 설득하고 반대 만장일치를 포기했을 때, 그는 A반행의 가능성을 남기려고 퇴학을 결심했어요. 그런 그가 취한 방법은 우선 찬성 쪽으로 만장일치를 만든 다음에 생각하자는 것이었고요.”

차바시라는 당시를 떠올리며 고개를 끄덕였다.

“만약 내가 그를 버렸다면…….”

“우수한 리더 없이 승리할 수 있을 만큼 졸업 시험이 간단했나요? 선생님의 반은 만장일치 시험 때 퇴학자가 나오지 않았는데도 불구하고 패배했잖아요?”

“그래. 대동단결해서 만전을 기한 상태로 싸웠다면 어쩌면 호각을 다퉜을지도 모르지만.”

“그러니까 리더의 부재를 선택하는 것은 말이 안 돼요. 그렇다고 해서 다른 누군가가 빠져도 A반은 못 이기죠. 그렇다면 유일한 방법은 찬성과 반대라는 선택지에서 멈추는 것이었습니다. 찬성 쪽으로의 유혹, 유도를 전부 그만뒀어야 했어요."

"하지만 그만뒀어도, 반대에 투표하라는 설득에 응할 상황이 아니었어. 그건 아까 아야노코지도 인정했잖아."

"설득할 필요는 없어요. 선생님 반은 어디까지나 이기기 위해 의견이 갈려 있었죠. 표가 한쪽으로 정해지지 않으면 결국 시한이 지나 패배를 면할 수 없죠. 그럼 찬성파는 반드시 반대표로 움직이게 되어 있어요. 말로는 저항해도 시간이 1분 남은 최종 투표라면 어떨까요? 찬성에 투표해도 다음으로 특정 학생을 퇴학시킬 시간이 없잖아요. 인터벌 시간은 10분으로 고정되어 있고, 투표 시간은 최대 60초. 투표를 의도적으로 늦게 하거나 해서 시간을 조정하면 1분의 빈틈도 없는 마지막 투표로 몰고 갈 수 있어요."

찬성을 고르면 과제에 실패해 마이너스 300. 반대를 고르면 과제에 성공해 플러스 50. 단 한 번 남은 선택지에서 전자를 고르는 것은 불가능하다.

"이성을 잃으면 그런 현실로부터 눈을 돌릴 수 없어요. 시한이 지나 300포인트를 잃을지, 비록 추가 100포인트는 못 얻더라도 확실하게 클리어해서 50포인트를 얻고 A반과의 졸업 시험에 도전할지. 결론은 하나입니다. 물론 173포인트를 메웠을지 어떨지는 모르는 일이지만요."

승리를 놓지 못하고 눈앞의 100포인트에 발이 묶인 학생들.

그 심리를 잘 이용해 찬성 쪽으로 모으는 데 성공한 리더.

하지만 그 전략 자체가 미스였다.

차바시라의 마음을, 연인이 된 이성의 완고한 뜻을 꿰뚫어 보지 못했다.

"나는……. 만약 그때, 너 같은 학생이 있었더라면……."

그렇게 말하다가 입을 꾹 닫았다.

"아니, 지금 와서 이런 말은 의미 없겠지. 과거로 돌아갈 수도 없고. 그래도 하나만 물어볼게, 아야노코지. 사쿠라는 네 그룹 멤버였잖아. 게다가 그 애는 너에게 특별한 감정이 있었고."

"잘 아시네요."

"이래 봬도 담임이야. 학생의 시선을 보다 보면 알게 되는 것도 많지."

자랑하는 것이 아니라 어딘지 어이없어하면서 그렇게 대답했다.

"사쿠라를 구하고 다른 사람을 희생시키는 방법도 있지 않았어?"

"글쎄요. 그때의 호리키타에게는 뭐라고 말을 붙일 수 없는 박력이 있었어요. 제대로 대항하기에는 시간이 모자랐겠죠."

"꽤 사무적이네. 마음이…… 아프지는 않았어?"

"물론 아이리를 퇴학시키지 않고 끝날 수 있다면 그게

가장 좋았겠죠. 저도 할 수 있는 방법을 다 써서 만장일치로 가져가려고 했지만, 쿠시다는 멈추지 않았어요. 퇴학자를 만드는 선택을 해서 퇴로를 끊고 궁지로 내몰지 않는 이상에는 해결할 수 없다고 판단했습니다. 단지 결과론이라도 괜찮다면 말인데, 반대 만장일치로 가져갔을 가능성도 있었을지 몰라요. 그때 쿠시다는 호리키타 때문에 마음이 어지러워져 이 학교에 남는 선택을 받아들였죠. 그건 제 계획에 전혀 없던 일입니다. 친한 친구를 구하고 싶은 마음은 저만 가진 게 아니에요. 그렇게 되어버린 이상 남은 방법은 소거법뿐이죠. 현시점에서 반 친구 중 우열을 매기는 수밖에요. 공부를 잘하는지 못하는지, 운동을 잘하는지 못하는지. 소통 능력. 통찰력. 관찰력. 객관적 데이터, OAA 순위를 보는 수밖에요."

학교가 만든 시스템을 보면 싫어도 퇴학자로 적합한 사람이 가려진다.

"물론 아이리와 능력이 크게 차이 나지 않는 학생도 적지 않아요. 하지만 그 비슷한 학생들끼리 언쟁을 시작하면 애들은 당연히 자기 친구를 지키는 편에 서겠죠. 하지만 아이리의 경우 큰 장애물은 하루카뿐. 입후보되어도 10분의 손해로 끝나요."

"의도적으로 자기 그룹 멤버를 희생양으로 삼았다는 건가……."

"성격도 결정 요소 중 하나입니다. 아이리의 성격상, 자기 입으로 그만두고 싶지 않다, 투표하지 말아 달라고 호소하지 못하니까요. 이쪽에 유리한 수단을 얼마든지 취할 수 있어요. 친한 친구, 이번 같은 경우로 들자면 하루카는 절대로 찬성에 투표하지 않았죠. 하지만 유일한 예외가 있다면 아이리가 직접 나서는 것. 반 포인트를 300점 잃어서 반을 어렵게 만들고도 아이리가 학교에 남는 선택지를 고를 리가 없었죠."

"사쿠라의 심리 상태까지 다 꿰뚫고 있었다는 거네."

"종합 능력, 가까운 사이라는 점, 성격. 그리고 마지막 결정타는 퇴학자로 적합한 사람이 아이리라는 이야기를 소중한 사람의 입으로 듣는 것. 제가 말했으니 그녀도 받아들일 수밖에 없었죠."

"아야노코지―― 너는……."

"사람들은 저 같은 생각을 가진 사람을 괴물, 악마라고 부를지도 몰라요. 누구든 악역은 맡고 싶지 않은 법이에요. 그래도 필요하다면 주저 없이 실행해야 할 필요가 있어요. 반, 그러니까 조직을 지키려면 피할 수 없는 일입니다."

"이 학교는 온갖 상황에서 퇴학당할 위험이 가까이에 늘 도사리고 있지. 난 이 학교 교사로서 그걸 받아들일 각오가 되어 있어. 그런데도 너처럼 망설임 없는 결단은 평생 못할 것 같다."

자신의 약한 마음을 인정하며 차바시라가 그렇게 말했다.

"너에 대해 난 자세히는 몰라. 그런데 도대체 그동안 얼마나 되는 사람을 버려온 거야? 얼마나 버리면 그 영역까지 도달할 수 있는지…… 아니, 대답하지 않아도 돼. 분명 난 평생 이해하지 못할 테니까."

얼마나 버리면? 생각해 본 적도 없다.

길거리에 굴러다니는 돌멩이 하나하나의 색깔과 형태를 기억하지 않는 것처럼, 배우는 학생도 가르치는 선생도 무능하면 그 위치를 빼앗기고 사라지는 것. 바로 인위 도태다.

"오늘 시간 내 줘서 고맙다, 아야노코지. 난 과거의 선택을 후회하면서 꽤 오랜 세월 그 자리에만 머물러 있었어. 그런데 그럴 때가 아니라는 걸 이제야 깨달았어. 맡은 반의 학생들이 후회 없이 계속 싸워나갈 수 있도록 잘 이끌어주는, 교사의 역할을 완수할게."

"이번 특별시험을 통해 과거와 결별하시게 됐군요."

차바시라의 옆얼굴은 조금 전까지와 달리 어딘지 후련해 보였다.

"지금까지도 난 A반을 꿈꿔보지 않은 건 아니야. 생각하지 않으려고 해도 나도 모르게 희망을 품고 말아. 내가 이루지 못한 꿈이 이루어질지도 모른다고. 그리고 그때마다 바보 같다며 자조하고 기억에서 지웠지. 그걸 계속 되풀이했어."

나를 본 차바시라는 지금까지 본 적 없는 미소를 지어 보였다.

"결심했다, 아야노코지. 난 너희 반을 어떻게 해서든 A반으로 졸업시킬 거다."

"의욕을 불태우시는 건 좋지만, 교사의 위치에서 벗어나시면 안 됩니다."

"앗…… 아니, 물론 본분은 지켜야지. 내가 할 수 있는 일은 한정적이지만, 그럴 각오를 다졌다는 뜻이야. 너도 참 일일이 학생답지 않은 말을 하는구나."

"학생답지 않은 말, 이라고요? 그럼 뭐라고 대답하는 게 정답이었나요?"

"그걸 나한테 물어봐야 대답할 길이 없지. 난 학생이 아니니까."

뭐야, 어이가 없네, 이 사람.

"할 이야기 다 끝나셨으면 저는 가보겠습니다."

"그래. 귀중한 시간을 빼앗아서 미안했다."

"괜찮아요. 그럼 이만 실례하겠습니다. 『차바시라 선생님』."

최근 들어 계속 그렇게 부르긴 했던 나지만, 굳이 힘주어 말했다.

건방진 녀석이라고 생각하면서도, 일까. 차바시라 선생님은 조용히 미소 지으며 고개를 끄덕였다.

그녀는 이제 괜찮으리라. 이번 특별시험을 겪으면서 학생에게 지지 않을 만큼 성장했다.

고등학교 3학년에 머물러 있던 마음이 단숨에 지금 나이를 따라잡기 시작했다.

작가 후기

벌써 2021년도 끝이 다가오고 있습니다. 별로 중요한 이 야기는 아닙니다만, 집 청소를 하다가 초등학교와 중학교 졸업 앨범을 발견해서 구경했는데요. 초등학교 때는 게임 프로그래머가 되고 싶다고 되어 있어서, 뭐 그렇게 어려운 업종을 꿈꿨냐고 혼자 열심히 반성했고, 중학교 졸업 앨범 에는 그림에 재능이 없으니 글 쓰는 일을 하고 싶다(라고 말하고 싶지만, 창피해서 구체적으로는 명기할 수 없다)라 고 적혀 있었는데…… 사실 이 이야기가 중요한 게 아니 라, 친했던 여자애가 중학교 시절 좋았던 일이라는 항목에 서 『키누가사 군과 만난 것』이라고 쓴 것을 발견하고 눈물 을 흘렸답니다. 차라리 아무것도 모르는 게 나은 일도 있 네요.

농담은 이 정도로 하고, 2학년 편 2학기가 드디어 막을 올렸습니다. 2학기에는 큰 이벤트가 속속 밀려옵니다만, 특히 문화제와 수학여행은 1학년 편에 없는 새로운 이야기 입니다.

앞으로 그 부분도 많이 기대해주세요.

5권을 되돌아보면 이번에는 다른 학년이 거의 등장하지 않았습니다. 왠지 굉장히 오랜만이라는 생각이 듭니다. 1 학년과 3학년 스토리는 앞으로도 전개됩니다만, 역시 이

이야기의 본제는 같은 학년이라는 것을 다시금 인식했던 5권이었습니다.

그리고 이번에 알려드릴 소식이 있습니다! 실은 줄곧 기다려왔던, 좀처럼 실현되지 않던 일 중 하나로 2학년 편의 만화화가 있었습니다. 그것이 점점 진행되어 마침내 여러분께 선보일 수 있는 단계까지 왔기에 여기서 보고드립니다.

월간 코믹 어라이브 12월호부터 『어서 오세요 실력 지상주의 교실에 2학년 편』 만화가 사사네 시아 님의 연재로 실리게 되었습니다. 정말로 감사드립니다. 1학년 편을 그려주신 이치노 유유 님께도 깊이 감사드리며, 부족한 작품이지만 앞으로 모쪼록 잘 부탁드립니다.

마지막으로 다음 6권의 작가 후기 때는 최근 2년 정도 줄곧 해오던 어떤 생각에 대해서도 알려 드릴 수 있으면 좋겠습니다.

다음에는 2022년에 만나 뵙게 되겠군요. 내년에도 잘 부탁드려요!

YOUKOSO JITSURYOKUSHIJOUSHUGI NO KYOUSHITSU E 2NENSEIHEN Vol.5
©Syougo Kinugasa 2021
First published in Japan in 2021 by KADOKAWA CORPORATION, Tokyo.
Korean translation rights arranged with KADOKAWA CORPORATION, Tokyo.

어서 오세요 실력지상주의 교실에 2학년 편 5

2022년 03월 15일 1판 1쇄 발행
2022년 11월 15일 1판 3쇄 인쇄

저   자 키누가사 쇼고
일 러 스 트 토모세슌사쿠
옮 긴 이 조민정
발 행 인 유재옥
본 부 장 조병권
편 집 1 팀 김혜연 박소연
편 집 2 팀 박치우 정영길 조찬희
편 집 3 팀 곽혜민 오준영 이해빈
라이츠담당 이승희 한주원
디 지 털 김지연 박상섭 최서윤
미   술 김보라 박민솔
발 행 처 ㈜소미미디어
인쇄제작처 ㈜코리아피엔피
등   록 제2015-000008호
주   소 서울시 마포구 토정로222, 403호 (신수동, 한국출판콘텐츠센터)
판   매 ㈜소미미디어
마 케 팅 박종욱
전   화 (02)567-3388, Fax (02)322-7665

ISBN 979-11-384-0840-0 04830
ISBN 979-11-6611-455-7 (세트)